徳間文庫

悲痛の殺意

中町 信

徳間書店

目次

プロローグ

黄ばんだ障子に、四月の陽光がうす明るく照りつけていた。

障子に影を落とした庭木の葉が、時おり思い出したように風に揺れ動いている。

静かな、午後のひとときだった。

私は仏壇の据えられた部屋に一人きりで坐り、黒枠の額に納められた写真を見入っていた。

——なにも、自分から死を選ばずともよかったものを。

——自殺に追いやった責任の一半は、この私にあるのだ。

私は遺影に向かい、そんな思いを繰り返し心の中でつぶやいた。

陽(ひ)が少しかげり、線香の煙の立ちこめた部屋は急に薄暗くなった。

私は、仏壇の傍(そば)の故人の日記帳を手に取った。

この青いカバーの日記帳のページをひらくのは、今日で二度目だった。

私は三月九日のページを繰り、流麗な女文字をゆっくりと眼(め)で追って行った。

前回にかなり時間をかけて読んでいたので、私はその日記の全文をほとんど諳(そら)んじていた。

三月九日
久しぶりの家族旅行だった。新潟県の大湯(おおゆ)温泉。私の大好きな雪国への旅だ。

…………

…………

…………

私は日記帳から眼を上げ、正面の遺影を再び見つめた。
あの日のことは、いまでも正確に記憶している。
その一齣(ひとこま)一齣が、私の脳裏に鮮明に焼きついている。
小出(こいで)駅前の大粒の雪……。
ちっぽけな大湯温泉スキー場……。
ホテルのハッピを着た小柄な珍妙な男……。
大湯ホテルのロビー……。

第一章　暗い邂逅

1

三月九日

久しぶりの家族旅行だった。新潟県の大湯温泉。私の大好きな雪国への旅だ。

日ごろ忙しい夫がやっと休暇が取れ、娘の学校も試験休みだったので、思い切って

三泊四日の長逗留にした。

　上野発九時五四分の急行「よねやま」。小出着が一三時四分。

　小出駅におりると、大粒の雪が降り続いていた。

　宿泊の宿は、大湯ホテル。奥只見温泉郷では超一流クラスのホテルだそうだ。きれいな広々とした部屋で、窓からの眺望もすばらしかった。

　夫も娘もはしゃいでいた。こんな嬉しそうな娘の顔を見るのは久しぶりのことだった。

　それなのに、なぜか私だけが朝から妙に気が沈んでいた。

　それは、私の悪いくせでもあった。なにか嬉しいこと、楽しいことに直面すると、高揚した気持ちのどこかに妙に白けた暗い部分が生じてしまうのだ。

　そんな私の沈んだ気持ちに拍車をかけるような、偶然の出会いがあった。

　ロビーにいるときだった。私はロビーの人ごみの中であの女性の顔を認めたとき、思わずも自分の眼を疑った。こんな雪国の温泉場で、会うはずのない女性の顔だった。

　しかし、人違いではなかった。

　不吉な思いが胸をかすめて行った。

　いつもの取越し苦労だと思ったが、なにか悪いことが起こるかも知れないという思いは、いつまでも胸から消えなかった。

…………

…………

…………


急行「よねやま」が新潟県の小出駅に着いたのは、定刻の一三時四分だった。

東京にも早朝から冷たい霧雨が降っていたが、駅前のさびれた広場には大粒の雪が視界をさえぎるようにして舞い落ちていた。

「わあ、すごい雪」

私の背後で、妻が感嘆するように声をあげた。

妻は娘の肩を抱き寄せ、なにか珍しいものでも見るような眼つきで空を仰いでいた。

「パパ。早くスキー場へ行こうよ」

娘が、はしゃいだ声で言った。小学校四年生の娘は、スキー場での雪遊びを楽しみにしていたのだ。

「先に、宿を決めたほうがいいんじゃないかしら。予約してなかったんでしょう？」

「ああ」

「大湯温泉ってとこまで、どれぐらいかかるの？」

「さあね」

「何時のバスがあるのかしら」

「さあ……」

以前から計画していたわけではなく、この家族旅行を思い立ったのは、つい四日前のことだった。

夕食のときに、妻がなんの前ぶれもなしに、「雪でも眺めながら、温泉でのんびりしてみたいわね」と言ったのが、旅行きのきっかけだったのだ。

出無精で締り屋の妻にしては珍しい言辞だったが、私はすぐに乗り気になった。

久しぶりに、温泉につかり、雪見酒も悪くはないと思ったからだ。勤め先の仕事も一段落したところで、加えて娘の小学校が特別に四日休みだったので、時期的にも不都合はなかった。

行先を奥只見温泉郷の大湯温泉に決めたのも、特別な理由からではない。

新潟県の地図を見ていた妻が、大湯という地名がなんとなく気に入ったからで、その妻の意向を取り入れたまでのことだった。

「バスの時間、調べてくるよ」

私は妻と娘を駅前に残して、すぐ左手にあるバス発着所の方へ歩いて行った。

大湯温泉・奥只見方面、と標識の立っている発着所で、一人の男が、発車時刻表を目で追っていた。

目鼻立ちが整い気品のある風貌をした、五十歳ぐらいのやせた男だった。

私はその男の背後から、大湯温泉行きの発車時刻を確認すると、妻の所へ戻った。

雪はさらに激しく舞いおり、先刻まで地肌を見せていた駅前も、今では白一色に塗り変えられていた。

「二時半のバスしかないね」

私は腕時計を見ながら、妻に言った。

「じゃ、一時間以上も待つの？」

妻は顔をしかめて、雪空を見上げた。

「とても待ってられないよ。タクシーにしよう」

私が娘の手を引き、駐車していたタクシーの方へ歩きかけようとすると、横から両手に荷物をかかえた男が小走りにタクシーに近づいて行った。

先刻、バスの発着所で見かけた五十年配の男だった。

「大湯ホテルまで、お願いします」

男は運転手に行先を告げると、背後にいた連れの二人の女性を手招きした。

年格好からして、その男の妻と娘であろうか。

男は二人を後部座席に乗せると、自分は助手席に乗り、なにやら運転手に、にこやかに話しかけていた。

「大湯温泉まで」

その次のタクシーに乗ると、妻が行先を言った。

「大湯温泉の、どちらまで？」

運転手に問われ、妻は私を促すように見た。

「大湯ホテル……そう、大湯ホテルへやってもらおうか」

私は先刻の男の横顔を思い浮かべながら、そう行先を告げていた。宿泊場所は現地へ着いてから決めてもよかったが、この降雪の中、そんな手間をかけるのもめんどうだと思ったからだ。

「大湯ホテルですか。あのホテルなら奥只見温泉郷の中でも超一流ですよ。建物は大きいし、設備もりっぱですしね」

運転手は車を発進させると、バックミラーを見やりながら、そう言った。その口調には、独特な新潟訛（なまり）があった。

「でも、そのホテル、高いんでしょう？」

妻が誰（だれ）にともなく、つぶやくように言った。

「ええ、まあ。なにしろ一流ホテルですから」

運転手は苦笑をまじえて、妻に応答した。

「もったいないわ、そんな高いところ」

「いいじゃないか。たまの旅行だもの」

「でも……」

私がそんな話題を打ち切るようにして、黙って煙草（たばこ）をくわえたのを見ると、妻はそのまま口をつぐんだ。

車は狭い住宅街を抜けると、やがて視界の展（ひら）けた国道に出た。道の両側には二メートル近くの積雪があったが、車道は雪解（ゆきと）かし水によってきれいに洗い流されていた。

若い運転手は、朴訥（ぼくとつ）な人柄のようだが、きわめて話好きだった。

奥只見に至るまでの国道沿いには六カ所の温泉があるとかで、車がその場所にさしかかるたびに、あれが芋川温泉、こちらが折立（おりたて）温泉とか言って、細かに説明を加えた。

二十分近く走ると、平坦（へいたん）な雪景色が途絶え、右手に幅広い川の流れが見えていた。

「佐梨(さなし)川です。大湯温泉はこの上流です。あと十分ほどで着きますよ」

と、運転手が言った。

先ほどまでの雪は小降りになり、左手の小高い丘陵の頂には、明るみを帯びた雲がかかっていた。

「大湯温泉の近くに、スキー場はないの?」

私は腕時計を見ながら、運転手に訊(たず)ねた。このままホテルに入るのには、まだ時間が早すぎると思ったからだ。

「ええ、ありますよ。大湯温泉スキー場が。温泉街のすぐ裏手になりますが」

「じゃ、そのスキー場まで行ってもらおうか。子どもが雪遊びをしたがっているもんでね」

「わかりました。いい具合に雪もやんできましたね」

娘の可奈子は、妻の体にもたれて軽い寝息をたてていた。

私たちは、大湯温泉スキー場のすぐ手前で車をおりた。

運転手も一緒におりてきて、またひとくさりスキー場の説明を始めた。そして、スキー場を背にしてそびえている急峻(きゅうしゅん)な山を指し、あれが有名な駒ケ岳です、と言った。

「なんだか、かわいらしいスキー場ね」

運転手が去ると、妻はそう言った。

妻の言うとおり、見るからに小さなスキー場だった。

水上駅から小出駅までの間、車中から名だたるスキー場を目にしてきただけに、このちんまりしたスキー場はことさらにうら淋しいものに映った。

スキーリフトは動いていたが、利用者は数えるほどしかおらず、斜面にもスキーヤーはまばらだった。

裾野に、古びた木造の休憩所がぽつんと建っていた。中にはいると、ストーブを囲んで話し合っている三、四人の従業員がいるだけで、スキーヤーらしい姿はどこにも見当たらなかった。

「貸しスキーがあるわよ。あなた、おやりになったら」

と、妻が言った。

「やめとくよ。けがをするのがオチだ」

「可奈ちゃん。雪ソリで遊びましょうか」

妻はスノーボートを二つ借りると、浮き浮きしたようすで、娘の手を引いて戸外に出て行った。

私は売店で注文したコーヒーを飲みながら、スキー場が見渡せる窓ぎわに坐った。

二本目の煙草に火をつけようとしたとき、建てつけの悪い休憩所のドアが乱暴に音をたてて開いた。

はいってきたのは、青い旅館のハッピを着た五十近いやせて小柄な男だった。ちんまりとした顔一面に、薄汚い無精ヒゲが生えていた。

「おっさん。また飲んどるなあ」

ストーブの前にいた従業員の一人が、からかい半分に声をかけたが、小柄な男は知らん顔をして売店の方に歩いて行った。両頰(りょうほお)が赤みを帯び、その足どりもどこかふらついていた。

「酒をくれないか。ヒヤでいい」

と言って、傍(そば)の椅子(いす)に腰をおろした。

それから三十分ほどして、妻と娘は休憩所に戻ってきたが、その間、例の小柄な男は一杯のコップ酒を大事そうにちびちびと飲み続けていた。

「そろそろ、ホテルへはいろうか」

私は窓外に目をやりながら、妻に言った。

一時はやんでいた雪が、また思い出したように降り始めていた。

私たちが休憩所を出ようとすると、例の小柄な男が先に立ってドアを開け、戸外に出た。

「大湯ホテルの方ですね」

私は思わず、その男の背中に声をかけていた。男のハッピの背に、大湯ホテル、という白いネームが縫い込まれていたからだった。

男は立ちどまると、無精ヒゲだらけの丸い顔を黙ってうなずかせた。

「部屋は空いてますか。今夜から、そちらに泊りたいと思っているんですが」

「さあね。聞いてみなけりゃわからんがね」

男はにこりともせず、大儀そうに言った。

「ともかく、ホテルまで案内してもらえますか」

私は、ホテルの従業員にしては、なんと無愛想で横柄な男だろうと思った。

男は傍の妻の顔を値踏みでもするような眼で眺めやると、黙って先に立って歩き出した。

「あなた――」

妻が小声で言って、私の腕を摑んだ。

「なんだか、薄気味悪い人ね。やっぱり、ほかの宿を当たってみましょうよ」

「そうもゆかんだろう。案内を頼んじゃったんだから」

ハッピの男はスキー場を出ると、車道を右に曲がった。私たちの案内役であることをまるで忘れてしまったかのように、男は気忙しそうに歩調を早めていた。

車道は途中から二つに分かれ、右手の急な坂道をおりきった所が大湯温泉だった。旅館の建物の間から、佐梨川の流れが見えかくれに見えていた。下流とは違って、川幅が広く、流れもゆったりとしていた。

男は、広い真っすぐな道に黙って足を運んで行った。

「まだ遠いんですか、ホテルは」

妻が少しいらだった口調で、男の背中に声をかけた。

男は立ちどまると、はじめて私たちの方を振り返り、右手を黙って後方に突き出すようにした。すぐそこだ、という意味らしかった。

そして、男はくるりと背を向けると、また足早に歩き出していた。

「ああ、あれだよ、大湯ホテルって」

道の左手の小高い所に建っている白亜の建物を指さしながら、私は妻に言った。

周囲の建物を威圧するような豪華建築のホテルで、白壁に据え付けた大湯ホテルという大きなネオンが雪の中にひときわ明るく輝いて見えた。

道の左手に、ホテルに通じているゆるやかな勾配(こうばい)の登り口があった。

その角から二軒目に、大きなみやげ物店があり、旅館の浴衣(ゆかた)の上に羽織を着た女性が一人で買物をしていた。

「あら、番頭さん――」

妻がいきなり、慌てたように声を発してハッピの男を呼びとめようとした。

無理はなかった。道を左に曲がるとばかり思っていたのに、男はその三差路には眼もくれずに、まっすぐに歩き進んで行ったからである。

「変な人ね。なぜ、この道を行かないのかしら」

「ほかに、近道でもあるのかな」

そのとき、みやげ物店の店先にいた浴衣の女が手に紙袋を下げて大通りに出てきた。シヨートカットの髪をした、どこか勝気そうな顔つきの二十四、五歳の女だった。

女の視線が、みやげ物店の店先から大通りに出てくるまでハッピの男に注がれていたことに私は気づいていた。

女は三差路で立ちどまると、じっとハッピの男の背中を見送っていた。

「なんなの、あの人」

妻も女のようすに気づき、さりげなく女を振り返りながら、私に言った。

「さあね。とにかく、あの番頭のあとをついて行こう」

私は娘の手をひき、ハッピの男のあとを追った。

大通りはすぐその先で、左に大きく弧を描くようにして曲がっていた。

私たちは男に導かれるままに、その半円形の道をしばらく歩かされていた。

結局は、近道などなかったのだ。その半円形の道の行きどまりが、大湯ホテルだったからだ。

ハッピの男にどんな理由があったのかは知らないが、私たちは三角形の二辺を歩かされて目的地に到着したのだ。

「まるっきり遠回りじゃないの。馬鹿にしてるわ」

妻はさすがに憤りをかくせず、わざと聞こえよがしに言った。

男はホテルの表玄関に着くと、私たちを一度振り返ったが、すぐにそのまま一人で中にはいって行った。

男がこのホテルの従業員ではなかったことが判ったのは、その直後だった。

玄関の上り口にいた女の従業員が、男の姿を認めると、

「お帰りなさいませ」

と、丁寧に頭を下げたからである。

「お客だよ」

男は傍のフロントにいた従業員に短く声をかけると、スリッパをつっかけてロビーの方へ歩き出していた。

「パパ。ほら、見て……」

娘が私の腕を引き、男のうしろ姿に指をさした。

男は、右脚にしかスリッパをはいていなかったのである。

私はフロントに行き、空室の有無を訊ねた。

部屋はあったが、手頃な値段の部屋は予約客でいっぱいだった。

「いまの人、ここの従業員じゃなかったんですね」

宿泊カードに筆を走らせながら、私は女のフロント係に言った。

「ええ。毎年、今ごろになるとお泊りくださる常連のお客さんです。沼田秀堂さんといって、東京の絵かきさんですわ」

「絵かき――」

「もう、一週間も前からお泊りなんですよ」

「画家ですか」

私は、沼田秀堂とかいう男の小柄で貧弱な体軀を思い浮かべた。ちんまりとした顔の造りをした、どこか魯鈍そうなあの男が、絵筆を握る芸術家だったとは意外だった。

「毎年、このあたりの雪景色を何枚もスケッチしてらしたんですが、今年はまだ絵筆は取っていないようですわ」

フロントが閑暇(ひま)な時間だったせいもあろうが、係員は話好きとみえ、仕事の手を休めて私に話しかけた。

「お泊りになった早々に、スキーで転んで肩や頭を打ちましてね。脳震盪(のうしんとう)を起こしたらしく、しばらくは起きあがれなかったらしいですわ。病院へ行くようにすすめたんですが、たいしたことはないと言って、そのままにしていたんです。絵を描(か)かなくなったのは、そんな事故に遭ったせいかも知れませんわ。部屋でも、お酒ばかり飲んでらして」

「今日も大分アルコールが入っていたようですね。温泉スキー場の休憩所で顔を合わせましてね」

「スキーは子どもの頃からやっていたそうで、お上手のようですよ。だから、けがをしたあとでも、よくあのスキー場に出かけていたんです。バス停前の飲み屋にもよく行くんですが、うちのハッピなんか着込んでいるもので、時おり間違えられて、お客さまをお連れすることがありましてね」

「私たちみたいにね」

あの男に連れられて、私たちと同じように半円形の道をわざわざ迂回(うかい)させられた客のことを思うと、私は思わず笑いがこみ上げてきた。

私たちは部屋係に案内され、緋色(ひいろ)の絨毯(じゅうたん)を敷きつめた広いロビーを横切り、エレベーターを待った。
まもなく、上の階からおりてきたエレベーターが止まり、中から三、四人の客がおりた
った。
最後に出てきた客の顔をなにげなしに見た私は、瞬間、おやと思った。
浴衣を着た若い女だったが、ショートカットの髪型と横顔がさっきみやげ物店で見かけ
た女のものとよく似ていたからだ。
女は私の視線に気づくと、一瞬、薄い笑みを浮かべて、とまどいがちに軽く会釈した。
やはり、あの店先にいて、道案内の沼田秀堂という東京の画家を見送っていた女だった
のだ。

2

私たちの部屋は、四一二号室。四階の角部屋で、南向きの窓からは佐梨川の流れが見え、
その左端に駒ヶ岳の急峻な山容が見渡せた。
窓からの眺望も、部屋も設備も、最高クラスの料金を取られるだけのことはあった。
風呂からあがると、娘は旅の疲れが出たとみえ、窓ぎわのソファで軽い寝息をたててい

た。

私はビールを飲みほすと、

「ロビーにでも行ってみようか」

と妻を誘った。妻は風呂あがりの少量のビールで、すでに頬を赤く染めていた。

広いロビーの窓ぎわに据えられた豪華なソファには、ぱらぱらと四、五人の客が坐っていた。

ロビーの片隅に、小さな売店があった。

店の中をのぞくと、三、四人の客の中にまじって先刻の画家、沼田秀堂の顔があった。

沼田は店の品には眼をくれず、両手を後ろ手に組んだ格好で、なにか落ち着かぬげに店の中を歩き回っていた。

私はその顔を見て、思わず噴き出すところだった。

先刻までの薄汚い無精ヒゲは剃られていたが、左の頬の一部に黒々とした剃り残しがあったからだ。よほどの粗忽者のようだった。

絵ハガキを買うという妻と売店の前で別れた私は、ソファに坐って煙草をくわえた。

火をつけようとしたとき、窓ぎわの方から、

「やあ、牛久保さん」

と、私の名前を呼ぶ太い男の声がした。

三十五、六歳のがっちりとした体格の大男で、四角ばった顔と鋭い眼許に人を威圧するような荒々しさがあった。

男の傍に、エレベーターの前で会い、軽く会釈を交わした例の女が立っていた。

「やあ、あなたでしたか」

先刻、男子浴場で出会った男だった。

誰もいない浴槽につかって、のんびりと手足をのばしているところへ、この大男がいきなり飛び込んできたのだ。

相手が私一人だったせいもあるが、実によく喋る男だった。私はただ適当に相槌を打っていただけだったが、男は息つくひまもないほどに喋り、最後に自己紹介までした。

鯰江彦夫――魚のナマズに、巨人軍の江川投手の江、と男は説明を加えていた。

男に乞われ、仕方なしに私も名を告げていたが、相手がその名前をいつまでも記憶にとどめているとは思ってもいなかったのだ。

鯰江という奇妙な名前の男は、四角ばった顔に親しそうな笑みをたたえながら、私の傍のソファに坐った。

「奥さんとご一緒だったんですね」

鯰江は、私の頭越しに売店の方をちらっと見た。

「ええ」

「うらやましいですな。ご夫婦仲よく温泉旅行とは」

「おつれのかたですか？」

私は、窓ぎわの女性の方に顔を向けながら訊ねた。

鯰江は会社の出張の帰りに休暇を取り、ちょっと足を伸ばしてここに投宿したと言っていたので、その女性は彼とわけありの同伴者かも知れないと私は思った。

「いやいや」

鯰江は、慌てたように手を振って否定すると、

「ここへ来るバスの中で一緒になったんですよ。野月亜紀（のづきあき）さんといって、東京からこられたかたです」

と言った。

「野月亜紀……」

「中学を終えるまで新潟で育ったそうで、毎年、一人でスキーを楽しんでおられるようですよ。ところで、いつまでご滞在ですか？」

「三泊四日の予定です」

「どこか、見物されるんですか？」

「いや、今のところ予定はありません」

「だったら、スキーをやられるといいですよ。このホテルからスキーバスが出ているのをご存知ですか？」

「スキーバス？」

「スキーバスと言っても、三十人乗り程度のミニバスですがね。ホテル側のサービスでしてね。毎朝九時ごろ出発して、夕方に戻ってくるんです。けっこう、利用者が多いようですよ」

「どこのスキー場へ行くんですか？」

「その日によって場所は変わるようですが、この近辺のスキー場のようですな。小出スキー場とか、奥只見丸山スキー場とか……」

のんびり温泉につかるのが目的だったとはいえ、三日もホテルにこもっているのも退屈だと思った。

私は、そのスキーバスに乗ってみようと思った。

ロビーの窓ぎわで二人の女性が川を眺めながら、なにやら声高に話をしていた。

私は、その女性たちの顔に見憶えがある。小出の駅前からタクシーに乗った、五十年配の品のいい男のつれだった。

母親と思われる四十二、三歳の女は、でっぷりとして上背もあり、気性の強そうなひきしまった容貌をしていた。

一方、娘の方は母親とはまったく対照的な容姿だった。やせ細っていて背が低く、見るからに気の弱そうな暗い表情をしていた。

小柄で稚い体つきだったので、せいぜい小学校の高学年ぐらいに思っていたが、娘が高校生だと知ったのは、黄色のスポーツウェアの左胸に高校名が縫いつけられているのを見たときだった。右胸には校章であろうか、白ゆりの花の輪郭が縫いとられてあった。スポーツウェアの背中に縫いつけられた白い布に、七里、という文字が薄いマジックで書かれてあった。

小出の駅前で出会った男が、七里なる姓の持主であることは間違いなさそうだった。

それから四、五分ほど経ったとき、表玄関にホテルのバスが横づけにされた。妻が売店での買物をすませ、私の横のソファに腰をおろしてまもなくのときだった。

「団体客が着いたのね」

妻が言った。

「いや、スキーバスですよ」

と鮠江が言葉をはさんだが、顔は玄関の方に向けたままだった。

スキーバスの乗客の中に、誰かを捜しているような面持ちだった。

「でも、ここのホテルのバスですわ」

「ホテル側のサービスだそうだがね。この近くのスキー場まで、滞在客を送り迎えしているらしいよ」

と、私が説明を加えた。

今まで静かだったロビーが、スキーバスの到着によって、たちまち一変した。

バスをおりた二十人近いスキーヤーたちは、その大部分が滞在客のようだったが、今夜から宿泊する客もいて、フロントの前に人だかりがしていた。

そのときだった。

フロントの人垣の中から、従業員に案内されて、二人づれの女性が肩を並べるようにしてこちらに歩いてきたのだ。

私は最初、右側の背のすらりとした女性の方をぼんやりと眺めた。

その女性は私たちの坐っているソファの方に眼を向けながら歩いてくると、その顔にかすかな笑みを浮かべた。

誰かと無言で会釈をしていたのだが、私はその女性とは一面識もなかった。

その女性のつれは、真っ赤なジャンパーを着た肉づきのいい女だった。

私の視線がその女の顔に移ったとき、一瞬、上半身が揺らぐような激しい衝撃を受けたのだ。

あの女が——千明多美子が、私の方に向かってまっすぐに歩み寄ってくるような錯覚を感じたからだった。

真っ赤なジャンパーの女は、千明多美子と生き写しだったのだ。

——そんなはずがない。多美子がこんな場所に現われるはずがない。

私は胸の動揺を、そんな声にならないつぶやきで必死に打ち消そうとした。

——人違いだ。人違いにきまっている。

私の期待は、だが次の瞬間、あえなく裏切られていた。

近づいてきた女は、ふとその歩みを止め、その視界の中にはっきりと私を捉えていたからだった。

女が足を止めたのは、ほんの一瞬で、すぐに何事もなかったかのように、私の横を足早に通り抜けて行った。

だが私は、通りすがりにちらっと見せた女のかすかな笑みを、決して見逃してはいなかった。

女は、やはり千明多美子だった。多美子以外の何者でもないという不動の事実が、私の胸に重苦しくのしかかってきた。

私は、横目使いに傍の妻を盗み見た。

ビールで紅潮していたはずのその横顔は、青白く変色していた。

3

ロビーから四階の部屋に戻るまでの間、私と妻はひとことも言葉を交わさなかった。

「軽く飲みなおそうか」

窓ぎわのソファに坐ると、私は重苦しい雰囲気を払いのけるように、わざと陽気に言った。

妻は眠っている可奈子の方をじっと見つめていたが、やがてその顔をゆっくりと私に向けた。

「多美子さんね、あの赤いジャンパーの人」

と妻は、その言葉を短く区切るようにして言った。

「奇遇というやつだね。外国で病死したという噂（うわさ）は嘘（うそ）だったんだね」

「やっぱり、多美子さんなのね。たったの一度しか、それも遠くからしか見たことはないけど、あの人の顔はずっと忘れたことはなかったわ。この世の中で一番会いたくない人だったから」

「気持ちはわかるよ。私だって同じことだ」

私は慎重に言葉を選びながら、そう言った。

「あの人とこのホテルで一緒になったの、偶然だったのかしら……」

「さっきも言ったように、まったくの偶然だよ。世の中には、こういうこともあるんだね」

「もしかしたら、あの人、わたしたち親子がここに泊っているのを知っていて、それで……」

「馬鹿なことを言うなよ。多美子がどうして私たちの行動を知ることができたんだね。私たちがこのホテルに泊ったのだって、行き当たりばったりに決めたことじゃないか」

「あの人が、私たちのあとをつけてきた、とも考えられるわ……」

「多美子はどこかのスキー場にいて、このホテルのバスに便乗して、ここへきたんだよ。あとをつけてきたなんて、到底考えられないよ。それにだ、多美子がなぜ私たちを尾行しなけりゃいけないんだね」

妻はしばらく窓の方に眼をやっていたが、

「私……心配なのよ」

と、ぽつりと言った。

「心配って、なにが？」

「あなたは、心配じゃないの？　私はそのことをずっと以前から考えていたわ。そんな事態になったらどうしようかしらと、いつも心を悩ましていたのよ」

「だから、いったい、なにが心配なんだい」

「娘の可奈子は、あの人の子どもよ。千明多美子という女のお腹を痛めた子どもなのよ」

と、妻は言い聞かせるような口調で言った。

「そのとおりだよ。可奈子は、私たち夫婦の実子ではない。私の弟の周兵と多美子との間に出来た子だよ。多美子は可奈子を出産するとまもなく周兵の許を去って、ブラジルに渡った。周兵は、その一年後に事故死した。そして、私たち夫婦が可奈子を引き取ったんだ。それは、お前が私と結婚して六カ月とは経っていないときのことだ。お前の新婚生活の大半は、可奈子という乳呑児(ちのみご)の育児に振り当てられたんだ。あれからもう、十年になる。多美子はその間、一度も私たちの前には姿を見せなかった」

と、私は言った。

こんな既成事実を語るのに、口ごもったり、話の脈絡を失いかけたりしたのは、慎重に言葉を選んでいたからに他ならない。

不用意な言葉で妻になにかを気どられるのを、私は警戒したのだ。

「最近、多美子さんの夢をよく見るわ」

妻は、短い沈黙のあとで、そう言った。

「多美子さんが可奈子を無理やりどこかへ連れ去ろうとする夢よ。私は必死になって二人のあとを追いかけるんだけど、いつもどこかで見失ってしまう……そんな夢だわ」

「お前の心配というのは、そのことだったんだね。つまり、娘を多美子に取り上げられるんじゃないか、と心配していたんだね」

「そうよ」

「ばかばかしい」

私は思わず、吐き捨てるように言った。

「そんな心配をすること自体が、こっけいだよ」

「どうして？」

「娘を引き取ろうなんて、万が一つにも、そんな殊勝な考えを起こすような女じゃないからさ」

「そんなふうに言い切れるものかしら。あれから何年も経っているのよ」

「それは相手にもよるよ。あの多美子という女に限って言えば、そんな母性愛とかいう代物はまったく無縁なものってことさ」

そう信じて疑わなかったので、言葉にも思わず熱がこもった。

私は冷蔵庫からビールを取り出すと、妻の前にもグラスを置いた。

気持ちの高ぶりで咽喉が渇いていたのだろうか、妻はグラスの中身を一気に飲みほした。

ビールを飲んだせいか、妻の顔には少し落ち着きが戻っていた。

妻は、自分でビールをグラスに注ぎながら、

「こんな高い部屋に、三日も泊まるなんて、考えてみるともったいないわね」

と、含みのある言い方をした。

「予定を変更しようと言うんだね」

「ともかく、あの人と同じホテルにいるのは、いやよ。可奈子が一緒でないときなら、ともかくとして……」

「それほどいやなら、違うホテルに移ってもいいけどね。けど、多美子は明日にでもここを発つかも知れないしね」

私は自分自身の希望を、その言葉の中に秘めていた。

「このホテルに泊るのは、最初からあまり気が進まなかったわ。それなのに、あなたは私

の言うことには耳も貸してくれなかったのよ」

そんなすねた物の言い方は、平素の妻らしくなかったが、それだけに気持ちはよくわかるのだ。

たしかに妻は、この大湯ホテルに宿泊することを、二度にもわたって、それとなく反対していた。

妻の言葉を受け入れていれば、多美子とは邂逅（かいこう）しないですんだはずだが、今さらそんなことを悔んでみても遅かった。

「とにかく、なにも心配することはないさ。多美子がなにか事をかまえるなんて、考えないほうがいい。せっかくの親子水入らずの旅行じゃないか。多美子のことで気をわずらわすなんて、くだらんよ」

と私は言って、残りのビールを飲みほしていた。

それは、自分自身に言い聞かせている言葉でもあった。

4

夕食がすんだあと、私は一時間ほど娘と一緒にテレビを観（み）て過ごした。

娘はテレビに飽きると、敷かれた夜具の上で妻を相手にはしゃぎまわっていた。

「風呂に行ってくる」

私は妻にそう言って部屋を出たが、湯舟につかる気持ちはなかった。

酒でも飲んで、少しでも気を落ち着けたかったのだ。

ロビーの売店横の狭い廊下の突き当たりに、スナックがあった。

私は、「やまびこ」と書かれたその店のドアを開けた。

八時半という早い時間のせいか、広い店内は閑散としていた。正面の小さなステージの傍に大型のレーザーディスクが据えられ、夫婦者と思われる二人づれが画面に見入っていた。

私は注文した水割りをゆっくりと飲みながら、千明多美子との過去を脈絡もなく想い起こしていた。

十一年前のあの夜、札幌の街には大粒の雪が舞い落ちていた。

私は、弟の周兵の行きつけのバーで多美子にはじめて会ったのだ。

現在の出版社に入社する八年ほど前のことで、当時私は二流どころの鉄鋼会社の札幌支社に勤めていて、H大に籍を置いていた弟と一緒に郊外のアパートに住んでいた。

弟は生真面目なお坊ちゃん育ちの男だったが、そんな弟に女がいると感じ始めたのは、新しい年を迎えたころからだった。

賭事（かけごと）や遊びを知らない弟が、そのころからしばしば外泊を重ねるようになったからだ。

私は、弟に問い質（ただ）した。弟はいとも素直にその事実を認め、相手の女は札幌の一流バーのホステスだと言った。そして、大学を卒業したら、その女と所帯を持つ約束を交わしている、と弟はつけ加えていた。

私は驚いたが、しかし正面切って反対はしなかった。

一流バーのホステスが、世間知らずの貧乏学生を本気で相手にしているとは到底思えなかったからだ。適当にあしらわれ、あげくは女に袖（そで）にされることは私には眼に見えていた。

私が静観する態度を取ったのは、弟にそんな人生体験を味わわせるのも薬になると判断したからだった。

私が多美子のいるバーに顔を出したのは、ほんの気まぐれからだった。顧客を接待した帰りで、どこかで一人で飲みなおそうと飲食街を歩いていたとき、ふと弟のことを思い出したのだ。

弟の相手の女、千明多美子は私が想像していたのと大差のない女だった。よく喋り、よく笑い、瞬時も客の気をそらさない、水商売にはうってつけの女だった。

言ってみれば、個性のない平凡なホステスの一人で、私はすぐに退屈したが、新潟出身だという多美子の容姿には強く魅かれるものを感じた。

目鼻だちのきりっとした彫りの深い顔で、その横顔には、どことなく気品さえ感じられた。

中背で太りぎみの体だったが、胸や下半身の盛り上がりに男の気を引きつける色気があった。

「牛ちゃん――」

私のぼんやりとした回想は、そのとき背後から聞こえた女の声によって中断された。

過去に私のことを、牛ちゃんと呼んだ人間はあの女しかいない。

私は声の主を振り返らずとも、相手が千明多美子だとわかっていた。

「多分、ここだろうと思ったわ。しばらくだったわね、牛ちゃん」

私と視線が合うと、多美子は持前のややかん高い声で言って、白い歯を見せた。

薄暗い照明の中だったが、多美子の体は以前よりやせて見えた。肌にぴったりとした薄手のセーターを着込んでいたが、その上半身には以前のような若やいだ魅力が感じられなかった。

「ご一緒していいわね」

「ああ。でも、あまり長居はできないんだ」

「久しぶりに会ったっていうのに、もう逃げる算段ね。昔もそうだったけど」

多美子はジンフィズを注文すると、煙草に火をつけ、私を観察するようにじっと見入った。

「ロビーで眼が合ったとき、私だとすぐわかったようね。私はあなたが気づく前に、牛ちゃんだとわかっていた」

「驚いたよ、正直なところ。君はブラジルにいるものだとばかり思っていたからね」

「逃げ出してきたのよ、三年ほど前に。相手の男は、大金持ちの農園経営者だってふれ込みだったけど、まるっきり嘘っぱちよ。私はまるで小作人同様にこき使われたわ」

以前と変わらない声高で早口な言葉の中には、いまだに新潟訛がしみついていた。

「たしか、つれの女性がいたようだけど、二人でスキーにきたの？」

「東京で今度、友だちのスナックを手伝うことになってね。その打合せで上京する途中だったのよ。列車の中で偶然あの人と一緒になってね。大湯温泉に泊りにゆくって聞いたら、なんだか急に温泉につかりたくなってね。小出駅で途中下車しちゃったってわけ」

飲物が運ばれてくると、多美子はグラスを宙にかかげ、私を目顔で促すようにした。

「乾杯――」

と多美子は言って、以前によく札幌の店で見せたと同じように、小首をかしげてしなを作り、音たててグラスを合わせた。

「前と同じお勤め？」

多美子は、微笑みながら訊ねた。

「いや、鉄鋼会社はずっと以前に辞めたよ。いまは、児童物の出版社に勤めている」

5

「ロビーで、あなたの横に坐っていた人、奥さんね？」

多美子は、いたずらっぽい眼つきでそう訊ねた。

「ああ」

「とっても可愛い感じの人ね。いい家のお嬢さん？」

「上役の娘だよ」

「いつ結婚したの？」

「君がブラジルへ発って、七、八カ月もしたころだったと思う」

「お見合い？」

私はそれに答える代わりに、黙って残りの水割りを口に運んだ。

「好き合って一緒になったのね」

多美子は、楽しむような表情で私を眺めていたが、

「私と付き合いながら、奥さんとのデートも楽しんでいた、ってわけね」

と、言った。

「違う。今も言ったように、妻と交際しはじめたのは、君がブラジルへ行ったあとからだ」

「そんなにむきにならなくてもいいわよ。どっちみち、私は牛ちゃんの遊び道具だったんだから。牛ちゃんが欲しかったのは、私の体だけ、そうでしょう?」

「そんな話、やめてくれないか」

私は、思わず声高に言っていた。

「相変らず、短気なのね。昔とちっとも変わってないわ」

多美子は、あくまでも冷静に言った。

これ以上、多美子と会話を続けるのが私には耐えられないほど苦痛だった。多美子はそんな私の心中を見抜いたかのようにちらっと笑いを浮かべると、従業員にジンフィズのお代わりを頼んだ。

「本当を言うとね、牛ちゃん」

と、多美子は続けた。

「牛ちゃんのこと、みんな知ってたのよ。札幌のお店のママからブラジルへ二、三度手紙がきたわ。あなたがお金持ちのお嬢さんと結婚したことも、ちゃんと書いてあったわ」

「じゃ、弟の周兵のことも知っているんだね？」

「気の毒なことをしたわね、周兵さんも。交通事故に遭ったとか、ママの手紙に書いてあったけど」

多美子の言葉の中には、弟への弔意などみじんも感じ取れなかった。

「飲酒運転による事故死だった。弟の車は対向車線に乗り入れ、大型トラックと正面衝突したんだよ。トラックの運転手は、自殺行為にも等しい無謀運転だったと話していた。弟の車はかなり前方から、そのトラックを目がけて突き進んできた、という話だった」

「周兵さんは、無茶なところがあったわ。そんな性格は牛ちゃんによく似ていた」

「弟は心底、君に惚（ほ）れていたんだ。私はたんなる遊びだとばかり思っていた。大学を卒業すれば、君とあっさり手を切るものだとばかり思っていたよ。ところが、弟は以前にも増して君に執着した。君はそんな弟を捨てて、別の男とブラジルに渡ってしまった。それからの弟は、まるで腑（ふ）抜（ぬ）け同然の生けるしかばねだった」

「周兵さんの死が、まるで私に責任があるみたいな言い方ね」

多美子は平然と笑顔をつくり、私の返答を待つような表情をしたが、私はそれにはかまわずに言葉を続けた。

「弟は君と所帯を持つことを、本気で考えていたんだよ。だからこそ、君に子どもまで産ませたんだ」

「子どもなんて、産みたくはなかったわ」

「だったら、どうして——」

「私が子どもを堕すと言い出すたびに、周兵さんはまるで半狂乱になって怒ったわ。子どもを堕すのなら、私を殺すとまで言っていたわ。周兵さんなら、やりかねないと思い、仕方なしに産んだのよ。殺されるより、ずっとましだと思ったから」

と、多美子は言った。いかにも、この女らしい発想だと思った。

「その子どものことだけどね」

私は、つとめてさりげない口調で言った。

「君の産んだ可奈子のことだけど、気にならないのかい？」

「周兵さんが亡くなったあとで、牛ちゃんが引き取って育ててるってこと、店のママの手紙で知っていたわ。お礼を言うべきところね、あの子をこれまで大きくしてくれた牛ちゃん夫婦に。いま、何歳だったかしら……」

「来月の二十六日が、満十一歳の誕生日だよ」

「そう、早いものね。元気にしてるの？」

「三、四歳のころは、よく病気をしてね。でも、幼稚園に通い出すようになってからは、風邪ひとつひかない丈夫な子になったよ」

「そう。牛ちゃんたちの子どもさんは？」

「家内が子どもを産めない体でね」

「そうだったの」

多美子はジンフィズに軽く口をつけると、意味ありげな眼つきをした。

「じゃ、困るわけね」

「困るって、なにが？」

「わたしが可奈子を引き取って育てるってことにでもなれば、牛ちゃんや奥さんは困るわけでしょう？」

と、多美子はなにげない口調で言った。

「君が引き取る？　本気でそんなことを考えているのかい？」

半ば呆(あき)れ、半ば不安を憶えながら、私はそう訊ねた。

「自分の子を手許(てもと)において育てるのが、そんなにおかしいことかしら？」

「第一、君があの子をどうやって育てるんだい」

「やってみなけりゃわからないけど、どうにかなるわよ。今までだって、どうにかなってきたんですもの」

「正直に言わせてもらうがね。産み捨てにしておいて、今さら一方的に引き取りたいなんて虫がよすぎるよ。それに……」

「つまり、牛ちゃん」

多美子は、私の言葉をさえぎるように言った。

「可奈子を手放したくない、って言うわけね」

「そうだ。可奈子を君に手渡す気は毛頭ない。可奈子は私たちの子どもだ。私たちの宝だよ」

「いいわ。仕方がない、あきらめるわ」

と、多美子は言った。

意外に思ったほど、あっさりした身の引き方だった。

「牛ちゃんが嫌がるのを、無理押しするつもりはないわ。だって、牛ちゃんを怒らせたくないんですもの」

「――」

「ねえ、牛ちゃん。私たち、昔のように、また仲よしになれないかしら」

「つまり……」

「そう。よりをもどせないか、ってことよ」

「ばかな」

　私は一笑に付した。

「やっぱりだめ？」

「当たり前だよ」

「じゃ、せめて仲のいいお友だちになってくれない？」

「お友だち……」

「お友だちと言うよりは、パパかな。私の欲しい物を買ってくれたり、時どきお小遣いをくれたりする、あのパパよ」

　私は、多美子の彫りの深い顔をじっと見守った。

　多美子の真意が、やっと読めてきたからだ。

「私に金を出せ、という意味だね」

「私ね、もうこの年になってあんな水商売続けるのは、しんどいのよ。たまには、楽な生活をしてみたいわ」

「私には、君を養えるような金の持ち合わせなんてないよ」

「あなたがだめでも、奥さんがいるでしょう」

「家内が……」

「奥さんの実家、すごいお金持ちなんでしょう」

「家内が、そんな金を出すとでも思っているのかい」

「いずれは出すようになると思うわ。奥さんも可奈子を手放したくないんでしょう?」

「君は――」

私は、二の句がつげなかった。

多美子が、可奈子を引き取りたいなどと言い出したのも、こちらの反応を見るための口実にすぎなかったのだ。

多美子は、ついに本性をあらわにさらけ出していた。

私が最も恐れ、そして回避したかった事態が、私の眼の前にあった。

「金は出せないね」

私は、短く言った。

「それじゃ、私が困るわ。そうなると、言いたくないことまで奥さんの耳に入れなけりゃならなくなるわね。私、そんな真似はしたくないのよ。牛ちゃんだって困るでしょうに」

私の心の動揺をすばやく見てとった多美子は、わざとさりげない口調でそう言った。

そのとき、店のドアがあいて、浴衣姿の客がはいってきた。

薄暗い店内に立った客は、小出駅の広場で見かけた七里という名前の五十年配の男だった。

最初は気づかなかったが、七里の背後にもう一人の小柄な客がいた。

画家の沼田秀堂だった。

多美子と二人きりでいるところを、これ以上、第三者の眼にさらしたくないと思い、私は席を立った。

「部屋にもどる」

「まだ話がついてないじゃないの」

「とにかく、金は出せない。ない袖は振れないってやつさ」

「牛ちゃん。ちょっと待って」

私が背中を向けたとき、多美子が改まった口調で呼びとめた。

「奥さんは知らないんでしょう、可奈子が周兵さんの子じゃないってこと。牛ちゃんの子だと知ったら、どうなるかしらね」

私の背中に、多美子はとどめを刺すようにゆっくりと言った。

そしてすぐ、

「私の部屋は、三六一号室。気が変わったら、電話してちょうだい。私は、あさっての朝、ここを発って東京へ行くわ。それまでに、話をつけてしまいましょ」

と、付け加えて言った。

第二章　雪の危惧

1

三月十日
朝風呂（あさぶろ）のあとで湯ざめをしたらしく、午後から寒気と頭痛がした。風邪ぎみの体調が、沈んだ私の気持ちに拍車をかけた。
夫も、急に口数が少なくなっていた。昨夜ホテルのスナックで飲んだ二日酔いのせいもあるだろうが、顔色もさえなかった。

物思いに沈んだような暗い夫の表情は、ついぞ見かけたことのないものだった。

夫と娘が大湯温泉スキー場に出かけて留守のとき、廊下であの女性とすれ違った。

私は慌てたが、彼女は私と視線が合うと、軽く眼顔で会釈しただけで、言葉をかけてくるでもなかった。

私を見憶えていないのだろうか。

予定を一日短縮して、明日帰ることにした。夫は最初は不満そうだったが、私の申し入れをのんでくれた。あの女性と同じホテルの中で過ごすのは、なんとしてもいやだった。

せっかくの家族旅行が、こんなつまらないものになろうとは思ってもいなかったことだ。

でも私は、いっときも早くこのホテルを離れ、家に帰りたかった。

昨日からの不吉な胸さわぎが、今日も一日静まることがなかったからだ。


…………

………………

窓のカーテンをあけると、外は先が見えないほどに激しく雪が落ちていた。

時おり疾風が巻き起こり、大粒の雪が音をたてて窓ガラスに吹きつけてくる。

床から離れるとすぐに、妻は再び他のホテルへ移ることをしきりに提案したが、私は悪天候を理由に、それには応じなかった。

多美子に黙って、逃げ出すような行動に出たら、あとでどんな事態が生じるかわからなかったからだ。このさい、多美子をいたずらに挑発するような行為はつつしみたかった。

妻が可奈子を連れて朝風呂に行っている間、私は窓ぎわのソファに坐って、降りつづく雪を眺めていた。

私は昨夜、多美子のことを思いめぐらし、まんじりともしなかった。

多美子との邂逅は、私の危惧していた事態を招いたが、私の心をそれ以上の混乱に追いやっていたのは、別れぎわに聞いた多美子の言葉だった。

可奈子の父親は周兵ではなく、この私だ、と多美子はなんのためらいもなく、はっきりと言い切っていたのだ。

たしかに私は、過去に何度か、可奈子の父親がはたして弟の周兵だったのかどうか、ぼんやりとした疑いを抱いたことがあった。

可奈子を引き取って一、二年の間は、周兵が父親であることを疑おうともしなかった。

だが、可奈子が成長するにつれ、その顔の中に周兵のおもかげが、これといって見出せないことに気づくようになったのである。

弟の周兵は母親似で、四角ばって細長い顔つきで、眼は切れたように細く、鼻翼のひろがった低い鼻をしていた。

可奈子の目鼻だちは、大人びて見えるほどにはっきりしていた。この点は、彫りの深い母親の多美子の血を引いていたと言えるが、顔はふっくらとした卵型だった。

顔の輪郭も目鼻だちも母親似で、加奈子の顔の中に周兵のおもかげを求めるとしたら、大きな耳ぐらいのものだった。

可奈子が、周兵ではなく私の子かもしれないと思うようになったのは、この三、四年のことだった。鼻の形や、広い額の形が私のそれらとよく似ていることに気づいたからだった。

可奈子はA型で、血液型からの鑑別では、周兵も私も可奈子の父親に該当していた。

可奈子の父親は周兵ではなく私かもしれないという思いは、歳月が経つにつれ、はっきりとした確信に変わっていた。

私は、可奈子の父親は自分だと信じ、そのことは自分一人の胸にしまい込んでおいた。

妻に可奈子の出生の秘密を告げることなど、まったく論外だった。

妻は私と多美子の関係も知らず、可奈子が周兵の忘れ形見と頭から信じ切っていたからだ。

多美子がブラジルで客死したことを耳にはさんだとき、私の秘密は私が口を封じているかぎり妻に知れることはない、と私は安堵(あんど)していた。

その多美子が、なんの予告もなしに、いきなり私の眼の前に現われたのだ。

私は昨夜から何度も思いめぐらしていた考えに、ここでやっと終止符を打った。

多美子の言い分を素直にのもう、と私は心を決めたのだ。

私はソファを離れると、床の間の電話の前に坐った。

私は受話器を取り、昨夜多美子から聞いた部屋の番号をダイヤルした。

三桁(けた)の数字を回しおわって、ややしばらくすると、相手が出た。

「はい……もしもし」

高い音色の声がすぐ耳許(みみもと)に聞こえてきた。

「ああ、私だ」

「もしもし……」

「私だよ、牛久保だ」

「牛久保……」

「私だよ……」

と言いかけて、私は相手が多美子の連れの女性ではないかと思った。しかし、その直後に、

「こちら、三六二号室の野月ですが、何番におかけですか？」

なじるような、かん高い女の声がした。

「失礼――」

私は、慌てて受話器を置いた。

うかつだった、と私は自分の粗忽さに腹が立った。一番違いの番号を回していたミスはともかくとして、野月という女性に自分の名前を告げていたからだった。

私はもう一度受話器をとり上げ、今度は慎重にダイヤルを回した。

「はい」

受話器を取ったのは、間違いなく多美子である。

「ああ、牛ちゃん。電話をくれたとこをみると、やっぱり気が変わったのね」

「話し合いたいと思ってね」

「よかった。さすがは牛ちゃんね、物わかりがいいわ」

「詳しいことは、帰ってからだ。東京の会社の方に連絡してくれないか」

「いいわよ。電話番号、教えて」

私は、勤務先の電話番号を伝えた。

「牛ちゃんたち、いつ帰るの？」

「明日の予定だが」

「じゃ、今日一緒にスキーバスに乗らない？」

「やめとくよ」

私が受話器を置こうとすると、多美子は、

「ちょっと待ってよ。まだ、言いたいことがあるんだから」

と、さえぎった。

「なんだね、言いたいことって」

「牛ちゃん――」

多美子は急に語調を変えて、私に呼びかけた。

「ゆうべ、牛ちゃんと別れたあとで、可奈子に会ったわよ」

「可奈子に……」

「ロビーの自動販売機でジュースを買ってたわ。ひと目で、可奈子とわかったわよ。可愛い子ね。牛ちゃんにそっくりじゃないの」

と言って、多美子はからかうような笑い声をたてた。

2

午後になると、吹雪はやみ、雪も小降りになった。

部屋に閉じこめられ、すっかり退屈していた娘の可奈子は、雪が小降りになったのを見ると、スキー場へ行きたいと妻にせがんでいた。

妻は風邪ぎみで頭痛がすると言って、昼食後からずっと窓ぎわのソファで横になっていた。

私は娘と一緒に、裏の大湯温泉スキー場で二時間ほど時を過ごした。

ホテルに戻り、人気のないロビーで煙草を吸っているときだった。

沼田秀堂という画家が、どこかふらついた足どりで外から玄関にはいってくる姿が眼にとまった。

例によって、ホテルのハッピを着込み、大分飲んでいたのか、赤い顔をしていた。

昨日剃り残した左頬のヒゲが、黒々と光っている。

「お客だよ」

画家は傍のフロントに声をかけると、そのままスリッパをつっかけ、足早にロビーを横切って行った。

「パパ。ほら、また、あのおじさん……」

傍の娘に言われるまでもなく、私はそのことに気づいていた。

画家は前の日と同じように、右脚にしかスリッパをはいていなかったのだ。

画家に案内されてきた客は、水色のスキーウェアを着た二十五、六歳の女だった。ノーウエーブの黒髪を肩まで伸ばした、知的な感じの美人である。

女は部屋係に案内されて、ゆっくりとロビーを横切って行った。

そのうしろ姿を見送りながら、私の口許に微笑がわいた。

画家の沼田に案内されたこの女の客は、私たちと同じように、遠回りの道を歩かされたに違いないと思ったからだ。

夕食のとき、ウイスキーを注文したが、二、三杯飲むと眼許が赤くなり、胸許に動悸がして、私はグラスを傍に押しやった。

「あら、もうお飲みにならないの？」

と、妻が言った。

「ああ」

「あなたも、疲れているのね」

「可奈子と雪遊びをしたのが、ちょっとこたえたかな」

私は、さりげなくそう言って床に入った。

「せっかくの旅行だったのにね。明日は家に帰りましょうよ。ほかのホテルに泊るのも、もったいないし」

「ああ」

私は、妻の提案に今度は素直に賛成した。温泉でくつろぐような気持ちの余裕を、私は持ち合わせていなかったからだ。

「風邪薬をもらってくるわ」

と言って、妻が部屋を出て行ったのは、夜の九時ごろのことだった。

妻が部屋に戻ってきたのは、それから二十分ぐらい経ってからだった。フロントまで行ったにしては、時間がかかっていた。

「あなた。野月さんって女の人、ご存知でしょう？」

妻は部屋にはいるとすぐに、やや興奮した口調でそう言った。

「野月――」

私はぎくっとして、思わず床から起き上がった。

けさの間違い電話の相手は、野月という女性だった。

「あの風変りな絵かきさんに、ここまで案内してもらったとき、途中の三差路のみやげ物店の前に、女の人が立っていたでしょう？」

「うん、憶えてる。で、その野月さんがどうかしたのかい？」

「旧館の中庭から、河原へ転がり落ちたのよ」

「え――」

「フロントで薬をもらって、帰りがけに階段の踊り場のトイレにはいっていたの。そしたら、窓の外に女の悲鳴が聞こえてきたのよ。ロビーに引き返してみたら、売店の裏の小さな出入口から、何人かの従業員が慌てて飛び出して行くのが見えたわ。私もみんなのあとから、旧館の中庭へ出てみたら、河原へロープが垂れ下がっていて、二、三人で誰かを引きずり上げているところだったのよ。従業員の背中におぶさるようにして上がってきたのが、その野月さんだったの」

「で、野月さんの容態は？」

「額や頬から、血が流れていたけど、意識はちゃんとしてたわ。あんな高い所から転がり落ちて、軽いけがですんだのは幸運だった、ってフロントの人も話していたけど」

「なんでまた、そんな所から落ちたんだろう」

「酔いざましに中庭を散歩していた、とか野月さんは周りの人たちに話していたわ。足許が滑って、転がり落ちたとか」

「ともかく、軽いけがですんでよかったじゃないか」

私は床から抜け出し、ソファに坐って煙草をくわえた。

最初、妻の口からいきなり野月という女の名前が飛び出したとき、私は胆の冷やされる思いがした。

野月という女が、例の私との電話の一件を変にかんぐり、妻になにか吹き込んだのではないか、と気を回していたからだった。

妻は私の前のソファに坐ると、ふと小首をかしげ、

「でも、ちょっと変なのよね」

と、つぶやくように言った。

「変って、なにが？」

「野月さんは、誰かに突き落とされたんじゃないかしら……」

と、妻は言った。

「えっ——」

私の驚き顔を見やりながら、妻は、

「あなたにまた、推理小説の読みすぎだって笑われるかも知れないけれど。私、そんな気がするのよ」

「野月さんは酒を飲んでいたんだろう、足許がふらついても不思議じゃないよ」

「でも、足許がおぼつかないほど飲んでいたとは見えなかったわ。話す言葉だって、しっかりしていたし」

「それに野月さんは、足を滑らせて転がり落ちた、と自分の口から言っていたんだろう」

「ええ、そうよ」

「だったら……」

「野月さんは、たしかに自分で足を滑らせたと言っていたわ。でもそれは、自分を突き落とした人物が誰だったかを知っていたから、わざとそんな嘘をついたのかも知れないわ」

「犯人をかばった、という意味かい？」

「違うと思うわ」

「じゃ……」

「私、見たのよ、自分で足を滑らせたと言ったときの野月さんの顔を。顔は、興奮でひきつっていたわ。でも、その顔に、なんとも言えない笑いが浮かんでいたのよ」

「笑いが……」

「自分から足を滑らせ、九死に一生を得た人が、そんな笑いを顔に浮かべるかしら」

「うん……」

「誰か野月さんに殺意を持っている人物が、このホテルにいるんじゃないかしら、そんな、気がするのよ」

と、妻は言って、フロントでもらった風邪薬の錠剤を口にふくんだ。

妻は、自分からも言っていたように、無類の推理小説好きだった。

だから私は、この妻の話を、例の詮索(せんさく)好きが始まったぐらいに考え、半ば適当に聞き流していたのである。

第三章　転落の光景

1

三月十一日
痛ましい惨事が起こった。ホテルのスキーバスが、佐梨川に転落したのだ。
不吉な胸さわぎが、こんな形で現実になろうとは考えてもいなかったことだ。
私と娘が帰り支度を終え、エレベーターを一階でおりた直後だった。ロビーに何人かの悲鳴が聞こえ、慌てて玄関を飛び出して行く夫のうしろ姿が眼に止まった。

人だかりのしているロビーの窓に眼をやり、私は思わず息をのんでいた。

スキーバスの車体の半分が、佐梨川に沈んでいたからだ。

その激しい衝撃は、夜になっても私の胸に長く尾をひいていた。

興奮がさめやらなかったのは、悲惨な事故をまのあたりにしたためばかりではなかった。

夕方、ロビーで耳に入れたホテルの従業員の言葉が、私を動揺させていたからだ。

五名の犠牲者の中に、他殺死体がまじっていたのだ。


……………………

翌朝は冷えこみは厳しかったが、昨日とはうって変わり、抜けるような青空が展がっていた。

先に帰り支度を終えた私は、会計をすませるために、妻と娘を部屋に残してロビーにおりて行った。九時だった。

表玄関の前に、スキーバスが停(とま)っていた。発車間ぎわらしく、座席はあらかたふさがっていた。

私はフロントで会計をしながら、小出駅までのタクシーを頼んだ。多美子の乗っているスキーバスに同席することは、なんとも気が進まなかったからだ。

会計をすませた私は、窓ぎわのソファに坐(すわ)って妻と娘を待っていた。

私の近くのソファに、帰り支度をした鯰江彦夫が坐っていた。

私の視線に気づくと、鯰江はちらっと笑顔を見せたが、すぐに顔を窓の方に向け、なにやら思案顔で煙草(たばこ)をくゆらせていた。

九時を十五、六分過ぎていたが、スキーバスは表玄関に停ったままだった。

バスのエンジンが始動したとき、手荷物を下げた若い女性が慌てた足どりでロビーを横切って行った。

あの野月亜紀という女性だった。昨夜の外傷であろう、額と頬(ほお)に救急用の絆創膏(ばんそうこう)が貼(は)られてあった。

野月亜紀が飛び乗ると同時に、スキーバスは発車した。定刻を二十分近く過ぎた時刻だった。

私は煙草をもみ消して、窓ぎわに立って佐梨川を見おろしていた。

私のすぐ傍で、同じように川を眺めていた男が七里だと気づいたのは、その直後だった。

七里は若向きな赤いセーターを着こみ、薄茶のサングラスをかけていた。七里は私と視線が合うと、軽く笑みを浮かべた。どこか憂いを含んだ、さびしそうな笑顔だった。

七里は別に話しかけてくるわけではなく、私からすぐに視線をはずすと、窓外の雪景色を黙って眺めていた。

「スキーバスですね」

ふと七里が、誰にともなく言った。

窓の左端に見えている対岸の小高い丘の中腹に、ブルーのスキーバスの車体が私の眼にはいった。

起伏とカーブの多い道で、バスは雪の斜面にさえぎられて、すぐに私の視界から消えた。

バスが再び姿を見せたのは、くだり坂にさしかかったときだった。その急なくだり坂は、佐梨川の川岸近くまで続き、そこから大きく左に旋回して、ゆるやかな登り坂になっている。

下流でせき止められてでもいるのだろうか、この一帯の流れはゆるやかで、川底も深そうに見えた。

「危ない――」

そのとき、私は思わず声にならない叫びを上げた。

くだり坂を走るにしては、バスはあまりにもスピードを上げすぎていたからだ。

バスはまるで、佐梨川にそのまま、まっすぐ乗り入れるような感じで、さらにスピードを加えてつき進んでいた。

「ああ、危ないっ――」

七里と私は、ほとんど同時に大声を発した。

バスはカーブは切ったものの、右側の車輪が大きく車道からはみ出した。

雪煙が一面に舞い上がった。脱輪したバスは、斜面で一八〇度旋回すると、後部の車体を前にして、そのまま急速度ですべり落ちて行った。

「きゃあっ――」

私の背後で、女性客の悲鳴が聞こえた。

その悲鳴と同時に、ブルーの車体は大きな水しぶきを上げて、川面につっ込んでいた。

「バスが落ちた。スキーバスが川に落ちたぞう」

窓ぎわにいた二、三人の客が、口ぐちに叫びながら、フロントの方へ走って行った。

「警察と消防署に、至急連絡をとってください」

フロント係にそう声をかけ、玄関から飛び出して行ったのは七里だった。

私と鯰江彦夫も、七里のあとを追った。

私たちは、道を右手にとりホテルの建物づたいに中庭を走り抜けた。左手の足許に川の流れが眼にはいったが、転落したバスの車体は灌木にかくれて確認できなかった。

だが、建物の途切れた地点までくると、左手に視界がひらけ、事故の現場がいきなり私の眼に飛び込んできた。

バスは川底につっ込むような形で、車体の半分を流れに沈めていた。

水面に突き出た前部座席の窓ガラスから、二、三人の乗客が這い出ようとしてもがいていた。

すでに窓から脱出した四、五人の乗客が、水中に浮いていた。

その中の一人が、両手をばたつかせ、大声で助けを求めたが、その直後に頭を水中に沈めた。

「だれか、だれか助けてやって。子どもが乗っているのよ、主人が乗っているのよ」

傍で、初老の女性がヒステリックな声を上げた。

少し前方に、両側を灌木にはさまれた急なくだり坂があった。川へたどり着くには、この雪道をすべりおりるしかなかった。

陽（ひ）の当たらないその斜面の雪は、固く凍結していた。私と鮎江は七里のあとから、その斜面を転がりおりた。ホテルの従業員を含む五、六人の男が、すぐ私たちのあとに従った。

川岸におりると、バスは運転席だけを空中につき出し、残りの車体を水中に沈めていた。

窓から這い出た乗客の幾人かが、ひとつかたまりになって車体にしがみついていた。

三、四人の乗客の頭が、水中に浮き沈みしながら下流に押し流されていた。

「助けてくれ……助けて……」

私から七、八メートル離れた水中で、一人の男がおぼれかけていた。

私はホテルのゴム長靴を脱ぎ捨てると、体を水中に投じた。一瞬、四肢が麻痺（まひ）するのではないかと思ったほど水は冷たかった。

男の方に泳いで行き、その体を水中で支えると、男は狂ったように泣き出した。

「女房が……女房がまだバスの中に……」

私は男を川岸に運び上げ、背後のバスを振り返った。バスの車体は、私の視界にははいらなかった。

運転席の屋根の一部が、板きれのようにただよっているだけで、車体はそっくり水中に沈んでいた。

2

千明多美子の姿を、私は確認することができなかった。

水中に脱出した乗客たちは、現場に駆けつけた人たちによってすでに救出され、川面に浮かぶ人影はなかった。

対岸には自力で難をのがれた四、五人の乗客が、震えながら体を寄せ合っていた。

その中にも、多美子の赤いジャンパー姿を見つけ出すことはできなかった。

――多美子は、車内に閉じ込められたままなのだろうか。

私はそう思いながら、川面にゆらいでいる運転席の屋根を見つめた。

そのとき私は、下流へ流されて行った乗客の中に女性が混じっていたのを思い出していた。

私は川岸づたいに、川下へくだって行った。

流れが急角度で右に折れ曲がっている地点までくると、私は足を止めた。

大きな石を背にして、ずぶ濡れになった女がうずくまっていた。

その女が多美子ではないことは、水色のスキーウェアからも明らかだった。

女から少し離れた河原に、白っぽいコートを着た男が横たわっていた。ロビーで一、二度見かけたことのある四十前後の男だった。

その二人の傍で、容態を気づかうようにして坐っている黒い革ジャンパーの男がいた。私たちと一緒に救助に駆けつけた鯰江彦夫だった。

「大丈夫ですか？」

私はその場に駆け寄り、二人の顔を交互にのぞき込みながら声をかけた。

男はぐったりとした顔を、黙ってうなずかせた。

もう一人は、昨日沼田秀堂に案内されてきた髪の長い女だった。

「腕をちょっとけがしてますが、水は飲んでいないようです」

鯰江が代わって答えると、女はうっすらと眼をあけて私を見た。

「この先に……誰かもう一人、流されて……」

女は顔を歪め、あえぎながら言った。

私はすぐにその場を離れ、長靴を浅瀬に漬けながら下流へくだって行った。

浅瀬を右に曲がり切った所で、私は思わず足をとめ、前方に眼をこらした。

両脚を流れに入れ、川岸を這い上がろうとするような格好で、女がうつぶせに倒れていた。

両手の甲をそろえ、その上に顔を乗せたまま、女は動きを止めている。

「多美子――」

うつぶせになった女の横顔は、明らかに多美子のそれだった。

私は水の中をおどるように走り、多美子に近づいて行った。

「多美子……」

私は背中を抱き、多美子の体を流れから川岸に引き上げた。多美子のびしょ濡れになった黒髪が額をおおい、口許は笑いかけるように薄くひらかれていた。

「牛久保さん。大丈夫ですか?」

すぐ傍で鯰江の太い声がし、私ははっとして我にかえった。

私は多美子の体から手を離すと、鯰江に向かって首を振った。

「だめですか?」

「死んでいます」

私は短く言って、物言わぬ多美子の横顔を見おろしていた。

「気の毒に……」

鯰江は多美子の死体の前で短く合掌すると、私の方を振り返った。

「しかし、牛久保さん。せっかくここまで泳ぎ着いたのに、なぜ……」

私は言いかけようとした言葉を、慌てて飲み込んだ。

——多美子の死は、事故死ではない。首を絞められて殺されたのだ。

多美子の頸部にはっきりと残されていた紫色の斑点が、私の眼に焼きついていた。

第四章　目撃者の死

1

三月十二日

午後四時。スキーバス転落事故の関係者たちがホテルのグランドホールに呼び集められた。千明多美子事件の事情聴取の目的からだった。

夫も、その会合に出席した。

会合のようすを夫の口からつぶさに聞いたのは、帰りの上越新幹線「とき316号」の車中でだった。

夫の話を聞き終わったとき、私の胸にまた不吉な予感がかすめて通った。

新たな事件が続いて起こるのではないか、いやすでに起こっているのではないか、そんな気がしたのだ。

私の予感は、その数分後に的中していた。

同じ新幹線に乗っていた鯖江彦夫さんの口から、その事実がもたらされたのだ。

夫はびっくりして絶句していたが、その被害者は私が頭の片隅にえがいていた人物だった。

私は、言いようのない不安に襲われた。

二つの殺人事件が、あの女性と深いかかわりを持っていたのではないか、そんな思いが胸にめばえていたからだった。


…………

…………

グランドホールでの会議に出席するように、と小出署の係員から電話で連絡を受けたのは、午後二時ごろだった。

会議は四時からだったが、私は十五分前ごろ手拭いを懐にして部屋を出た。疲れていたので、風呂にはいってから会議に出席しようと思ったのだ。

一階でエレベーターをおりると、ロビーの方から、かんジュースを飲みながら歩いてくる可奈子に出会った。

「あのね、パパ」

可奈子は私を認めると、おかしそうに首をすくめた。

「どうしたんだい?」

「またね、片一方のスリッパだけで歩いてたわよ。おかしいわね」

「そう。よっぽどの慌て者なんだね」

私は沼田秀堂の顔を思い浮かべながら、可奈子に笑顔を返した。

「パパ。今日帰るんでしょう?」

「ああ。警察の人の話がすんだらね」

私は娘と別れて、地階の大浴場にはいった。

浴場には人かげが見えず、私はゆっくりと湯舟につかっていた。

頭髪を洗い、ヒゲを剃ったりしていたので、思わぬ時間を費やした。

私が二階のグランドホールにはいったのは、四時二十分ごろだった。私が席に着くのと入れかわりぐらいに、取材を終えた新聞記者たちが背後のドアから出て行った。

コの字型に並べられたテーブルには、すでにあらかたの関係者たちが席に着いていた。

各自のテーブルの上に、スキーバス転落事故の関係者名簿のコピーが配られてあった。

2

正面の黒板を背にして、三人の男が坐っていた。

二人の男が、小出署の警察官であることは想像はついたが、右側に七里の顔を認めた私は、彼がなぜそんな場所に坐っているのか不思議に思った。

「みなさんお集りのようですな」

中央に坐っていた五十五、六歳の体格のいい男がそう言って立ち上がると、周囲をひとわたり眺め回した。

「みなさんにお集り願ったのは、もう新聞などでご承知のことと思いますが、スキーバス転落事故に伴って発生した殺人事件に関して、みなさんからお話をお聞きしたいと思ったからです」

男は新潟訛（なまり）を丸出しにして、やや早口に言った。

「申し遅れましたが、私は小出署の警部で、伊達（だて）といいます。私の右隣りが、坂見（さかみ）刑事です」

と言って、次の七里の方を指さし、

「こちらは、このホテルですでに顔馴染（かおなじみ）の方もおられるかと思いますが、東京板橋署の七里警部です。スキーバス転落事故および今回の殺人事件につきましては、なにかとお力ぞえを願いました。身分を明かされるまでは、大学の教授かと思っておりましたが」

周囲に、低いざわめきが起こった。

警部――。

私はあらためて、その細面の端整な顔を見つめた。伊達警部の言うとおり、この五十男が、現職の警察官だったとは、まったく意外であった。

「東京板橋署の七里正輝（しちりまさてる）です」

照れくさそうな表情を浮かべながら、七里は丁寧に頭をさげた。

「本題にはいる前に、スキーバス転落事故に関して若干の報告をしておきます。先刻ご承知のことで、繰り返し申し述べる必要もないとは思いますが、話の筋道として一応触れておきます」

伊達警部はそう前置きして腰をおろすと、書類に眼を落とした。

「あの事故が発生したのは、昨日の午前九時半。事故の原因は、運転手の単純な運転ミス――つまり、スピードの出し過ぎでした。小出スキー場に向かうスキーバスがホテルの表玄関を出発したのは、定刻を二十分近く過ぎた時刻で、乗客の中には小出駅から列車に乗る帰り客も含まれていました。運転手は列車の発車時刻が気になり、いつもより二十キロ近くもスピードを上げていたのです。あのくだり坂でも充分な徐行もせず、強引にカーブを曲がり切ろうとしたために、あの惨事が起こったのです」

伊達警部は書類から眼を離すと、窓の外の川の流れを見ながら、

「加えて不運だったのは、下流の大規模な護岸工事のため、川しもをせき止めてあったので、この付近の水かさが平年より三倍近く増していたことです」

と言って、背後の黒板の前に立った。

「乗客は運転手を除き、二十三名。うち死亡されたのは、この方がたです」

黒板には、五人の氏名と年齢が達筆な筆跡で記されていた。

小笠原孝一（二八歳）
乾　春彦（三三歳）
乾　富久子（五歳）
雨宮花江（四五歳）
千明多美子（三〇歳）

「バスはカーブの地点で一八〇度旋回し、お尻から佐梨川につっ込んでいたため、犠牲者は一人を除いたすべてが、うしろの座席に坐っていた乗客でした。小笠原孝一さんは、小出駅から上りの急行に乗る予定だった帰り客です。雨宮花江さんもそうです。一緒だったご主人はバスから脱出し、難をのがれましたが、彼女は後部座席に坐ったままの格好で溺死していました。乾富久子さんは、この四月から幼稚園に通う予定だった五歳の女の子です。父親の春彦さんにしっかり抱きかかえられて、二人とも最後部の五人掛けの座席で死んでいました」

伊達は黒板の前を、ゆっくりと左に移動しながら、

「県立小出病院に収容された重傷者は、この三名です」

石川立雄（二八歳）
柏原一江（二八歳）
野月亜紀（二五歳）

「このうち、対岸にたどり着いた石川立雄さんは転落のさいの衝撃で頭を強く打ち、いまだに意識不明です。この石川立雄さんは、死亡した小笠原孝一さんのつれで、やはり小出駅から上り急行に乗る予定の帰り客でした。小笠原さんと石川さんは、実はもう一泊する予定だったのですが、予定を変更して十一日にホテルを発っていたのです。野月亜紀さんは大腿骨複雑骨折の重傷で、手術のため明日東京のT大病院の方に搬送される手はずになっております。柏原一江さんは、死亡した千明多美子さんのつれで、やはり帰りの客でした。頭に打撲傷が見られ、病院に収容された直後に軽い意識障害を起こしています」

　伊達は中央の席にもどると、

「転落事故に関する報告はこれくらいにして、本題にはいりたいと思います」

と言って、書類を繰った。

「先ほども申しあげましたが、五人の犠牲者のうち、四人の遺体は川底に沈んだバスの車内から発見されました。が、残りの一人の遺体だけが下流の川岸で発見されたのです。すでに新聞にも報道されましたが、それが千明多美子さんの遺体だったのです。千明多美子さんの死因に最初に疑いをはさんだのは、遺体収容にあたっていた小出町の消防団員の一人でした」

伊達は言葉を切ると、隣りの陰気な容貌の若い刑事を眼顔で促した。

「千明多美子さんの遺体には、事故による外傷が認められません。また、溺死でもありません。われわれは、千明多美子さんの死を他殺と断定しました」

と、坂見刑事が伊達に代わって言った。この刑事の言葉には伊達と同じような新潟訛があったが、きわめて響きのいい流暢な喋り方をした。

「死因は扼殺です。つまり、千明多美子さんは流れから川岸に這い上がろうとした直後に、何者かに上から首を絞められて絶命したのです。被害者の首のわきに残された親指大の紫色の斑点が、扼殺死を証明しています。死亡推定時刻は、転落事故発生から約十分後、つまり九時四十分ごろと推定されています」

と、坂見刑事が言った。

「ちょっと、質問――」

そのときいきなり、小学生のように手を高々と上げ、素っ頓狂な声を出した男がいた。

七里のすぐ前の席に坐っていた細長い顔の男だった。

スキーバス転落事故の生存者の一人で、私が下流へくだって行ったとき、河原に横たわっていた男である。

「どうぞ」

伊達警部は、おだやかに言った。

「実はこの会が始まる前に確認しておきたかったことなんですがね。ここに呼びつけられたのは、私を含めて全部で二十五人おりますが、われわれを呼びつけたのは、いったいなんの目的からなんですか？」

「ですから、千明多美子殺人事件に関して事情をお聴きするためです」

「それは、わかっています。私が言っているのは、なぜわれわれだけを特別に選んだか、ということですよ」

男は、太い声で食いさがるように言った。

「たしか、相馬太一さんとおっしゃいましたね？」

若い坂見刑事が、伊達に代わって言った。

「ここにお集りのみなさんの顔をもう一度確認していただければ、すぐおわかりになると思いますがね」

相馬という男は言われるままに、周囲の顔をひとわたり眺めまわした。

「わかりませんな」

「十五名の方が、スキーバス転落事故の生存者です。残りの十名の方は、事故発生直後に現場に駆けつけたホテルの従業員と宿泊客です」

「そのようですな」

「つまり、みなさんは千明多美子事件の関係者だということです」

「刑事さん。すると……われわれは事件の容疑者というわけですか？」

「状況から判断して、千明多美子事件に関係していたと思われる人物は、みなさん以外には見つけ出せません」

「すると、ここに集った中の誰かが犯人、ということですね？」

相馬は、やっと事態がのみこめたようだった。

「あくまでも推測ですが、状況から判断しても、その考えは的はずれではないと思いますが」

坂見刑事はことさらに冷たい口調で、そう言い切った。

「ばかな、そんなばかな。私は、千明さんとかいう女性とは会ったこともないし、ホテルでも口をきいたこともないんですよ」

相馬は賛同を求めるかのように、再び周囲の顔を見まわした。

「冗談じゃない。私はあのバスに乗っていて、危うく溺れ死ぬところだったんですよ。自分の命さえ危ういのに、なんで見ず知らずの女性の首を絞めることができるんですか。みなさんだって、同じことですよ」

相馬はそう言うと、事故の生存者の何人かの顔に眼を向けた。

「それに、われわれを助けるために駆けつけてくれた人たちまで容疑者扱いにするなんて……」

「それは言い切れないと思いますよ」

坂見刑事が、突き離すように言った。

「千明多美子さんに殺意を持った人物にとって、あの事故はまたとない絶好の機会だったはずです。うまくゆけば、事故死として片づけられるかも知れなかったからですよ」

相馬はなにか反論しようと口を動かしかけたが、相馬の隣りの男がそれをさえぎるようにして、

「警部さん――」

と呼びかけた。

佐倉恒之助という名前の、私と同年配ぐらいの優男だった。

バス事故のさい、私が水中から引きずり上げた一人が佐倉恒之助で、一緒に乗っていた彼の妻は自力で対岸に泳ぎ着いていた。

「とにかく話を進めてくれませんか。千明多美子さんがあの場所で殺されていたとしたら、現場に居合わせたわれわれの誰かに容疑が向けられるのは、ごく当たり前の話ですからね」

伊達警部はうなずき、書類を繰った。

「最初から順を追って、話を進めることにします。被害者の千明多美子さんが、この大湯ホテルにきたのは転落事故の二日前――三月九日の午後四時ごろです。千明さんは長岡市に住んでいて、その実家の遺族の話では、千明さんは九日の朝、東京の知人を訪ねるとだけ言い残して長岡の実家を出たそうです。ところが千明さんは東京へは行かず、途中の小出駅でおりていたのです。あの日、ここのホテルのスキーバスは、小出スキー場にお客を運んでいます。千明さんは迎えにきたスキーバスに便乗して、この大湯ホテルに着いたのです」

「実は私たちも、あの日、そのスキーバスでこのホテルにきたんです」

と言ったのは、先ほどの佐倉恒之助である。

「千明さんとは、小出スキー場で偶然に一緒になったんです。そのとき千明さんには、つれのかたが――スキーバス事故で重傷を負われた柏原一江さんですが、その女性と一緒でした。柏原さんとは列車の中で一緒になったとかで、知人同士だったそうです。柏原さんが大湯温泉に泊ると聞いて、急に自分も温泉につかりたくなったとか千明さんは言っていました。スキーバスに便乗して大湯ホテルに泊るようにすすめてくれたのは、柏原さんでした」

佐倉の傍に、しとやかな感じの夫人が寄りそうようにして坐っていたが、夫人は佐倉をやさしく見守るようにし、言葉の端々にしきりにうなずいていた。

「なるほど。千明さんは、そのほかどんなことを話されていましたか？」

「それ以外には、別に。こちらもあまり話しかけませんでしたし。もっとも二人づれの男性からは、よく声をかけられていたようでしたが」

「二人づれの男性？」

「やはり小出スキー場で一緒になったんです。その二人もスキーバスに乗って、このホテルに泊っています」

「誰ですか？」

「一人は、あのスキーバス事故で亡くなられた小笠原孝一さんです。もう一人は、やはりあの事故で重傷を負った石川立雄さんです」

「あの二人でしたか」

伊達はうなずき、書類に眼を落としながら話を続けた。

「千明多美子さんたちの部屋は、三階の三六一号室。事故で重傷を負って入院した野月亜紀さんの隣りの部屋です。その部屋の係の話では、千明さんと柏原さんの二人はスキーで疲れたから、夕食までの間、仮眠をとると言って、ソファで横になっていたようです。夕食の膳を係員が片づけているとき、スナック『やまびこ』の開店を告げる館内放送が流れたのです。千明さんは着替えをしながら、そのスナックの場所を係員に聞いています。千明さんがスナックに姿を見せたのは、八時四十分ごろ。開店したばかりの時刻で、店内には客もまばらでした」

伊達は言葉を切ると、私の方に眼を向けた。

「牛久保さん。スナックの従業員の話ですと、あなたはそのころ、あの店におられたそうですが」

伊達の口から、私が予想したとおりの言葉が聞こえた。

「ええ」

「千明さんと話をなさいましたね」

「ええ。私が一人で飲んでいるのを見て、千明さんが近づいてきて声をかけたんです。一緒していいか、と言われ、私も断わる理由もなかったので、なんとなく二人で飲むような形になりました」

私は用意してあった返答を、慎重に言葉に出した。

「どんな話をなさいましたか？　差しつかえなかったら、話していただけませんかね」

「他人に聞かれてまずいような話をしていたわけではありませんよ」

私は、無理に笑顔を作って言った。

「ああいう店で偶然隣り合わせになった男女が話す内容と、別に大差はありません。スキーの話とか、天候の話とか……」

「千明さんのようすに、どこか変わったところは見られませんでしたか？」

「別に。特別な関心を持って相手を見ていたわけでもありませんし」

「従業員の話では、かなり話がはずんでいたようだった、ということですがね」

「そう見えたのは、千明さんが話好きな性格の人だったからでしょうね。私はただ相槌を打っていたにすぎません。二十分ぐらい話していたでしょうか、私の方から席を立ちました。席を立つちょっと前に、七里さんと画家の沼田さんが前後してはいってきたのを憶えていますが」

と、私は言った。

「そうでしたね。私があの店にはいったのは、九時ごろだったでしょうか。私が窓ぎわの席に着くと間もなく、牛久保さんは店を出て行かれましたね」

七里は、静かな落ち着いた口調で言った。そして、言葉を続けて、

「そのあと五、六分もすると、たて続けに客がはいってきましてね。最初に見えたのが、小出病院に収容されている野月亜紀さんでした。野月さんは夕食のときに飲んだらしく、赤い顔をしていましたね。次にたしか、佐倉さんだったと思いますが……」

「ええ。私は、七里さんと一緒の席に坐りました」

と、佐倉は言って、

「しばらくして、七、八人の団体客が押しかけ、そのあとから鯰江さんが見えられましたね」

鯰江彦夫は、黙ってうなずいた。

「佐倉さん。その席での千明さんのようすはどうでしたか？」

と、伊達が訊ねた。

「直接会話を交わしたわけではありませんが、沼田さんとなにやらしきりに語り合っていて、とても楽しそうな感じでした。カラオケを何曲も歌ったりして……そう、千明さんがステージで『男の涙はあとで拭け』とかいう曲を歌っているときでした、あの二人づれの

男性が店にはいってきたのは」

「小笠原孝一さんと石川立雄さんの二人ですね？」

「そうです。二人とも、かなり酔っていました。亡くなられたかたを悪く言うのもなんですが、二人とも非常識な人でした。卑猥（ひわい）なことを大声で言ったり、女性を無理やりダンスに誘ったり……」

「そう、まったく言語道断だった」

と呼応したのは、鯰江である。

「私は野月亜紀さんと同じテーブルにいましたが、二人が野月さんにもちょっかいを出そうとしたので、一喝してやりました」

「私も、その現場を見ています」

と、七里が言って、

「見かねて、フロントの支配人を呼びに行ったのですが」

「支配人と店の従業員が、半ば叩（たた）き出すようにして二人を外に連れ出したのですが、周囲はすっかり白けてしまいましてね。野月さんと千明さんは、前後して店を出て行ってしまいましたよ」

佐倉が、そう付け加えた。

「その二人は、千明さんにも同じようなことをしたんですね？」

　伊達が、佐倉に訊ねた。

「と言うより、最後は集中的に千明さんにからんでいました。なにやら口説きながら、千明さんの体を撫でまわしたりして。もっとも、スキーバスの中で会ったときから、あの二人は千明さんに露骨に水を向けていたようでしたがね。けど、千明さんは、バスの中でも、あの店でも、うまく相手をいなすようにしていましたよ。そういう相手に馴れているといった感じでしたね。でも、千明さんはその場では我慢してたんでしょうが、さすがに腹に据えかねたんでしょうねえ、えらい見幕で相手をなじっていましたから」

「あの店で、ですか？」

「いいえ」

　佐倉は首を振り、七里の方に眼を向けながら、

「七里さんと一緒に店を出たのは、千明さんと野月さんが出て行って間もなくでしたが、店を出たすぐわきにある内線電話の所で、千明さんのかん高い声が聞こえたんです。電話の相手が、店にいた二人づれの男だったことは、その電話の内容からすぐにわかりましたよ」

「私も聞きました。佐倉さんと一緒に店を出たときでした、十時ごろでしたかね」

と、七里がおだやかに言った。

「どんな内容の電話だったんですか？」

と伊達が佐倉に訊ねると、

「つまり、あの傍若無人な振舞いをこっぴどく非難していたんですよ。『相変らずね、あんたたちは……あんたたちのやったことは許せない……もうすぐ天罰がくだる』とか、そんな言葉が聞こえてきましたよ。あの店では柳に風と受け流していたようでしたが、周囲のことを考えて我慢していたんでしょうな」

伊達はうなずき、手帳になにやらメモしていた。

私がスナック「やまびこ」で多美子と別れたのは、九時ごろだ。

だから、それ以後の店での出来事は私の知らないことだった。

二人づれの男たちにいやらしくからまれた多美子が、波風立てず適当にあしらっていたという話は、私にも理解できた。札幌のホステス時代にも、多美子は羽目(はめ)をはずした酔漢の扱いがとりわけ巧みだったからだ。

多美子は元来、陰湿な一面があり、感情を一気に爆発させるといった直情的な性格は持ち合わせていなかったはずだ。

だが、そんな多美子にも、やはり忍耐の限界はあったのだろうか。店を出るとすぐに男たちの部屋に電話をかけていた多美子の気持ちも、わからなくはない。

「話を進めます」

伊達は手帳から顔を上げると、

「翌日の十日は、午前中ずっと悪天候だったせいもあるでしょうが、千明さんは柏原さんと一緒に部屋に閉じこもっておったようです。午後になって、千明さんだけがスキーバスに乗り、奥只見丸山スキー場に出かけています。そして翌日十一日の朝、あのスキーバスに乗ったわけです」

と伊達は言って、ホテルの従業員たちの方を見た。

「千明さんがフロントに見えたのは、何時ごろでしたか？」

「九時十五分前ごろだったと思います。千明さんは会計をすませますと、スキーバスの出発時刻を確認なさいました。そして、しばらくロビーのソファに坐っておられたんですが、仙石（せんごく）さんがフロントに見えられますと、千明さんはまたフロントに近寄ってこられたんです」

従業員はそう言いながら、相馬太一の隣りに坐っていた仙石えり子を見た。

髪の長い知的な感じの女で、私がこの女をはじめて見たのは、十日の午後、画家の沼田に案内されてきたときだった。

仙石えり子は眼を伏せていたが、従業員がそのまま口を閉ざしているのに気づくと、静かに顔を上げた。

「私がフロントで会計をすませたのは、九時ちょっと前でした。小出駅の近くにある円福寺を見物して帰ろうと思ってましたので、フロントにタクシーをお願いしたんです。すると、そこへ千明さんが近づいてきて……」

仙石は、言葉を捜すようにして口をつぐんだ。独特なかすれ声だが、落ち着いた口調だった。

「千明さんは、スキーバスで一緒に帰るよう仙石さんにすすめていたんです。仙石さんは、最初のうちは断わっておられましたが」

と、代わって従業員が言った。

「私はバスに酔うたちなので、お断わりしたんです。それに、バスですと、円福寺までまた乗物を使うことになりますし。でも、千明さんはとても強引でしたので」

「ええ。なにかしつこいぐらいに誘っておられました。お二人はフロントを離れて、ロビーのソファでしばらく話しておられたようですが、結局、仙石さんは千明さんに押し切られた形で、スキーバスに乗ることになったんです」

と、従業員が言った。

「仙石さん――」

　と呼んだのは、ずっと腕組みをしたまま眼を閉じていた坂見刑事である。

「あなたは、十日の夜からここにお泊りでしたね」

「そうです」

「お一人でしたね」

「ええ」

「大湯温泉にこられたのは、なにか目的があってですか?」

「いいえ。ふと思い立っての旅行でした。大湯温泉はずっと以前に一度きたことがあり、このさびれた雰囲気が気に入っていましたので」

「千明多美子さんとは、お知合いでしたか?」

　坂見刑事は、いきなりずばりと質問した。

「いいえ。お会いしたのは、はじめてですわ」

「このホテルで、話をされたことは?」

「帰る日の朝、先ほども申しあげましたように、ロビーで話しましたが。それまでは、ホテルでお会いしたこともありませんでした」

「そうですか。でも、おかしいですな。そんな千明さんが、なぜ、しつこいまでにスキーバスで一緒に帰るように、あなたを誘ったんでしょうね」

「帰りの道づれが欲しかった……そうとしか考えられません。千明さんは、東京の友人を訪ねるとか言っていましたが」

「千明さんは、なにかあなたに話があったんじゃないんですかね」

「話？　でも、話があるなら、あのときロビーでもバスの中でもできたはずです。バスでも、千明さんは私の隣りの席に坐っていたんですから」

「バスの中でも、千明さんはなにも話はしなかったんですね？」

「ええ。別に、これといって……」

坂見刑事は手帳に眼を落とし、少したってから仙石に言った。

「話は違いますが、あなたはスキーバス事故にあったにもかかわらず、救護班の人たちにまじって負傷者の手当をしていましたね。その方面の心得をお持ちなんですか？」

「リハビリテーション関係の病院に勤めていますから」

「ほう。すると、女医さん？」

「いえ、まだ研修医です」

坂見はそれきりなにも言わなかったが、その眼はじっと仙石に注がれたままだった。

「話は最後になりますが、さっきも申しあげましたように、スキーバスは定刻を二十分近く遅れて出発しました」

と、伊達警部は話を本題にもどした。

「出発時間が予定より遅れたのは、野月亜紀さんが乗車するのを待っていたからでした。野月さんはバスの出発時間の間近になって、部屋からフロントに電話を入れ、今日急に帰ることになったので会計をしてほしいと言い、スキーバスの乗車を申し入れていたんです」

野月亜紀が慌ててロビーを駆け抜け、バスに飛び乗ったあのときの光景が、ふと私の眼に浮かんだ。

「野月亜紀さんが乗車すると同時に、スキーバスは出発しました。九時二十分でした。その十分後に、あの惨事が起きたのです。繰り返しますが、犠牲者は、五名。四名の水死体がバスの中で発見され、残りの一名、千明多美子さんは下流の川岸で扼殺死体で発見されました」

短い沈黙のあとで、坂見刑事が私を見つめ、身を乗り出すようにして言った。

「千明多美子さんの遺体を最初に発見されたのは、牛久保さんでしたね」

「そうです」

「あのときのようすを、詳しく話してくれませんか」

説明を求められることは事前にわかっていたので、私は用意してあった言葉をそのまま口に出した。

「私は最初、事故現場の近くで、バスの窓やドアから脱出した人たちの救助にあたっていましたが、流されて行った人たちがいたのを思い出して、川岸づたいに流れをくだって行きました。途中、相馬さんと仙石さんが河原に泳ぎ着いていて、鯰江さんが介抱していました。仙石さんはぐったりしていましたが、下流にもう一人誰かが流されて行ったはずだ、とあえぎながら言っていました。それで、さらに下流にくだって行きますと、女性が一人、両脚を浅瀬につっ込んだ格好で、両手の甲をそろえその上に顔を乗せて、雪の川岸にうつぶせに倒れていたんです。私はそのときは、その女性が流れから泳ぎ着き、川岸を這い上がろうとしているのかと思ったんです。しかし、近寄ってみますと、すでにその女性は死んでいたんです」

私は同意を求める意味で、鯰江の方を見た。

私の視線に気づくと、鯰江は、

「そのとおりです」

と、坂見刑事の方にうなずいて見せ、

「私は足腰が立たないぐらいに疲れ切っていましたが、仙石さんたちの介抱をすませたあと、牛久保さんのあとから流れをくだって、その場所へ行ってみました。私は、千明さんが体力を消耗してぐったりしているのだとばかり思っていましたよ。だから、牛久保さんが首を横に振って、死んでいます、と言われたときは、びっくりしましたね。しかし、まさか首を絞められて殺されていたなんて思ってもいませんでしたねえ」

と、鯰江は言った。

「すると、流されていったのは、仙石さんと亡くなった千明さん。それに相馬さんの三人だったわけですね」

と、坂見が言った。

坂見は相馬太一の方に顔を向けると、

「千明さんに気がつかれましたか？」

「あの修羅場の最中にですか？　冗談じゃありませんよ」

相馬は、鼻先でせせら笑うように言った。

「いま思い出しても、ぞっとしますよ、あの事故のことは。私は煙草をふかしながら、ぼんやりと窓の外を眺めていたんです。大湯ホテルの建物が見えるあの坂道にさしかかったときでした、急ブレーキの音がしたかと思うと、バスの車体が大きく右に傾いたんです。網棚の荷物が転がり落ち、乗客の何人かが通路にはじき飛ばされました。私はそのとき、カーブで脱輪したぐらいに軽く考えていたんですが、次の瞬間、バスは逆方向に、うしろ向きになって動き出したんです。まるで、ジェットコースターをうしろ向きに乗っているような衝撃でした。大きな水しぶきの音がして、バスが急停車したときには、車体の半分が水の中に沈んでいたんです。そのときの車内の混乱ぶりは、想像できるだろうと思います。何人かが我先に乗車ドアの方へ押しかけ、こじ開けたドアから逃げ出そうとしていましたが、脱出できたのは、三、四人でした。あいたドアから津波のように水が押し寄せ、その衝撃でドアの所にいた何人かが将棋倒しにされ、たちまち車内は水にひたされてしまいました。私は夢中で窓をあけましたが、水中にのがれ出るまでのことはよく憶えていません。気がついたときは、水面に顔が浮いていたんですよ。あたりの景色が眼にはいったとき、はじめて助かったと思いました。でも私は、泳ぎがあまり得意ではありません。流れに押されて、なかなか岸にたどり着けなかったんです。私のように水中でもがきながら流されて行った人も何人かいたようですが、その中に千明さんがいたかどうかなんて憶えていませんよ。私が眼にとめたのは、仙石さんだけです。やっとの思いで川岸に這い上がると、仙石さんが河原にうずくまっていたんです」

と、相馬は言った。

坂見刑事は、促すような面持ちで仙石えり子を見つめた。

「私も、どうやってバスの外に出たのか、よく憶えていません」

仙石は言った。

「気がついたら水の中で、夢中で手足を動かしていたら水面に浮かび上がったんです。早く岸に着かなければ溺れ死ぬと思い、とにかく夢中で手足をばたつかせました。私の背後で、同じようにもがいている女性が眼にはいりましたが、誰なのかわかりませんでした。やっと両脚が川底に着く所まできたとき、その女性に手をさしのべようとしたんですが、届きませんでした。その女性は下流へ押し流されて行きましたが、いまにして思えば、その女性が千明さんだったんですね」

短い沈黙があった。

「仙石さん。あなたが川岸にたどり着いたとき、あたりに人影を見かけませんでしたか？」

と、坂見が訊ねた。

「あとから相馬さんが泳ぎ着き、しばらくして駆けつけてきた鯰江さんと牛久保さん以外には、誰も」

「相馬さん、あなたは？」

「誰も見かけませんでしたね。千明さんを殺した犯人のことを言っているんでしょうけど、ご存知のように、川岸の裏手が雑木林になっていますからね。その裏道を通ったとしたら、私たちの眼には、はいらなかったはずですよ」

と、相馬は半ば揶揄するように言った。

「牛久保さん――」

坂見は、憤然とした顔をそのまま私に向けた。

「千明さんの倒れていたあたりに、誰か見かけませんでしたか?」

「誰も。あとから駆けつけてきた鯰江さん以外には、誰も見ませんでした」

3

「あのう……刑事さん」

遠慮がちに声をかけたのは、背の高いホテルのフロント係の男である。

「なんですか?」

「ふといま思いついたことなんですが、千明多美子さんの殺された場所は、このホテルの真うしろにある旧館から見おろせる位置にあるんです。旧館の部屋は、よほどお客さまがたてこまないかぎり使用していないんですが、その三階の角部屋に、古いお馴染のお客さまが長らく泊っておられるんです。もしかしたら、そのお客さまが事件のことをなにか見ていたかも知れないと思いましたもので。そのお客さまは、沼田秀堂さんといって、実は――」

「東京の画家ですね」

坂見刑事は、相手の冗漫な言葉をさえぎるように言った。

「ご存知だったんですか」

「変わり者ですな。それに、酔っていましてね」

「じゃ、お会いになったんですね」

「あの旧館からは、あなたが言われるように、事件現場が一望のもとに見おろせます。この集りが始まる一時間ほど前に、沼田さんと話をしようと思い、部屋に電話をかけたんですが、沼田さんは電話には出ませんでした。部屋係の話では、沼田さんは外出したようすはないということだったので、七里警部と一緒に部屋を訪ねてみたんです。沼田さんは、ちゃんと部屋にいたんですよ。私が電話のことを言い、部屋を留守にしていたのかと訊ねますと、一時間も前からソファに坐って絵を描いていた、と憮然とした表情で言っていました」

「で、沼田さんは事件のことをなんと答えていたんですか?」

「話下手なうえに酔っていたので、要領は得ませんでしたがね。沼田さんはそのとき、自分でも言っていたように、窓ぎわのソファに坐って画用紙に向かっているところでした。仕事をじゃまされたくなかったんでしょうな、えらく無愛想でした」

「沼田さんが絵を……。あの人が絵筆を取るなんて、久しぶりのことですよ」

「沼田さんは、絵を描くためにここに泊っていたんじゃないんですか？」

「もちろん、絵を描くために滞在されていたんですがね。十日ほど前――ここに着いて早々に、スキーで転んで頭や肩を打ちましてね。スキー場の係員の話では、気絶してしばらくは起きあがれなかったそうですが。それ以来、沼田さんはいくらすすめても病院には行かず、絵を描く気力も失くしたみたいで、いつも酒びたりだったんです。で、刑事さん、沼田さんはどんな絵を描いていたんですか？」

　フロント係の男は、事件よりも沼田が再び絵を描き始めたことの方により興味を示している感じだった。

「私たちの姿を見ると、沼田さんは不愉快そうな顔をして、すぐに画用紙を伏せてしまいましたからね。離れた所から、ちらっと見ただけですが、鉛筆描きの風景画でしたね。まだ描きかけで、仕上がってはいませんでしたよ」

　と、坂見は言った。仕方なしに答えているといった、興の乗らない返事だった。

「部屋の窓から見える雪景色を描いていたんですよ」

と、七里が補足するように言った。

「ほう、あの窓からの風景をですか。沼田さんは、その風景がなぜかとても気に入っているようで、毎年必ず一枚は描いておりましたよ。丘陵と佐梨川、それと窓の左端に見える駒ヶ岳——なんの変哲もない風景なんですがね。沼田さんは雪の駒ヶ岳が好きだったんです。一度描いているところを拝見したことがあるんですが、まず最初に駒ヶ岳から描き始めていたくらいですから」

フロント係は、熱のこもった口調でそう言った。

「私も、ちらっと見ただけでしたが、小高い丘と佐梨川が描かれてありました。駒ヶ岳でしょうか、尖った山も描いてありましたが、坂見刑事も言われたように、まだ半分ぐらいしか完成していませんでしたよ」

七里は言った。

「ところで、もう絵も仕上がったころでしょう。沼田さんを呼んでみましょうか」

坂見は、伊達警部の意向を訊ねた。

伊達がうなずくのを見ると、坂見はホールの片隅の電話の方に歩き出そうとした。

「あ、刑事さん。沼田さんはおそらく受話器は取らないと思いますがね」

と、フロント係が言った。

「なぜ?」

「電話ぎらいなんですよ、沼田さんは」

フロント係は、私が呼んできます、と言い残して足早にホールを出て行った。

五、六分もすると、男はもどってきたが、傍には沼田の姿はなかった。

「沼田さんは?」

坂見が訊ねた。

「部屋にいないんですよ。窓にカーテンがひいてあって、部屋の中がまっくらなんです」

フロント係が答えると、別の従業員が、

「また、外へ飲みに行ったんですよ」

と、言った。

「でも、おかしいな。部屋の入口には、ちゃんとスリッパが揃えてあったのに」

フロント係は、誰にともなくそう言った。

4

私たちはその夜、ホテルからタクシーに乗り、上越新幹線の浦佐駅に出た。

一八時四四分発「とき316号」は、十二分遅れで浦佐駅を発車した。

自由席はほとんど満席だったので、私たちは指定車に移り、空いている座席に腰をおろした。

娘の可奈子は私と妻と離れ、三つ前方の通路ぎわの三人掛けの座席に坐ったが、妻と話をするには、そのほうが好都合だった。娘の前で、事件の話はしたくなかった。

「警察の人の話、どうだったの？」

二人きりになると、妻は待っていたようにそう言った。

「最初から話すよ、順を追って」

私は会議の一部始終を、主観をまじえずに、かなり克明に妻に話していった。

話が、画家の沼田秀堂に関するくだりまでくると、妻は私の話をさえぎるようにして言葉をはさんだ。

「じゃ、多美子さんと私たちの関係については、警部さんたちには話さなかったのね？」

「そうだよ。その点に関しては、最後まで口をつぐんでいた」

「私も、そう願っていたわ」

と妻は、安堵（あんど）した顔で言った。

「多美子が殺されたのは、私たちとはなにも関係がないんだ。わざわざ多美子と私たちの関係を知らせたところで、事件の解決に役立つはずもないからね。多美子とは、まったくの赤の他人で押し通したよ」

「多美子さんと私たちの関係がわかれば、娘の可奈子のことにも警察の調べが及ぶわ。そんなことになったらどうしよう、って部屋でもそのことばかり考えていたのよ」

「可奈子はもう十歳だ。自分の出生の秘密を知ったら、どうなると思う。死んでも、そんな残酷な真似(まね)はできないよ」

私は言った。

私が多美子のことに関して固く口を閉ざしていたのは、もちろん娘のためばかりではなかった。

私は、自分自身の身も守りたかったのだ。

多美子とあのホテルで会ったのは、まったくの偶然だったが、警察が多美子と私たちの過去のつながりを知れば、私に疑いの眼を向けるのは必定である。

警察の調べがさらに進み、私と多美子の関係を嗅(か)ぎ出されたとしたら、私には釈明の余地はない。

加えて、私には動機がある。

多美子は、私を恐喝していた。事を穏便にすませるために、私は相手の申入れに応じていた。殺して完全に口を封じようなど毛頭思わなかったが、警察がそれを信じるとは思えない。

「……でも、ちょっと心配なのよ。相手は警察でしょう、いずれ調べられるんじゃないかしら……」

と妻が、私の気持ちをなぞるように言った。

「心配することはないさ。警察が、多美子の過去までほじくり返すとは考えられない。事件は、その前に解決するよ。きわめて単純な事件だと思うな」

「そうだといいけど」

「多美子は、ああいう女だ。あのホテルで誰かに激しい恨みを買っていたってことも充分考えられるよ」

列車は、越後湯沢駅に停（とま）った。

四、五人のスキーヤーたちが騒々しく乗り込んできた。

彼らも指定券を持っていなかったらしく、通路を往き来して空席を捜していた。

「牛久保さん――」

スキーヤーたちの背後から、私の名前を呼ぶ男の声がした。

スキーヤーのかげになって、顔は確認できなかったが、その声は鯰江彦夫だった。

「やあ、鯰江さん。同じ列車だったんですね。この次のに乗られるのかと思っていました。浦佐駅のホームで見かけなかったものですから」

「この列車が十二分遅れたおかげで、間に合ったんですよ」

鯰江は、四角ばった顔に浮かんだ汗をハンカチでしきりに拭っていた。まだ座席が見つからなかったのか、片手に大きなバッグをぶら下げていた。

「席なら、このうしろにありますよ」

「いや、いいんです。みなさんに報告してから、ゆっくり坐りますよ。いま、この前の車両で佐倉さんご夫婦にも話してきたところなんです」

「なにか、あったんですか？」

「あのホテルで、また事件が起こったんですよ」

と、鯰江は言った。

「事件――」

私と妻は、思わず顔を見合わせた。

「また、ホテルの泊り客が死んだんです」

「誰が、誰が死んだんですか？」

私は、鯰江の迂回（うかい）した言い方にいらだちを感じた。

「旧館に泊っていた、画家の沼田秀堂さんですよ」

「沼田さんが――」

「私がホテルを出るちょっと前に、死体が発見されましてね」

「殺されたんですか？」

　と訊ねたのは、妻だった。

「そこまではわかりません。旧館の自分の部屋の窓から落ちて死んだらしいんです。死んだのは、かなり前のようですな、死体の上に雪が積もっていたという話でしたからね。警察側のあの動きからすると、どうやら他殺という線が濃くなってきましたね」

　鯰江はそう言うと、またあとで、と挨拶して、うしろの車両にあわただしく姿を消した。

「あの沼田さんが……」

　雪の中を気忙しそうな足どりで、私たちをホテルまで案内して行った沼田秀堂の小さなうしろ姿が、私の眼に浮かんだ。

「殺されたのかも知れないわ。沼田さんは、多美子さんが殺されるところを、自分の部屋から目撃していたのかも知れない……」

　と、半ば独り言のように妻は言った。

第五章　死のある風景

1

三月十三日
小出署の伊達警部と坂見刑事が訪ねてきた。二人の来訪は、私の予想していたことだった。
応接室での話声は、ダイニングルームにいる私の耳に断片的に聞こえていた。

二人が帰ったあと、夫は警部たちとの話を詳しく聞かせてくれ、今度の事件を自分なりに調べてみると言った。

私は昨日から、この一連の事件を考えづめに考えていたのだ。

あの二人組——小笠原孝一と石川立雄のことが、頭から離れなかった。

それと殺された千明多美子さんのことだ。

千明さんは、二人組の部屋に激しい抗議電話をかけていたという。

私はその電話で千明さんが言っていた言葉の意味を繰り返し考えた。

千明さんは、二人組の過去のなにかを知っていたのだ。そして、そのことを公にしようとしていたのではないだろうか。

だが、あの千明さんが、二人組についてなにを知っていたのだろうか。


……………

……………

……………

私が仕事を終えて会社を出ると、夜の街には早朝からの雨がひきもきらずに降りつづいていた。

もっと早い時間に帰りたかったのだが、たまっていた仕事の整理に追われ、気がついたときには壁時計の針は八時を示していた。

帰りがけに地下鉄の駅の売店でスポーツ新聞を買うのは、私のいつもの習慣だが、その夜買ったのは毎朝新聞だった。

私は地下鉄のホームに立って、その新聞の社会面をひらいた。

私の思ったとおり、そのニュースは社会面の左端に組まれていた。

「大湯温泉で画家の他殺体」という見出しがすぐ眼にはいったが、その大見出しに比較して記事は少なかった。


十二日午後六時半ごろ、新潟県北魚沼郡湯之谷村の「大湯ホテル」の従業員、中川健郎さん（二八）が、ホテルの旧館の裏庭で男の死体を発見、小出署に届け出た。死亡したのは、このホテルの宿泊客で、東京都台東区浅草五－六に住む画家の沼田秀堂（本名秀夫）さん（五〇）。死因は頸部骨折による即死。全身に打撲傷があり、三階の自分の部屋の窓から転落死したものと推定される。死亡推定時刻は午後四時から五時にかけて。周囲の状況から、当局は他殺と断定。

なお、この「大湯ホテル」の宿泊客だった千明多美子さん（三〇）も去る十一日に起こったスキーバス転落事故のさいに扼殺されており、当局はその事件との関連性を重視し、捜査を続けている。


私はこの記事を、二度繰り返して読んだ。

死亡推定時刻は、午後四時から五時までの間と書かれている。

あのホテルのグランドホールでの会議は、午後四時から予定されていた。

私がホールに顔を出したのは、四時二十分ごろだった。

沼田秀堂が殺されたのは、私がホールへ行く二十分前から、会議が始まって四十分ほどしたころということになる。

私鉄の駅前から乗ったタクシーの中で、私は再びその記事を読み返した。

2

家のドアをあけると、玄関に男物の革靴が二足きちんと揃えてあった。

「お客さま？」

私は、出迎えた妻に訊ねた。

「さっき、会社にお電話したのよ」

妻は、なぜか少し緊張した面持ちで言った。

「誰だい？」

「小出署の警部さんたちよ」

「小出署の――」

私は思わず、おうむがえしに言った。

予想もしていない来訪だった。沼田秀堂事件が起こって早々に、しかも小出くんだりから個別に私を訪ねてきたことが、私には理解できなかった。

私は妻にカバンを手渡し、その足で奥の応接室にはいって行った。

応接室の長椅子に、伊達警部と坂見刑事が並んで坐っていた。

「夜分にお疲れのところを、突然おじゃましまして。お詫びします」

伊達は丁寧に挨拶したが、坂見は黙って頭を軽く下げただけだった。

「なかなか、立派なお住まいですな」

口許にお茶を運びかけながら、伊達は言った。

「手狭な家ですよ。親子三人暮らしには似合いでしょうがね」

「娘さんですね」

伊達は、サイドボードに立てかけてあった可奈子のスナップ写真を見ながら、

「さっきもちょっと、玄関でお会いしましたが、なかなか健康そうで活発な娘さんですな。眼許なんか牛久保さんに似ておられる」

と言った。

「ところで、警部さん……」

私は、伊達を促すように言った。

「あ、こりゃ失礼しました。実は今夜おじゃましたのは、大湯ホテルでの事件のことでお話したいことがありましてね。沼田秀堂さんの事件は、もうご存知ですね？」

「ええ。帰りの新幹線の中で、鯰江さんから聞かせてもらいました」

「ああ。牛久保さんも鯰江さんと一緒の列車だったんですか」

「それに、夕刊の記事にも眼を通しましたから」

「そうですか。それじゃ、ごく簡単にお話しましょう」

伊達は眼鏡をかけると、ポケットから取り出した手帳に顔を近づけた。

「沼田秀堂さんの死体を最初に発見したのは、新聞にも報道されましたとおり、大湯ホテ

ルの調理場を担当している臨時雇いの従業員です。発見した時刻は、午後六時半ごろ――牛久保さんがタクシーで浦佐駅に向かっていたころのことです。発見場所は旧館の裏庭で、使用されていない旧館のこともあって、めったに従業員たちも足を踏み入れない場所でした。旧館の一階が物置代わりになっていて、その従業員は物置に用事があって裏庭に回ったのですが、その物置の入口のコンクリートの上に沼田さんがうつぶせに倒れていたんです。実は、それ以前から、われわれは沼田さんを捜していたんです。そのことは、牛久保さんもご存知ですね？」

「ええ。あの会の終わりごろに、フロント係の人が沼田さんを呼びに行っていましたね」

「外に飲みに出かけたんじゃないか、ということで、温泉スキー場の休憩所やバス停近くの飲食店を当たってみたんですが、どこの店にもいませんでした。そんなときだったんです。従業員から報せがはいったのは。沼田さんは首の骨が折れ、全身に打撲傷が見られました。それに、死体のあった位置などからしても、部屋の窓からの転落死であることがわかりました。それも、事故死や自殺ではありません、誰かに突き落とされたんです」

「なぜ、他殺と判断されたんですか？」

「沼田さんの部屋の窓がきちんと閉められ、おまけにカーテンまで引いてあったからです」

「なるほど」

「死体には、午後から降り出した雪がかなり積もっていました。死亡推定時刻は、午後三時から五時にかけてと検死医は報告していました」

「三時から五時……たしか新聞には、午後四時から五時にかけて、と書いてあったと思いますが」

と、私は言った。

「その新聞の記事が正しいのです。その後の調査で、死亡推定時刻の幅が一時間ほど短縮されたものになったからです。死亡推定時刻は、四時から五時にかけてです」

「なにか、わかったんですか？」

「沼田さんがあのとき、窓ぎわに坐(すわ)ってスケッチしていたのをご存知ですか？」

伊達は、逆にそう質問した。

「ええ、知っています。こちらの坂見刑事や七里さんの話を聞いていましたから。お二人が沼田さんの部屋に行かれたとき、沼田さんが画用紙に向かっていたとか……」

私はそう言って坂見刑事の方を見たが、彼は無愛想な表情で眼を伏せた。

「沼田さんの死体検証をすませ、旧館三階の部屋を調べたんですが、先ほども言いましたように、窓のカーテンも閉められていました。そのカーテンの下の床に、一枚の画用紙が落ちていたんです。沼田さんが描いていた風景画でした。右下の方に、60／3／12、という日付が書き込まれ、その下に、S. NUMATA とローマ字のサインがしてありました」

「すると、風景画は完成していたわけですね」

「そうです。出来上がっていたんです。沼田さんが、あの日窓ぎわで描いていた絵であることは、間違いのない事実です」

伊達は、傍の坂見の方を横目で見た。

「沼田さんはあのとき、その絵を慌てたように裏返しにしたんです。七里さんのかげになってちらっとしか見えませんでしたが、丘や川が眼にはいりましたよ。その風景は、完成した絵とそっくり同じでした。念のために、東京の七里さんにも連絡を取りましたが、七里さんは私よりももう少し詳しく、その描きかけの風景を記憶していましてね。左の上隅に駒ヶ岳が描いてあったことまで憶えていましたがね」

と、坂見が言った。

「死亡推定時刻を午後四時としたのは、そういう事情からだったんですね。沼田さんの絵が完成したのが、午後四時ごろと計算されたわけですね」

「そのとおりです。坂見刑事と七里さんが沼田さんの部屋を訪ねたのは、午後三時十分前ごろでした。そのとき、沼田さんの絵はまだ出来上がっていなかったことは、先日の坂見刑事らの話にもありました。そのとき沼田さんは、一時間前から絵にとりかかっている、という意味のことを言っていたんです。沼田さんが窓から突き落とされたのは、絵を完成し、日付とサインを書き込んだあと……つまり、一時間後の四時以降だったという結論に達するわけです」

と、伊達は言って、

「牛久保さんは、あのホテルにかけてあった沼田さんの絵をごらんになったことがありますか？」

突然、話題を変えるようにして訊ねた。

「いいえ」

「私はあの事件後、何点かの水彩画を拝見しましたが、実に克明なタッチの写実画です。先日のフロント係の話にもありましたが、沼田さんはことのほか、駒ヶ岳がお気にめしていたようですな。沼田さんの部屋の窓の左端に見える尖った山ですが、それらの水彩画はいずれも駒ヶ岳を描いたものでしてね。沼田さんがあの日描いていたのも、線画ではありますが、同じ丁寧なタッチで描かれてありました。対岸の小高い丘、ゆったりと流れている佐梨川、そして、川岸に倒れている女性……」

「倒れている女性――」

私は思わず、伊達の言葉をなぞった。

「下半身を水中に入れて、うつぶせに倒れている女性です」

「すると、沼田さんの絵は……」

「そうです。沼田さんはやはり、あの事件を部屋から目撃していたんです。千明多美子さんが扼殺される場面を目撃し、それを風景画の中に描いていたんですよ」

と、伊達は言った。

「じゃ、警部さん。沼田さんの絵には、千明さんの首を絞めている犯人も描かれていたんですか？」

私は訊ね、伊達の薄い口許を見守った。

「――と思いますねえ」

「と思う？」

「沼田さんの絵は、左の三分の一ほどの部分が破られていたんですよ。犯人像が描かれていたであろうと思われる左の三分の一の部分が――」

「破られていた――」

伊達は足許に置いてあった黒革のカバンをテーブルにのせると、中から角封筒を取り出した。

「これです、沼田さんの絵は」

伊達は角封筒から引き抜いた一枚の画用紙を、私の前に置いた。

伊達が言ったように、画用紙の左三分の一が破られていた。

手で乱暴に破り取ったものでないことは、その残された跡を見て明らかだった。

ぎざぎざの跡がないところから、定規かなにかを上に当てて破ったものと思われる。

ひと目で、玄人の筆とわかるほど手なれた手法の太い鉛筆描きの風景画だった。

遠景には小高い丘と雪をかぶった灌木（かんぼく）が克明に描写され、丘の麓に、右に大きく折れ曲がって流れる佐梨川がリアルに描かれてあった。

画面の下中央に、両脚を水中に没し、両腕を前方につき出すようにして川岸にうつぶせになっている女性の姿があった。

風景は全体的に左端の部分の描き込みがやや弱く粗雑な感じで、手を抜いた部分も見受けられた。だが、下左端に描かれた女の横顔には、多美子の顔の特徴が的確に捉（とら）えられていた。

右の下隅に、三月十二日の日付とローマ字のサインが書き込まれてあったが、その文字は絵とは不釣合に乱暴なものだった。

「どう思われますか？」

私の顔をのぞき込むようにして、伊達が言った。

「警部さんのおっしゃるとおりだと思います。沼田さんはスキーバス事故のあった日、自分の部屋にいて、千明さんが殺されるのを目撃していたんですね」

「その点は、疑う余地がありません。でなければ、これほど正確には描写できなかったはずですからね」

「それに、この千明さんの絵は、殺される直前のものだったと思います」

「そのとおりです。牛久保さんがこの現場に駆けつけたとき、千明さんは両手の甲をそろえ、その上に顔を乗せてうつぶせになっていたとおっしゃってましたね。この絵は、両手をなにかを摑もうとするような格好で前につき出しています。つまり、沼田さんが画いたのは、千明さんが川岸まで泳ぎ着き、そこを這い上がろうとしていた絵だったのです。そして、その直後に殺された。となると、沼田さんの眼に、その犯人の姿が映らなかったとは考えられません。沼田さんは見たのです、千明さんの頭の近くに立っていた人物――つまり、犯人の姿を。そして、その犯人像を描き残していたんです」

「この絵を破り取ったのも、犯人だとお考えなんですね」

「もちろんですよ。千明さんを殺した人物は、旧館の部屋にいた沼田さんに現場を目撃されたのではないかと心配になったんです。それとなくようすをさぐるために、沼田さんの部屋を訪ねて行き、描き上がっていたあの風景画を見たんです。その人物は沼田さんを窓から突き落としたあとで、この絵の左三分の一を破り取ったんです」

「でも、警部さん。沼田さんは目撃した事実を、なぜすぐに警部さんたちに話さなかったんでしょうか。あんな絵に描くよりも、口で話したほうが、ずっと手間もはぶけていたはずなのに」

伊達は、わからないといった思い入れで首を振りながら、

「変わり者だったそうですからね、沼田さんは。それに、口から言葉を出すと損でもするみたいに、極端に無口な人だったとか」

「変わった人でした。絵も描かずに酒ばかり飲んでいて」

「沼田さんがあのホテルで描いたのは、たったの二枚だけでしたからね」

と伊達は言って、角封筒を手に取った。

「すると、もう一枚描いていたんですか?」

「ええ。こちらは、人物画ですがね」

伊達は、一枚の画用紙をテーブルの上に置いた。

「これは――」

私は画用紙からすぐに眼を上げ、伊達を見た。

この画用紙も、前の風景画と同じように、左三分の一が破り取られていたからだ。

「遺留品を調べているときに見つけたのですが、沼田さんの部屋の片隅に積み上げられてあったスケッチブックの中にはさんであったものです。おわかりのように、これも左の部分が欠けています」

伊達は言った。

私は再び、人物画に眼を落とした。

ソファに坐った女性の上半身を真横からスケッチしたものだが、その女性が多美子だとわかるまでさして時間はかからなかった。

克明な筆致は前の風景画と同じだったが、かなり太めの鉛筆描きのせいか、この人物画には迫力が感じられた。

多美子の坐っているソファの背後に背の高い観葉植物が描かれていたが、その描き方も入念なものだった。

画面の右下には、60／3／10という日付と、ローマ字のサインが、風景画と同じように乱暴に書きなぐってあった。

「千明多美子さんですね。バス転落事故の前日に描いたものです。千明さんは誰かと差し向かいに坐って、話をしているようにも見えますねえ」

と、伊達が言った。

多美子がテーブルをはさんで誰かと話していたらしいことは、その前傾姿勢から読み取れないことはない。

だが、その相手は画面からは消えていた。

「この絵も、風景画とまったく同じように、左の三分の一が破り取られています。これも、犯人がしたことです」

「しかし、なぜ……」

「言うまでもなく、左の三分の一の部分に描かれていた人物をかくすためです。犯人は、その人物を人目にさらしたくなかったからです。つまり、その左端には、犯人自身の人物画が描かれていたからです。犯人は千明さんと二人でその場所で話していたことをかくす必要があったんでしょう」

「この場所には、見憶えがあります。旧館の一階にある遊戯室ですね。あの部屋の片隅にはソファがありましたし、観葉植物も何本か置いてありましたから」

と、私は言った。

「そう、旧館の遊戯室です。遊戯室といっても、遊ぶ道具や器械類は全部新館の遊戯室に移していましたから、ふだんから人気(ひとけ)のない場所でした」

「沼田さんは、なんでこんな変哲もない人物画を描いていたんでしょうか？　なにか目的があってでしょうか？」

「いや、なんの目的もなかったと思いますよ。沼田さんは、なぜか千明多美子さんが気に入っていたみたいですね。ホテルのスナックでも、自分からすすんで千明さんの横に同席したりしていたようでしたからね。千明さんの持っているなにかが、沼田さんの絵心を刺激していたのかも知れませんね」

　と伊達は言って、かすかに顔をほころばせた。

　伊達はそのまま言葉を切り、お茶をうまそうに飲みほした。

　私がお茶に手をのばしたときだった。

「牛久保さん――」

　と坂見が、ちょっと改まった口調で呼びかけた。その眼は冷たい色を浮かべ、私を見入っていた。

「千明多美子さんのことで、お訊ねしたいんですがね。あなたが最初に千明さんと話をしたのは、たしかホテルのスナック『やまびこ』でしたね」

「そうです。千明さんの方から声をかけられ、同席したんですが」

「そのスナック以外に、ホテルのどこかで千明さんと二人きりで話されたことは？」

「ありません」

「電話では？」

私は思わず、ぎくりとした。

私が返答に迷っていると、坂見はさりげなく視線をそらし、ポケットから手帳を取り出した。

「あなたが勤めておられる会社は、大栄出版社。たしか、児童物の単行本や雑誌を出版しておられる会社でしたね」

「ええ」

「会社の電話番号は、八一三局の三四八×番でしたね」

「そうですが……」

3

私はこのときはじめて、坂見がなにを言おうとしているのかを察知した。

私は動揺した胸の中で、必死に対応策を練っていた。

「牛久保さん。あなたは電話で千明さんと話をしていますね」

「別に話してないとは断わっていませんが」

「千明さんのハンドバッグの中から、四つ折りになったメモ用紙が出てきたんです。あのホテルの部屋の電話の傍に置いてあったメモ用紙です。それには、電話番号のような数字がボールペンで走り書きされてあったんです。東京の局番を回し、その番号をダイヤルしたところ、あなたの勤務先の交換台につながったんですよ」

「千明さんには、たしかに勤務先の電話番号を教えました」

私は時間をかせぐ意味で、わざとゆっくりと言った。

「そうするからには、なにか事情があったからだと思いますが」

「いや、別にたいしたことじゃないんです」

「説明していただけますか」

坂見は間髪を入れずに、たたみかけるように言った。

「ホテルのスナックで偶然同席したときでした。千明さんが私の勤め先を訊ねたんです。お茶の水にある大栄出版社だと答えますと、その会社の近くに中学時代の級友が住んでいるとかで、年に二、三度はその家を訪ねていると言っていました。今度、級友を訪ねた折に会社に立ち寄ってもいいかとも言っていました……」

とっさに頭に浮かんだ嘘を、私はしっぽを摑まれないように、慎重に言葉を選んで言った。

「電話番号は、そのスナックでは教えなかったんですね？」

「単なる儀礼的なやりとりだと思ったからですよ、そのときは。私の会社の近くに級友がいるという話にしても、本当かどうかわからないと思っていましたから。それに、千明さんの方から電話番号を教えてくれ、と言われたわけでもないので。そしたら、翌日の朝、千明さんから部屋に電話がかかってきて、会社の電話番号を教えてくれと言われたんです。会社に訪ねてこられるのはちょっと迷惑だなとは思いましたが、むげに断わるわけにもいきませんでしたからね」

私の返答を坂見が信じたかどうかは、彼の表情のとぼしい浅黒い顔からは、私には判断できなかった。

「電話は、千明さんの方からかかってきたんですね？」

坂見は、そう訊ねた。

「ええ。さっきも言いましたように」

「ただ、それだけだったんですか？」

「は？」

「電話番号を教えただけで、話を終えていたのか、という意味ですよ」

「そうです。電話番号だけ言って、すぐに電話を切りました」

　高圧的で含みのある坂見の口のきき方に、私は憤りを感じたが、さりげない顔でそう答えた。

「ホテルのスナックで会う前に、千明さんと話をしたことは？」

「ありません」

　坂見は小首をかしげ、薄いせせら笑いに似たものを口許に浮かべた。

「私と千明さんが、あのホテルでなにか特別の交際を持っていたような言い方に聞こえますね」

　坂見の薄い笑いに挑発されたように、私は思わずそう言った。

「やはり、そう聞こえますか」

　と坂見は言って、

「あのスナックで会う前に、千明さんとは話をしたことがないと言われましたが、私にはちょっと信じられませんね」

「なぜ？　なぜ、その事実が信じられないんです？」

「牛久保さんがあの店にはいったとき、店には一組の客しかいなかったそうですね。牛久保さんが窓ぎわの席に坐って十分ぐらいしたころ、千明さんが店に現われたんです。千明さんはドアの所で店内をひとわたり眺めまわすと、まっすぐにあなたの席に向かって歩いて行った、と店の従業員が言っていました。だから、待ち合わせをした客同士と従業員も思い込んでいたのです」

「待ち合わせをした憶えはありませんね。何度も言いましたが、偶然に同席したんです」

「しかし、牛久保さん。店内がたてこんでいて、適当な空席がなかったのならともかく、あのとき店には、あなたを含めてたった二組の客しかいなかったんです。常識的に考えて、千明さんはまず、適当な空席に腰をおろすのがふつうではありませんかね。千明さんはそうはせず、まっすぐにあなたの席に近づいて行ったんです。牛久保さんとそのときが初対面だったとしたら、そんな千明さんの行動は私には理解に苦しむのです」

「同じ言葉を繰り返すことになりますが、私が千明さんと口をきいたのは、あのスナックがはじめてです」

「そうだったかも知れません。牛久保さん、私が言いたいのは、千明さんとあなたは、あの日以前にどこかで会っていた——つまり、以前からの知合いだったのではないか、ということなんですよ」

と、坂見は言った。

「そんなことはありませんよ。まったくの初対面でした」

坂見のその言葉は予想はできていたが、私の返答はどこかぎごちないものになっていた。

「お二人は以前からの知合いだったが、この何年かお互いに消息を絶っていた。だから、電話番号を教える必要があった――と私は思ったんですがね」

「もう同じ返事を繰り返すのは、やめますよ。しかし、刑事さん。かりに、かりに私と千明さんが知合いだったとしても、それがどうだというんですか？」

「千明さんとまったく見ず知らずの人間が、千明さんの首を絞めて殺したりするでしょうか？」

「じゃ、私が千明さんを――」

「われわれは、あらゆる可能性を考慮に入れなければなりません。バス転落事故のさい、牛久保さんは下流にくだって行って、川岸にうつぶせに倒れている千明さんを眼にとめた。駆け寄って千明さんの体を川岸に引き上げようとしたとき、千明さんはすに絶命していた――と、牛久保さんは証言しておられます。しかし、そのときまだ千明さんは生きていた、と考えることもできるんです」

「ばかな。私が、首を絞めて殺したと言うんですか？」

私は興奮のあまり、思わず声を荒だてた。

「鯰江彦夫さんがその場に駆けつけてくるまで、それなりの時間があったはずです。殺しの現場さえ目撃されなければ、死体の発見者になりすませたはずですから」

「そんな、ばかな。千明さんは、すでに死んでいたんだ。殺されていたんですよ」

「落ち着いてください。牛久保さん。私はただ可能性について語っているだけですから」

坂見は冷静に言った。

「千明さん殺しの現場が、ホテルの旧館の部屋から丸見えだったことは、あの現場に行っていた者でなければわからなかったはずです。牛久保さんは沼田さんのことが心配になり、部屋を訪ねたのです。そして、沼田さんが描き上げていた風景画を見、左の三分の一に描かれてあった犯人像をかくすために、それを破り取ったのです」

「いいかげんにしてください。沼田さんを窓から突き落としたのも、この私だと言うんですね」

「そして、もう一枚の絵——沼田さんがその前日に描き上げていたこの人物画を捜し出したのです。旧館の遊戯室のソファで千明さんが話していた相手は牛久保さんだったのです。千明さんと交友関係があったことを知られたくなかったため、自分の顔がスケッチされている左の三分の一の部分を破き取っていたんです」

「私は旧館の遊戯室のソファに坐ったことなど一度もありませんよ」

「それにしては、あの部屋のことをよく知っておられましたね。牛久保さんは、この人物画を見るとすぐに、旧館の遊戯室だと指摘していましたよ」

「遊戯室をのぞいたことがあったからです。娘と一緒に一度中にはいっていたからです」

「そうですか。ところで、牛久保さん。沼田さんの事件のあった日、午後四時から五時までの間、どこにおられましたか？」

「午後四時から五時――つまり、沼田さんの死亡推定時刻という意味ですね？」

「そうです」

「それは、刑事さんたちもご存知のはずでしょうに。あのホテルのグランドホールですよ。みんなと一緒に刑事さんたちの話を聞いていましたよ」

「あの会合は午後四時から予定されていました。しかし、実際に会が始まったのは、新聞記者たちが会場を出て行った直後、四時二十分でした。出席者全員が集まるのを待っていたために、始まるのが二十分近くも遅れていたんです」

「たしかに、私は少し遅れて行きましたが」

「私と七里さん、それにホテルの従業員の何人かの手を借りて、会場の椅子の並べ変えを始めたのが、午後三時半ごろでした。そのすぐあとで、佐倉さんご夫婦、それに仙石えり子さんが、会場づくりに手を貸してくれました。椅子の並べ変えが終わって少ししたころには、あらかたの出席者が顔を揃えていました。私たちは席に坐って、二十分近くも残りの二人を待っていたんです」

「私のほかにも、遅れてきた人がいたんですか？」

「鯰江彦夫さんです。鯰江さんが慌てたようすで姿を見せたのは、四時十分。そして、いちばん最後に牛久保さんが、のんびりとした顔つきで席に着いた——四時二十分でした」

私は、正直に答えた。

「風呂(ふろ)に行っていたんです」

「風呂に？」

「風呂にはいってから、その会に出席しようと思っていたからです」

「四時ちょっと過ぎに、牛久保さんの部屋に電話を入れたんです。そのとき奥さんは、牛久保さんは会に出席するために、四時十五分前ごろ部屋を出て行った、と話していましたがね。風呂に行ったとは、ひと言も言っていませんでしたよ」

「家内には告げていなかったからですよ」

「すると、三十分近く浴場にいたというわけですね」

「時間のことはわかりません。私は、かなり長風呂でしてね。それにあのときは、浴場に誰も客がいなかったせいもあり、のんびり湯につかっていましたから」

「風呂から上がり、まっすぐにグランドホールに顔を見せたんですね？」

坂見は、わざとゆっくりした口調で言った。

「旧館の沼田さんの部屋へ足を向けていた、とでも考えているんですか？」

坂見の考えはわかっていたが、私はそう反問せずにはいられなかったのだ。

そのとき、応接室のドアにノックの音が聞こえ、妻がはいってきた。

「お口に合いますかどうか」

妻はそう言って、来客の前に紅茶とケーキを置いた。

「もうなにも構わんでください。そろそろ失礼しようと思っていたところですから」

伊達はそう言ったが、妻が姿を消すとすぐに、ケーキの皿を手に取った。

私は煙草に火をつけ、紅茶をすすった。

私はそのときふと、妻がドアの背後で立ち聞きしていたのではないか、と思った。

口に含んだ紅茶が、さめきっていたからだ。

4

伊達と坂見が雨の中を帰っていったあと、私と妻はダイニングルームに坐っていた。

「警部さんたちの話、聞かせてくれない？」

妻は、私のグラスにビールをそそぎながら言った。

「ああ。おまえ、立ち聞きしていなかったかい、ドアの前で。いや、別に責めているわけじゃないよ」

私が言うと、妻はばつが悪そうな表情で、

「つい、気になってしまって。あなたの声が、あまり大きかったから。でも、最後の方だけだったわ、耳にしたのは。ごめんなさいね」

「なにも謝ることはないさ」

「なぜ、あんな大声を出していたの？」

「ばかげていて、話にもならん。あの坂見という刑事は、この私を疑っているんだよ」

「耳にした話のようすからして、そんな感じを受けたわ。でも、でもどうしてあなたを……」

「私が多美子と知合いだったんじゃないか、と見当をつけているんだ。ただそれだけの理由で、私が多美子の首を絞めたんだと結論づけているんだよ」

「警察って、なんでも疑ってかかるのね」

「最初から話すよ」

私は伊達警部との話を、順を追って妻に話した。そして、坂見刑事との会話を順次話して行き、多美子との電話のくだりにくると、妻は私の話をさえぎった。

「あの朝、多美子さんから電話があったの？」

と、妻は当然の質問をした。

「ああ……」

「私、なにも聞いてないわ」

妻には珍しい咎めだてする口調だった。

「報告しなかったのは、悪いと思っている。おまえに余計な心配をかけたくないと思ったからだ」

「余計な心配って？」

妻の前でも虚言を弄するのはうしろめたかったが、この場合は他に方法がなかった。

「多美子とスナックで会ったとき、可奈子を引き取って育ててみたいようなことを多美子は口にしていたんだよ。私は無論、そんな申し出は頭からはねつけたよ。多美子は諦めきれなかったらしく、翌朝、おまえと可奈子が風呂に行っていたときに、電話をかけてきたんだ――もう一度、話し合いたいと言ってね。部屋にも押しかけてきかねない見幕だった。だから私は、あとで必ず話し合うようにすると言ってその場をとりつくろい、言われるままに会社の電話番号も教えていたんだよ」

「そうだったの。やはり、多美子さんは可奈子を……」

「本心かどうか怪しいものだよ。私の困る顔を見て喜んでいたようなところも見受けられたからね」

「でも、そのときに話してほしかったわ」

「ごめん。家に帰ってから二人ではっきりした対策を考えようと思っていたんだよ」

「そう」

妻は納得がいったのか、刑事の話を私に眼顔で促すようにした。

「坂見刑事は、沼田秀堂さんを殺したのもこの私だと決めつけるように言っていた」

私は、坂見との会話の続きを妻に話した。

「なぜ、沼田さんの死亡推定時刻が午後四時から五時の間とわかったの？」

話の途中で、妻が訊ねた。

「坂見刑事と七里さんが沼田さんの部屋を訪ねたとき、沼田さんは窓ぎわのソファで風景画を描いていたんだ。沼田さんは一時間ほど前から絵を描き始めている、という意味のことを刑事たちに言っていた。刑事たちが部屋へ行ったのは、二時五十分ごろだったが、そのとき沼田さんの絵は半分くらいしか出来上がっていなかったんだそうだ。沼田さんの死体が発見され、部屋の窓のカーテンの下にその絵が落ちていたんだが、絵の右下には日付とサインがあり、完成されたものだったんだ。だから、絵を完成した直後に殺されたものと考え、死亡推定時刻を四時以降と割り出したんだそうだよ」

「坂見刑事は、その風景画の左の三分の一を破り取ったのはあなただと考えているのね？」

「そうだ。私がなんで沼田さんを殺さなきゃならないんだ。けど、私にはアリバイがない」

「そのあたりの話は、ドアの前で立ち聞きしてたわ。あなたがグランドホールの会議に出席するために部屋を出たのは、たしか四時十五分前だったわ」

「うん。風呂にはいってから出席しようと思っていたから、早めに部屋を出たんだ」

「私はあのとき、あなたがグランドホールへ直接行ったものだとばかり思っていたの」

「よく記憶してないが、おまえにはそのことを言ってなかったんだね」

「聞いてません。あなたと入れ違いに、可奈子が部屋にもどってきたけど、あなたと一階のエレベーターの前で会ったとか言ってたわ」

「ああ。可奈子に会ったよ」

私は可奈子との短い出会いを思い出していた。

「浴場で、誰かと一緒にならなかったの？」

「坂見刑事にも言ったが、私の他には誰も浴場にはいなかった。だからつい、長湯をしてしまったんだろうな」

「遅刻したのは、あなた一人じゃなかったでしょう？」

「ああ。鯰江さんがいる。鯰江さんは四時十分ごろ姿を現わしたとか言っていたが」

「じゃ、鯰江さんにもアリバイがないことになるわ」

「かもしれない。けど、多美子との接点が見つけ出せていない以上、積極的に鯰江さんを追及するわけにもゆかないんだろう」

「このままだと、大変なことになるわね」

妻は薄い眉（まゆ）を寄せ、その顔をくもらせた。

「あの坂見刑事は、執念の塊りみたいな男だ。追及の手をゆるめるとは考えられないよ」

「そうなれば、多美子さんと私たちの関係も明るみに出ないという保証はないわ」

「そんなことはさせないよ」

妻とは違った思惑の中で、私は断言するように言った。

「でも……」

「方法は、たったの一つしか残されていないんだ」

「どうするの？」

「私自身の手で、犯人を捜し出すことさ。それも、きわめて早い時期にだ」

「そうね……」

「最初から、事件のことを考えなおしてみよう」

私は冷蔵庫からビールを出すと、妻のグラスにもなみなみとつぎ足した。

「まず、ホテルで多美子と接触を持ったと思われる人物を、順を追って並べてみようか」

と、私は言った。

「最初は、佐倉夫婦だ。次に、二人づれの小笠原孝一と石川立雄。沼田秀堂。そして、仙石えり子……思いつくままに言ったんだが、こんなところかな」

「佐倉さん夫婦は、九日の日、小出スキー場で多美子さんと偶然に知り合ったんだったわね」

「そうだ。佐倉夫婦と一緒に多美子はホテルのスキーバスに乗り、そのバスの中で二人づれの男、小笠原と石川に声をかけられたんだ。二人は露骨に多美子を誘っていたようだったが、多美子は相手にしなかったらしい」

「その夜、ホテルのスナックで、多美子さんと同席したのが、あなたは別にして、画家の沼田さんだったわね」

「沼田さんは、私が席を立ったあと、入れ代わりぐらいにあの店に顔を出していた。なにかのようだね」

を話していたのかは知らないが、沼田さんが多美子のなにかに興味を持っていたのはたし

「その他に店にいたのは、七里さん、鯰江さん、それに……」

「野月亜紀。それに七、八人の団体客だ。小笠原孝一と石川立雄が現われたのは、多美子がカラオケを歌っているときだったそうだ。酔った二人づれの男の話は憶えているだろう？」

「ええ。とりわけ多美子さんには、しつこくからんでいたとか。野月亜紀さんもからまれたんでしょう？」

「いや、一度ちょっかいを出そうとしたらしいんだが、野月亜紀の席には鯰江彦夫が坐っていたからね。二人づれは、鯰江彦夫を亭主かなにかと勘違いしていたんだろう。それに、鯰江のあの体格と風貌におじけづいていたのかも知れないし」

「二人づれが支配人に店から連れ去られたあと、多美子さんは店の傍の電話で二人の部屋に激しい抗議電話を入れていたのよね」

「多美子と野月亜紀は二人づれが消えたあと、前後して店を出て行ったそうだ。そのあとまもなくして、佐倉、鯰江、七里たちも店を出たんだが、そのとき隅の廊下で多美子のかん高い声が聞こえてきたと言っていた」

「そのとき、多美子さんはなんて言っていたの？」

「相変らずね、あんたたちは……とか。やったことは許せない……もうすぐ天罰がくだる……。たしか、そんなことを口にしていたと聞いたけど」

「……相変らずね、あんたたちは。すると、その二人が以前にもそんな振舞いをしていたことを多美子さんが知っていた、ということかしら」

「うん。私もその点がちょっと気になっていたんだ。ホテルへくるときのスキーバスの中での二人のとった行動を言っていたとも考えられるけどね」

「多美子さんのそのときの電話は、スナックでの振舞いを非難していたのかしら？」

「だと思うがね。ほかになにか考えられるかい」

「ふと、そんな気がしただけ。やったことは許せない、もうすぐ天罰がくだる――なんて、ちょっと厳しすぎる言い方だと思ったものだから」

「多美子も腹に据えかねていたんだろう」

と、私は言った。

こんな激しい言葉が多美子の口をついて出たのがちょっと不思議な気もしたが、そのことは妻には黙っていた。

「次は、仙石えり子さんだけど、この人にもつれはなかったのね？」

「ああ。私たちが泊った翌日——十日の日の午後、沼田さんに案内されてホテルに着いたのを私は見ていた。ふと思い立っての旅行だったとか言っていた」

「帰りの朝まで、仙石さんは多美子さんと接触はなかったのかしら？」

「それまでは、話したこともないと言っていたがね」

「それなのに、多美子さんは仙石さんにスキーバスで一緒に帰ることをしつこく勧めていたのね」

「坂見刑事も、その点を追及していたよ。仙石えり子は、相手に誘われた理由がわからないと首をかしげていたが」

「多美子さんだって、理由もなしに仙石さんを誘わなかったと思うのよ。多美子さんは、仙石さんになにか話があったのよ」

「うん……」

「その前日の十日の日、多美子さんと仙石さんはホテルでなんらかの接触を持っていたと思うのよ。そうでなければ、スキーバスで一緒に帰ることをあれほど強引に勧めたりしないはずよ」

　妻はビールを一口飲むと、

「これで全部かしら、ホテルで多美子さんと接触のあった人たちは」

「ああ。私たちが知っているかぎりにおいてはね。これ以外に、多美子とつながりを持っていた人物もいたろうとは思うがね」

「これまで話してきた中で、多美子さんに動機を持つと思われるような人物はいたかしら」

「その最右翼は、小笠原孝一と石川立雄の二人づれだ。動機は、電話で多美子に激しくなじられた腹いせにということになるが……」

「でも――」

「そうさ。二人の犯行とは考えられない。小笠原はバスの中で溺死（できし）しているし、石川は頭に傷を負い、しかも泳ぎ着いたのは向こう岸だったそうだからね」

「そうよ。スキーバスの乗客の中に犯人がいたとしたら、下流へ流されて行った人たちの誰かだったはずよ」

「下流へ流されたのは、相馬太一、仙石えり子の二人だ」

「わたし、野月亜紀さんのことがちょっと気になるのよ」

と、妻は少し語調を変えて言った。

「例の、ホテルの中庭から河原へ転落した事故のことだね」

「それもあるけど」

「ほかに、なにか？」

「野月さんはバス事故の起こった十一日の朝、なぜあんなに慌てたようにして、スキーバスに乗ったのかしら」

「野月亜紀はスキーバスが発車する間ぎわになって、部屋からフロントに電話を入れ、今から急に帰ることになったから会計してほしいと言って、その際にスキーバスの乗車を申し入れていた、という話だったが」

「だったら、なにもスキーバスなんか利用しなくてもよかったんじゃないかしら。タクシーを呼んでもらうことだってできたんだから」

「うん」

「しかも、スキーバスを待たせているわ」

「バスが定刻を二十分近く遅れて発車したのは、そのためだったんだ」

「野月さんは、どうしてもそのバスに乗る必要があったとしか考えられないわ。朝になって急にホテルを発つことになったのも、そのスキーバスに乗るためだったのよ」

「しかし、なぜ野月亜紀は――」

「野月さんと関係のある人が、そのバスに乗っていたからじゃないかしら。その人は、なにかの事情で予定を変更し、急にその朝、ホテルを発つことになったんだと思うわ。野月さんはそのことを知って、慌ててそのスキーバスに飛び乗ったんじゃないかしら」

「うん」

　妻の推論にも、一理はあると思った。

「あのスキーバスの中に、予定を変更した帰り客が乗っていたと思うわ」

「思い出したよ、伊達警部が言っていたのを。小笠原孝一と石川立雄だ。二人はもう一泊する予定だったのを変更したとかいう話だった。すると、野月亜紀はこの二人を追いかけて、あのスキーバスに乗ったとも考えられるね」

「可能性はあるわね。他にも、急に予定を変更した乗客もいたかも知れないけど」

「多美子の事件には直接関係はないかも知れないが、その二人のことも調べてみるよ。それから、佐倉さんにも会ってみる。あの人なら、私に力をかしてくれそうな気がするんだ」

　私はそう言って、残りのビールを口に運んだ。

第六章　裸婦の告発

1

三月十四日
私はこの二日間、外出もせず、家にこもって事件のことを考え続けた。
私の考えの行き着く所は、いつも決まって同じだった。思うだに恐ろしい結論だった。

犯人は、私の夫ではないだろうか。
そんな疑惑を、私はどうしても拭い切れなかったのだ。
過去のあのことが、また私の胸をさいなんでいた。
私はあのことを、もっとずっと早い時期に夫にちゃんと確認しておくべきだったのだ。
あのとき、胸の疑惑をはっきりと口に出し、夫の返答を待つべきだったのだ。
いまとなっては、もう遅すぎる。
だが私はあのとき、夫の口から真実を聞かされるのが恐ろしかったのだ。
こんな疑心暗鬼な気持ちでいるのは、もう耐えられない。

……………
……………
……………

仕事の区切りがついたところで、私は受話器を取り上げ、一〇五番を回して、新潟県立小出病院の電話番号を訊ねた。

スキーバス転落事故で頭に打撲を負い入院していた石川立雄の容態を聞こうと思ったのだ。

私はメモした病院の番号を回し、交換台に外科病棟の看護婦室と告げた。

電話口に出たかなり年配な感じの看護婦に、私は石川立雄の容態を訊ねた。

「失礼ですが、どちらさま？」

看護婦が新潟訛でつっけんどんに訊き返したので、私は石川立雄の会社の者だと答えた。

「もうこれで三度目ですよ」

と、相手は言った。

「なにがですか？」

「電話ですよ。会社の者だと言って、石川さんや柏原さんの容態を訊いてきたの」

「すみません」

「石川立雄さんは意識をとりもどしましたよ。この分だと回復も早いと思いますけど、まだ当分は面会謝絶です。おたくの会社の人たちにも、よく言っておいてくださいな。あ、ついでだから言っておきますけどね、柏原一江さんはまだ意識がもどりません」

看護婦はそう言うと、一方的に電話を切った。

2

石川立雄と話ができないのなら、小笠原孝一の家を訪ね、遺族と話をするしかなかったが、私はあまり気乗りがしなかった。遺族と話を交わしたところで、さして得るものがあろうとは思えなかったからだ。

だが、そんな私の気持ちが変わったのは、ホテルでの会議のときに渡されたバス転落事故の関係者名簿を見ているときだった。

小笠原孝一の自宅は、台東区東上野二丁目××番地秀明荘、とプリントされてあった。

東上野だったら、私の会社からタクシーで十五分とはかからない距離である。昼休み時間内に、往復することも可能だった。

私は昼休みになると同時に会社を出て、タクシーを拾った。

あらかじめ地図で確認しておいたので、秀明荘という二階建てのアパートを捜し当てるまでにさして時間はかからなかった。

小笠原という古びた筆字の表札を見つけ、ドアをノックすると、四十前後の陰気な感じの女が顔をのぞかせた。

私が名刺を渡し、孝一さんのことで話をしたいと告げると、

「孝一さんは、あなたからもお金を借りてたんですかあ」

と、女は不快そうに眉根を寄せた。

「いや、違うんですよ」

大湯ホテルで一緒になった者だ、と私が説明を加えると、女の細い顔にかすかな笑みが浮かんだ。

女は、仏壇のある奥の部屋に私を請じ入れた。そこには、黒縁の遺影が飾られてあった。私は生前の小笠原孝一と会ったことがなく、その顔を見たのは、バス転落事故を報じた新聞の小さな顔写真であった。

黒縁の写真の小笠原は、鼻筋が通り、口許のひきしまった男性的な容貌をしていた。ことに、濃い眉毛と黒光りしているような鋭い眼が印象的だった。

私は用意してきたのし袋を霊前にそなえ、焼香をすませた。

女に向かって、私は型通りの弔意を述べた。

「孝一さんが大湯温泉に行っていたこと、私も主人もぜんぜん知らなかったんです。ふだんからよく外泊はしてましたけど、今度は二晩も帰らなかったんで、主人も心配していたところだったんです。新潟の警察から電話をもらったときには、びっくりしました」

女の淡々とした口調には、我が子の不慮の死を悼むという感慨はなかった。

「孝一さんは、石川立雄さんという方とご一緒でしたね」

「石川さんは、孝一さんの高校時代のクラスメートです。二人とも中退でしたが。孝一さんが悪い仲間と付き合い始めたのも、そのころからです。家にも寄りつかなくなりましたわ。もっとも、私が後妻ということもあったからでしょうけど」

後妻という言葉を聞き、先刻からの女のさばさばした言葉に私は納得がいった。

「石川さんとは、高校時代からずっと付き合っていたんですね？」

「いえ。高校を中退してから二、三年は付き合いはなかったようです。付き合いがもどったのは、一年近く前からだったと思います。この半年ぐらいの間、石川さんはよく孝一さんを訪ねてきました。主人は孝一さんがぐうたらな人間になったのも、石川さんのせいだと思っていたようで、石川さんのことを毛嫌いしていました。石川さんは、暗い陰険な感じの人でした。孝一さんの部屋でもあまり話し声を立てず、ときどき低い笑い声がしてましたが、二人で写真を見ていたんです」

「写真——」

「女の人の裸の写真です。いつも石川さんが持ってきていたんです。一度、孝一さんの雑誌の間にはさまっているのを見たことがあります」

「孝一さんは、どこへお勤めだったんですか？」

「運送会社に勤めていました。と言っても、まだ一年にもならなかったんですが。石川さんの紹介で、その会社に入ったんです」

「お二人とも、同じ会社だったんですか」

「孝一さんは最初、事務関係の仕事を担当していたんですが、半年ぐらいで石川さんと同じ配送部に移ったんです」

女はそのときはじめて気がついたように腰を上げると、玄関わきの台所でお茶の用意をした。

「孝一さんは、あのとおりのいい男でしたから、女性にはもてていたでしょうねえ」

私は、女の背中にそう言葉をかけた。

「さあ、どうでしたか。孝一さんは、見かけによらず、ひどく内気なところがありましたからねえ。石川さんや誰かと一緒のときならともかく、一人だと女性には声もかけられなかったんじゃないかと思いますよ」

「そうですか」

「でも、石川さんがよくガールフレンドかなにかを孝一さんに紹介していたようでしたね。二人でいるとき、よく女性の名前が聞こえてきましたから」

女はそう言って、出がらしの茶を私の前に置いた。

「その中で、野月亜紀、という名前を耳にされたことはありませんか?」

「野月……」

女は小首をかしげ、私を見つめていたが、

「その方が、どうかしたんですか?」

「いえ。大湯温泉で孝一さんや私と一緒だった泊り客の一人ですよ」

「そうですか。聞いた憶(おぼ)えはありませんねえ。その方も、スキーバスに乗られたんですか?」

「ええ。重傷を負われ、いま手術のためT大病院に入院しています」

「そうですか」

「千明多美子——という名前の女性についてはどうですか?」

「誰ですって?」

「千明多美子です。私たちと同じ泊り客です。この女性はバス事故のさい……」

私が言葉を途切らせたのは、そのとき女の青白い顔に変化が走るのを見たからだった。

「タミコ……タミコ……。聞いたことがありますわ」

「え——」

「ええ、たしかに二人の口から、その名前を耳にしたことがあります」

と、女は言った。

私は、半信半疑だった。

小笠原と石川が付き合っていた女たちの中に、あの多美子も顔をまじえていたのだろうか。

「千明多美子は、年齢は三十歳。彫りの深い顔をした、ちょっと肉付きのいい女ですが」

「姿形は知りません、見たことがないんですから。でも、もしかしたら、孝一さんのアルバムに写真が貼ってあったかも知れませんよ」

「アルバムに――」

「アルバムをひらきながら、孝一さんが、タミコとか名前を呼んでいたのを、いま思い出したんです。半年ほど前でしたかしら、孝一さんが配送部へ移って間もないころでしたから」

「そのアルバムを見せてもらえませんか」

「たしか、本棚の抽出しにしまってあったと思いましたけど」

女は背後の障子をあけ、隣りの部屋に姿を消した。

女が持ってきたのは、表紙に外国の風景が画かれたしゃれた感じのアルバムだった。

「これだったと思いますけど」

「拝見します」

表紙をひらくと、最初のページには二枚のキャビネ判のカラー写真が貼られてあった。

二枚とも建物を背景にして、二人の人物が写っていたが、左側の男が小笠原孝一だった。

「この人が石川立雄さんです」

女は、小笠原のわきに立っている背広姿の小柄な男を指さした。

石川立雄の容貌は、小笠原とは対照的で粗野で不細工だった。丸いでっぷりとした顔で、鼻が大きく、分厚い唇から不揃いの歯がのぞいていた。

次のページも、小笠原と石川のスナップ写真で埋められていた。

ページを追うにしたがい、石川の写真は眼につかなくなり、会社の同僚らしい男女の写真が雑然とした感じで貼られてあった。

女性を正面から写した手札判の写真も二、三枚あったが、多美子と思われる人物写真は眼にとまらなかった。

アルバムの写真は三分の二ほどで途切れ、残りは使用されていなかった。

「見つかりましたか？」

私が最後のページに見入っていると、女が声をかけた。

「千明多美子さんは写っていませんね」

「そうですか。でも、たしかに孝一さんと石川さんは、このアルバムをひらきながら、タミコって言っていたんですけどね」

「多美子違いだったんでしょうね」

私がアルバムを閉じようとしたとき、使用していないページの間に何枚かの写真とフィルムがはさみ込まれてあるのに気づいた。

私はそのページをひらき、裏返しになっていた四枚の写真を手に取った。

「これは……」

最初の写真を見て、私は思わず低く声を発した。

若い女の全裸写真だった。

女は両脚をしどけなくひろげ、両手で髪をむしるような格好で眠るようにあお向けになっていた。黒々とした恥部が、グロテスクな感じで画面の中央に把(とら)えられている。素人写真であることは、ややピントが甘いことやカメラアングルなどから私にもすぐにわかった。

その次の写真も、若い女の全裸の体が写し出されていた。両脚の付け根から上半身を撮ったもので、女は両手を左右にひろげ、薄目をあけた顔を心持ち横にかしげていた。

三枚目も、同じだった。前の二枚と違うところは、女が上半身を椅子に横たえていることだけだった。大きく眼をあけた女の顔には、薄い笑いのようなものが広がっていた。

「あら、いやだわ……」

女は、いきなり私の手から四枚の写真をひったくるようにして取り上げた。

そのとき、慌ててポケットにしまおうとした女の手から一枚の写真がこぼれ、私の傍に落ちた。

その被写体は、まだ十五、六歳のあどけない顔の少女だった。前の三枚と違い、少女は肌をさらけ出してはいなかった。

半袖の赤いブラウスに白いタイトスカートをはき、眼を閉じてあお向けになっていた。片方の膝を立て、めくれたスカートの間からピンクのパンティーがのぞき見えている。

「孝一さんたら、いつの間にこんな写真を……」

女は残りの一枚をポケットにねじ込むと、その細い顔を上にあげ、小笠原孝一の遺影を見つめた。

3

私は終業の三十分ほど前に、佐倉恒之助に電話をかけた。佐倉からもらった名刺には、佐倉製作所社長という肩書がはいっていた。

佐倉製作所は西日暮里の駅の近くで、私が通勤している私鉄の沿線にあった。

電話口には、直接本人が出た。

私だとわかると、佐倉は、ああ牛久保さん、となつかしそうな声を出し、

「その節は大変お世話になりました。改めてこちらからお礼にうかがいたいと思っていたところです」

と、バス事故のさいの礼を言った。

勤めの帰りにお宅におじゃましたいが、と訊ねると、佐倉はちょっと考え込むように言葉を途切らせていたが、

「どうです、上野あたりで一緒に飯でも食いませんか」

と言った。

「かまいませんが」

「上野の池之端に行きつけの鰻屋があるんです。私の方から電話して、部屋を取っておきますよ」

佐倉は落ち合う時刻と店の名前を告げて、電話を切った。

私の来訪を歓迎していないような口ぶりだったが、私はむしろ外で会うほうが気がおけないですむと思った。

約束の時間に池之端の鰻屋に行くと、三階の個室に佐倉はきていて、ウイスキーの水割りを口にしていた。

「逆に呼びつけたりして、悪かったですね」

と、佐倉は詫びた。

「いいえ」

「私もお会いしたいと思っていたとこなんです。家では、ちょっと話しにくいこともありましてね」

佐倉は、ちょっと複雑な表情を見せた。

料理を注文すると、

「ところで、私になにか話がおありのようでしたが」

佐倉はそう切り出した。

「ちょっと、まずい立場に追い込まれましてね」

私は言った。

「あの事件のことで?」

「ええ」

私は小出署の伊達警部たちの訪問を受けたことから話し始め、その対話の一部始終を佐倉に語った。

「なるほど、たしかに、牛久保さんの立場は不利ですな」

聞き終えると、佐倉は忌憚のない意見を述べた。

「このままだと、あなたは犯人にされてしまいますよ」

「だから、自分の手でなんとか局面を打開したいんです」

「千明多美子さんとのことは、信じていいんですね?」

佐倉は私を上目使いに見て、少し言いにくそうに訊ねた。

「ええ。坂見刑事に話したとおりです」

佐倉恒之助の人柄は信じるに足りたが、私には多美子との過去を洗いざらい述べる気持ちはなかった。

「そうですか」

佐倉は恬淡とした口調で言うと、グラスの氷を音立てながら、中身を飲みほした。

「牛久保さんのお役に立つかどうかわかりませんが、いまのお話を聞いて、一つだけはっきりと言えることがありますよ」

「なんですか？」

「その前に、私の内輪話をひととおり聞いてくれませんか」

佐倉はそう言ったあと、グラスにウイスキーを注ぎ、新しい水割りができるまで口を閉ざしていた。

「私が大湯温泉まで出かけたのは、なんの目的だったと思いますか？」

佐倉は、いきなり妙なことを口にした。

「奥さんとスキーを楽しむためだったんでしょう」

「違いますよ。スキーに興じる気持ちなんて最初からなかったんです、少なくとも私には」

「じゃ……」

「恥を話すことになりますが、私は妻を尾行して行ったんです」

「尾行？　でも、奥さんとは……」

「ええ、行動は共にしていました。一緒にいながら、私は妻を監視していたんです」

佐倉が会合の場を自宅ではなく、外に指定した理由が、私にはわかりかけていた。

「なぜ、奥さんを監視する必要があったんですか？」

「妻の、相手の男と会うためでした」

と、佐倉はゆっくりと言った。

「相手の男……すると、奥さんは――」

私は意外な気持ちに打たれ、そのまま言葉を失っていた。

佐倉夫人の色の白いふくよかな横顔が、私の頭の中をよぎって行った。

いつも佐倉をいたわるように見つめ、その体に寄りそい、仲むつまじさを見せつけていたようなあの夫人が――。

「細かいことは省きますが、私はふとしたことがきっかけで、妻の浮気を知ってしまったんです。むろん、ショックでした。信じ切っていた妻が……いや、失礼。私の泣言は本筋とは関係がないので省略しましょう。私は妻の不貞を知っても、そのことは妻に黙っていました。妻を責める気はなく、妻をたぶらかした相手の男が無性に憎かったんです。私はその男に、それなりの制裁を加えてやらねば腹の虫が納まらなかったのです」

「すると、奥さんが大湯温泉に出かけたのは、相手の男と会うためだったんですね？」

「そうです。妻あてに、男から手紙がきたんです。私は妻の留守にその手紙をわからないように開封し、中身を読みました。大湯温泉まで来い、言うとおりにしなければ私にすべてをばらす、という内容の手紙でした。妻は気晴らしに雪国へ旅行したい、とその翌日私に申し出たんです。私は、社用で新潟へ出張するので、途中まで同行しようと嘘を言って、妻と一緒に東京を発ったんです。三月九日の朝でした」

佐倉の顔には、酔いとは別の赤味がさしていた。

グラスに軽く口をつけ、しばらくしてから佐倉は話を続けた。

「直接、大湯温泉へ行かなかったのは、私に対する妻なりの思惑からだったと思います。小出スキー場で時間を過ごしたあと、大湯ホテルのスキーバスに乗りました。スキーバスに乗ろうと最初に言い出したのは、千明さんのつれの柏原一江さんでしたがね。バスが大湯ホテルに着くと、これはあとで知ったことですが、その男はスキーバスの到着を待って、あのロビーに坐っていたんです」

「男は、大湯ホテルの泊り客だったんですね？」

「そうです。一週間前から泊っていた常連客だったのです」

「一週間前から――」

私の眼の前に、あの小柄な男の顔がいきなり浮かび上がった。

「まさか、あの画家が……」

「そうです。妻を呼び寄せた男は、旧館の三階に泊っていた、画家の沼田秀堂だったんです」

佐倉は言った。

「信じられません。あの変人の画家が、奥さんと……」

まともに物も喋れない、あの小柄で痴呆のような男が、人妻をたらしこみ、泊っている宿にまでその女を呼び寄せていた事実を、私は容易には信じられなかった。

「妻は二、三年前から絵を習い始めていましたから、沼田とは絵を通じて知り合っていたんだと思います。沼田のことは、古くからあのホテルにいる何人かの従業員にそれとなく当たってみましたが、沼田はよく自分の部屋に女性を引き入れていたということでした。毎年、あの人気のない旧館に部屋を取っていたのも、そのへんに理由があったようですね」

佐倉は私のグラスを手許に引き寄せると、中身をつぎたし、氷を落とした。

「前置きが長くなってしまいましたね。そんなわけで、私は沼田と対決する機会を待っていたんです。最初の晩、沼田はスナックに顔を見せていましたが、あのあと、二人づれの男が店にはいってこなかったら、私は沼田を外に引きずり出していたと思います。そして、その翌日、十日の夜九時ごろのことでした。偶然に、沼田と顔を合わせてしまったんです、あの旧館の遊戯室で――」

「旧館の遊戯室――」

「私は、そのとき沼田の部屋へ押しかけて行くところだったんですよ。ですが、部屋まで行く必要はなく、途中で沼田の姿を見つけたんです。沼田はそのとき、遊戯室の物かげに坐って、なにかをスケッチしていたんです」

「先ほども話しましたが、そのとき沼田さんは千明さんの横顔をスケッチしていたんですよ」

と、私は言った。

「そうなんです。遊戯室の隅のソファに千明多美子さんがこちら向きに坐っていました」

「千明さんはそのとき、誰かと話をしていたと思われるんですが、それらしい人物を見ませんでしたか?」

私の期待に反し、佐倉はゆっくりと首を左右に振った。

「話し声を聞いた記憶はありませんがね。いずれにしろ、私の方からは物かげにかくれて、相手の人物は確認できなかったんです」

「そうですか」

私は落胆した。そのときの多美子の話し相手さえ確認できれば、事件は一気に解決されるかも知れなかったからだ。

「私は沼田と対決するのを諦め、部屋にもどりました」

　と、佐倉は話を続けた。

「沼田の前で踵を返したとき、私はふと、隅の大きな観葉植物を眼にとめて、背後を振り返ったんです」

「沼田さんが描き残していた人物画の右端に、その背の高い観葉植物が描かれていました」

「そうでしたね。私が背後を振り返ったのは、その観葉植物のかげに、人影を認めたような気がしたからだったんです」

「人影……。誰かいたんですか？」

「ええ。壁にはめこまれた鏡の前で、軽く髪を撫でつけるようにしていた女性の姿が眼に止まったんです」

「誰だったんです？」

「野月亜紀さん……名前はあとになって分かったんですが、その女性の横顔は野月さんによく似ていました」

「野月亜紀……」

「そのときは、野月亜紀さんに似ていたが、人違いかも知れないと思っていたんです。ほんの一瞬、ちらっと見ただけでしたから。でも、そのあとになって、あの観葉植物のかげにいた女性は、やはり野月亜紀さんだったと確信するようになったのです。沼田の前を離れて四、五分もしたころ、あの事故が起こったからです」

「あの事故……」

「野月亜紀さんが、旧館の中庭から足を滑らせて転落した例の事故です。ご存知なかったんですか？」

「聞いています」

「私があの事故を知ったのは、ロビーの自動販売機で煙草を買おうとしていたときでした。フロントの従業員たちが、慌てて旧館の通路の方へ駆けて行くのを見て、何事かと思い、私もそのあとを追いかけたんです。旧館の中庭に面したドアの前に人だかりがしていて、誰かが河原へ落ちたとか話していました」

「私の妻も、その現場へ駆けつけた一人でした。二階の踊り場のトイレの中で、女の悲鳴を聞いたとか言っていましたが」

「そうでしたか。あの観葉植物のかげにいた女性は、やはり野月亜紀さんだったんです。野月さんはそのあとすぐ中庭へ出て、転落したんです」

「野月さんは酔いざましに中庭を散歩していて、足を滑らせて転落したとか、自分でいっていたそうですが」

「私も、それは聞いています。でも、そのとき私は、野月さんの言葉になんとなくひっかかるものを感じましてね」

「あなたも……。実は妻も、あなたと同じような意味のことを言っていました。野月さんは自分から過って足を滑らせたのではなく、誰かに突き落とされたんじゃないか……妻はそう考えていたようなんです」

「私もあのとき、ぼんやりとですが、奥さんと同じような考えを持ったんですよ。でも今は、あれが単なる事故ではないとはっきり言い切れますよ」

「誰かに突き落とされたとお考えなんですね？」

「あなたのお話をうかがって、その確信を強めたのです。野月さんはあのとき、観葉植物のかげにいた。ソファで千明多美子さんと話していた人物が、野月さんの姿を眼にとめたと考えたらどうでしょうか。その人物は話の内容を聞かれてしまったと思い、野月さんのあとを追って中庭に出、隙を見て背後から野月さんを突き落とした、とは考えられませんかね」

「私もいま、そのことを考えていたところです。たしかに可能性はありますね」

「野月さんは、千明さんと話していた相手の人物を見ていたはずです。それに、話の内容も耳にしていたかも知れません。私が最初に、一つだけはっきり言えることがあると言ったのは、このことなんです」

佐倉恒之助の言うとおりだ、と私は思った。私は、眼の前に一条の光明を見るような気がした。

佐倉はそれまでまったく箸をつけなかった蒲焼きを、サンショウも振りかけずに慌てたように口に頰ばった。

「佐倉さん。結局、沼田さんとは対決されなかったんですか？」

佐倉が食べ終わるのを待って、私は訊ねた。それは、半ば儀礼的な質問でもあった。

「対決はしました。あれが対決と言えるかどうかは、ちょっと疑問ではありますがね」

と、佐倉は言った。

「いつでしたか？」

「十二日――つまり、沼田が殺された日でした」

「何時ごろ？」

「最初からお話しましょう。事件とも関係があると思いますのでね」

と佐倉は言って、煙草に火をつけた。

「沼田が殺された日、私と妻は傷の手当を受けるため、午後三時ちょっと前に二階のグランドホールにおりて行ったんです。ホールには仙石えり子さんをまじえた救護班の人たちが、帰らずに残ってて、負傷者の傷の手当をしていました。救護班の傍の椅子に、これはあとになって名前と身分を知ったのですが、小出署の伊達警部と坂見刑事が七里さんをまじえて話をしていたんです。私は、思わず彼らの話に聞き耳を立ててしまったんです。坂見刑事と七里さんが、旧館の沼田秀堂のことを伊達警部に報告していたからです」

「ご存知のことでしょうが、坂見刑事と七里さんは午後二時五十分ごろ、沼田さんの部屋を訪ねています。でも、追い出されるようにして、すぐに部屋を出ていたらしいんですが」

「ええ。坂見刑事は、絵を描いている最中にじゃまされたせいか、沼田がひどく機嫌が悪かったとか言っていましたね」

「先ほども言いましたが、坂見刑事は沼田さんを訪ねる前に、部屋に何度も電話を入れていたらしいんです。でも、沼田さんは電話には出なかったんです。沼田さんを訪ねたとき、坂見刑事がそのことを言うと、沼田さんは一時間ほど前から部屋で絵を描いていた、と不機嫌に答えたとかいう話でしたが」

「私はそのときまで、沼田のことを決して忘れていたわけではありません。あのバス事故に遭ったショックが尾を引いていて、沼田の方へ気持ちを切り替える余裕がなかっただけでした。でも、ホールで坂見刑事たちの話を偶然耳に入れたとき、それまで眠っていた沼田への憎しみが、私に蘇ってきたんですよ。そして、すぐに沼田の部屋を訪ねる決心をしたんです。会議が終わりしだい、夜の新幹線で帰るつもりでしたから、沼田と会うのは会議の始まる前しかないと思いました。私は妻をホールに残し、旧館に向かったんです」

「何時ごろでした？」

「正確な時刻は、わかりません。三時ちょっと過ぎだったとは思いますが。私が沼田の部屋の前で立ちどまったとき、外に小雪がちらつき始めていました。私は部屋のドアを何度かノックしましたが、中からはなんの応答もなかったんです。私はかまわずドアをあけ、中に入りました。私はそのとき、部屋の入り口の前に、スリッパが置いてなかったので、沼田が部屋を留守にしているのかと思ったのです。でも、よく見ると、入り口の隅っこの方に投げ出すようにスリッパが置いてありました。余計な話になりますが、そのスリッパは――」

「片一方だけだったんでしょう？」

と、私は口をはさんだ。

「そうです。なぜ、知っているんですか？」

「片一方のスリッパで歩いている沼田さんを、一、二度見かけたことがあるからです」

「ほう」

「かなりの粗忽者だったようですね」

「酔っていたからでしょうな。とにかく、酒は四六時中あおっていたらしいですから」

佐倉は、薄い笑いを見せて、

「私が部屋の障子を開けたときも、部屋の中に酒の臭いが立ちこめていましたよ。沼田は窓ぎわのソファに、だらしなく坐っていました」

「絵を描いていたんじゃないんですか？」

「休憩を取っていたとも考えられますがね。とにかく、鉛筆は手にしていませんでした。沼田は、はいって行った私を認めると、なにか小声でぶつぶつ言いながら、大儀そうに起き上がったんです。沼田は私が誰であるかを知っていたはずです。なのに、顔色ひとつ変えずに、私の方に眼をやりながらテーブルの上にあったコップ酒を飲み始めたんです。そんな態度を見て、私は沼田が虚勢をはっているのかと思いました。私は沼田を激しく責めののしりましたが、そのへんのことは省略します。沼田は私の言葉に、時おり短く返答していましたが、まったく呂律が回らず、何を言っているのか私には理解できませんでした。沼田は私が考えていた以上に、酔っていたんです。私は物事の判断もつかない酔っぱらいを相手にしていたのかと思うと、なんとも馬鹿らしくなってきたんです」

「坂見刑事たちが訪ねたときも、沼田さんは酔っていたと言っていました。そのあとでまた酒を手にしていたんですね」

「私は途中で話をやめ、ソファから立ち上がりました。こんな酔っぱらいを相手にしても始まらないと思ったからです。でも、そのまま引き下がるのは、どうにも業腹でした。私はやにわに沼田の襟首を摑むと、思いきり窓の方へ相手を突き倒したんです。沼田はしばらく窓ぎわにうずくまっていましたが、私は沼田をそのままにして部屋を出ました。帰りの新幹線の中で、鯰江さんから沼田が死んだと聞かされたときは、正直なところ、息が止まるような気がしました。私から受けた傷がもとで死んだのではないか、と瞬間思ってしまったからです」

「佐倉さん。そのとき、テーブルの上に風景画が置いてあったと思いますが」

佐倉が水割りを飲み終わるのを待って、私はそう訊ねた。

「ええ。ありました」

「その絵をごらんになったんですか？」

坂見と七里が沼田の部屋を訪ねたのは、二時五十分である。佐倉が訪ねるまでの間に、十五分ほどの時間の経過がある。沼田が筆を動かしていたとすれば、犯人像の一部分でも描き加えられていたのではないか、と私は思ったのだ。

「見ました」

と、佐倉は短く答えた。

「何が描いてあったんですか？」

「そのとき、絵はテーブルの端に伏せて置いてあったんです」

「伏せて……」

「伏せた絵の上に、食べかけのピーナッツの袋が乗せてありましたよ」

「ピーナッツの袋が……」

「でも沼田は、坂見刑事たちが帰ったあとでも、休み休みにしても、ずっと筆を動かし続けていたと思われますね」

と、佐倉は言った。

「なぜ、わかるんですか？　その絵は、伏せてあったと言われましたが」

「そのときはです。私が沼田の襟首を摑んで突き倒した拍子に、テーブルの上のピーナッツの袋と一緒に、その絵が床の上に落ちたんです」

「じゃ、絵を見られたわけですね？」

「ええ。ただし一瞬でしたがね」

「すると、その絵にはなにかが描き加えられていたんですね？」

「坂見刑事と七里さんが見たときには、風景だけだったそうですが、そのときちらっと見た絵には、人物らしいものが描きこまれてありましたね」

「どんな人物でした？」

「さっき、牛久保さんが説明してくれたとおりの光景だったと思います。誰かが河岸にうつぶせになっているような……」

「佐倉さん。それ以外に、人物は描かれていませんでしたか？」

私は思わず、せき込むように訊ねた。

「いいえ。私が見たのは、ただそれだけでしたが」

「絵の左端の方に、人物が描かれていなかったんですか？」

「あの絵は、まだ描きかけだったんですよ。ちらっと見ただけでしたが、未完成の絵であることはわかりました」

佐倉は、描きかけという言葉にことさら力をこめるようにして言った。

私は佐倉の返事に期待したが、考えてみれば、犯人像が描かれていたと思うほうが無理だったのだ。

佐倉が部屋を訪ねるまでの十五分という短い時間の間に、あの克明な筆致で、被害者の他に加害者の姿まで描き上げていたとは到底考えられなかったからだ。

「沼田が犯人の姿をあの絵の中に描いていたとしたら、それは私が沼田の部屋を去ったあとのことになります。当然のことですがね」

佐倉は新しい煙草に火をつけ、私の方をじっと見つめていたが、

「沼田の死亡推定時刻は、午後四時から五時にかけてと新聞には書かれていましたね」

「ええ。私がグランドホールに行ったのは、四時二十分ごろでした。さっきも話しましたが、風呂(ふろ)にはいっていたために遅れてしまったんです。しかし、それを証明することはできません」

「牛久保さんの他にもう一人、遅れてきた人物がいましたね」

「鯰江彦夫さんです。彼は、私より十分ほど前に席に着いていたようですが」

佐倉は煙草を深々と吸い込んでいたが、ふとなにかを思い出したような表情になった。

「その鯰江さんのことで思い出したんですが、ちょっと気になることがあるんですよ」

「気になること……なんですか？」

「牛久保さんはたしか、鯰江さんは出張の帰りに休暇を取って大湯温泉にぶらりと立ち寄った、とか話していましたね」

「ええ」

「ぶらりと立ち寄ったんじゃなくて、ちゃんとした目的があったんじゃないかと思うんで

すよ」

「目的が？」

「あの大湯ホテルで、ある人物と待ち合わせをしていたんだと思うんです」

「……まさか、その人物が千明さんだったと？」

佐倉は笑って、首を振った。

「千明さんじゃありません。相手は、千明さんと同行していた柏原一江さんだったと思うんですが」

「柏原一江……あのバス事故で重傷を負った？」

柏原一江という多美子のつれの女性の顔を、私はさだかには記憶していなかった。

スキーバスが到着した九日の午後、多美子と肩を並べるようにして歩いてきた女性だが、顔を見たのはそのときだけだった。

「なぜ、柏原さんだったと？」

「スキーバスでホテルに着いたときのことでした。フロントで部屋の申込みをしたのは、千明さんでした。そのあとで、柏原さんが、フロントの係員に誰かの部屋の番号を小声で訊ねていたんです。魚かなにかのような、変わった名前を言っていましたが、係員が四〇一号室と答えていたのは、はっきりと耳にしました。あとで知ったのですが、四〇一号室は鯰江さんの部屋です」

　そのとき、私はスキーバスが到着したロビーでの一齣の光景を思い出していた。多美子と一緒に歩いてきた柏原一江は、私たちが坐っていたソファの前で、こちらに向けてかすかな笑みを浮かべていたのだ。

　あの笑みは、私の傍にいた鯰江彦夫に向けられたものだったと考えられるのだ。

「すると、佐倉さん。柏原さんが大湯ホテルに泊ったのは、鯰江さんと会うためだったとお考えなんですね」

「二人は人目をしのぶ仲だったと思います。鯰江さんは、バス事故の起こった日の午後、グランドホールで行なわれた記者会見にも顔を見せていなかったんです。新聞に、自分の名前が載るのを用心したとも考えられますよ」

「新聞に柏原さんのご主人の談話が載っていましたが、柏原さんは奥只見のどこかひなびた温泉で二、三日保養してくると言って家を出ていたんですね」

「宿泊地は、ちゃんと決っていたんです。大湯ホテルのスキーバスを利用することを最初に言い出したのは、柏原さんでした。四〇一号室が鯰江さんの部屋だと知ったとき、二人の関係はぴんときましたが、そのことは忘れるともなく忘れていました。当然です。沼田秀堂のことで頭が一杯で、他人のことなどにかまけていられなかったからですがね」

私は、水割りを口に含んだ。

かなりのグラスを重ねていたので、両頰は熱くほてり、上半身にもなんとなく安定感がなかった。

鯰江彦夫と柏原一江——。

多美子は、この二人の特別な関係に気づいていなかったのだろうか。

もし多美子が、そのことに気づいていたとしたら——。

旧館の遊戯室のソファで、多美子と鯰江が向かい合って坐っている光景が、ふと私の酔った頭の中に浮かんで消えた。

第七章　病室の疑惑

1

三月十五日
夫は仕事の合間を縫って、事件の関係者と会っていた。
娘が、また学校でいじめられたらしく、泣きはらした眼(め)で家に帰ってきた。
どうして、こうも意気地なしなのか。

夫への疑惑が、この娘から端を発しているのだと思うと、娘が無性に憎らしくなった。

実際、今日の私はどうかしている。


……………


午前十時ごろ、私は会社のデスクから鯰江彦夫の勤め先へ電話をかけた。

交換台に営業課の鯰江の名前を告げると、電話口に出たのは若い課員だった。

「鯰江はただいま外出中ですが、正午にはもどる予定になっております」

と課員は言って、私の名前を訊(たず)ねた。

私は名前を告げ、午後あらためて電話すると言って受話器を置いた。

その鯰江彦夫がいきなり私の会社を訪ねてきたのは、私が昼食からデスクにもどった直後のことだった。

私は受付の課員に、鯰江を来客用の応接室に通すように頼んで席を離れた。

「やあ。突然おじゃましまして」

応接室にはいると、鯰江は例の太い声で私に挨拶(あいさつ)した。

「会社に電話をくださったそうですな」

と、鯰江はちょっとぶっきら棒な口調で言った。

「私に、なにか用事だったんですか？」

「ええ。そのことで、わざわざお見えになったんですか？」

「おじゃましたのは、私の方からも牛久保さんに話があったからなんです」

鯰江は、私をにらみつけるように見た。

鯰江が憤りを抑えていることは、その言葉の端々からも理解できた。

「牛久保さん。理由を聞かせてもらいましょうか」

と、鯰江はいきなり言った。

「なんのですか？」

「大湯ホテルに電話をし、従業員に私のことをあれこれ訊ねていたそうですね。ちょっとした用事でホテルに電話を入れ、わかったことなんですがね」

私が大湯ホテルに電話をし、従業員に鯰江のことを訊ねていたのは事実である。

「あのバス事故のとき、現場に駆けつけた従業員の何人かに、私がどこにいたかとか訊ねていたそうですが」

「ええ。事実です」

「なんのためにです、いったい」

「私のほうにも、それなりの事情がありましてね。そのことで、あなたとお話をしたかったんです」

「それなりの事情、とやらも大方の察しはついていますがね。罪を人になすりつければ、それですむというものでもありますまい」

「どういう意味ですか？」

「私は最初から、あなたが臭いとにらんでいたんですよ」

「臭い？　私が犯人だとおっしゃるんですか？」

「小出署の刑事からも、話を聞きましたよ。それで、ますますあなたのことを疑い出したんです。でも、そんなことは刑事たちにはおくびにも出していませんよ」

「なぜ、私に疑いを持ったんですか？」

「あなたは千明多美子さんと知合いだったということです。私は見ていたんですよ。あのときのロビーでのあなたを」

「あのときとは？」

「九日の夕方、スキーバスがホテルに到着したときのことですよ。千明多美子さんは、フロントで受付をすませると、ロビーを横切って私たちが坐っている方へ歩いてきた。千明さんは私たちの方に何気なく眼をやると、一度ちょっと立ちどまりましたね。そして、かすかな笑いを浮かべてその場を歩き去ったのですが、その眼ははっきりとあなたに向けられていたんです。あなたと初対面の人が、あんな意味ありげな笑いをつくるでしょうかね」

ホテルでの鯰江からは想像もできない、怒気を含んだ激しい口調だった。

「たったそれだけのことで、私を疑っているんですか？」

「それで充分じゃないですか。あなたは、過去に千明さんと交際を持っていた。が、それをあくまで隠そうとしている。単なる交際であれば、それまでして隠す必要はなかったはずです。あなたは、千明さんとの間に人に知られてはまずい過去を持っていた……例えば、千明さんとあなたは――」

「鯰江さん。声が大きすぎますよ」

私は、慌てて相手の言葉をさえぎった。応接室といっても、衝立てで部屋を仕切ってあるだけで、隣りのテーブルでは編集部員が著者と応対していた。

「大きいのは地声です」

鯰江はふてくされたように言うと、

「とにかく、あなたは千明さんに動機を持っていた。バスの転落事故は、あなたにとっては千載一遇の機会だったはずです。あなたは、川岸に這い上がろうとしている千明さんを見つけ、その首を絞めていたんです。私が現場へ駆けつける前にです」

「身に憶えのないことです。何度も言い続けていることですが、私が現場に駆けつけたとき、千明さんはすでに死んでいたんです」

鯰江は、私の言葉を受けつけないというふうに激しく首を左右に振って、

「沼田秀堂さんの事件は、新聞で詳しく読みました。沼田さんは千明さんが殺されるのを部屋の窓から見ていたんです。千明さん殺しの犯人が、そんな沼田さんを野放しにしておくわけがありません」

「沼田さんの事件にも、私は関係ありません」

「牛久保さん。あなたは追いつめられていた。誰かを犯人に仕立て上げ、罪を逃れようとしていたんです。だから私のことを――」

「鯰江さん。警察も、あなたと同じように私に疑いの眼を向けているんです。私が身を守るには、一つの方法しかないんです。それは、自分の手で真犯人を指摘することです」

「自分の身を守るために、私を真犯人に仕立て上げようというわけですか」

「なんの根拠もなしに、あなたのことを調べていたわけじゃありません」

「すると、なにか根拠でもあると言うんですか？」

私はそれには答えずに、煙草（たばこ）を取り出した。

鯰江は私をにらみつけながら、同じように口端に煙草をくわえた。

「鯰江さん」

私は言った。

「あなたが大湯ホテルに泊ったのは、なにか理由があったからですか？」

「なにもない。出張の帰りに休暇を取り、ぶらりと立ち寄ったまでです。このことは話したはずですよ。なぜ、同じことを聞く必要があるんですか」

「実は、ちゃんとした目的があったんじゃないかと思ったものですから」

「目的が？　なぜ、そう思ったんです？」

「九日の午後四時ごろ、スキーバスが到着したときのことです。さっきもあなたが言われたように、あなたと私はロビーの同じソファに坐っていましたね。バスが到着すると同時に、あなたは話をやめ、玄関の方を見入っていました。人待ち顔で。だから……」

「だから……」

「だから、スキーバスの乗客の誰かと待合わせをしていたんじゃないかと思ったんですよ」

「……そんなことはない。誰とも待合わせなんかしていませんでした」

鯰江は一瞬、私の視線を避けるように伏目になった。

「スキーバスをおりた千明さんが、私たちの傍を通り抜けるとき、私の方を見て意味ありげな笑みを浮かべた、とさっきあなたは言っていましたね？」

「言いましたが……」

「それと同じ光景を、その直前にわたしも眼に止めていたんですよ」

「同じ光景――」

「千明さんと肩を並べてこちらに歩いてきた女性がいたんです。その女性は、私たちのすぐ近くで歩調をゆるめると、こちらの方に視線を向け、ちらっと笑みを浮かべたんです。

鯰江さんは、憶えていますか？」

「さあ……」

「私も妻も見ず知らずの女性です。となれば、その女性の笑みは、私たちのすぐ傍にいた鯰江さんに向けられたものとしか考えられないのです。その女性に心当たりはないのですか？」

「ありませんな」

「千明さんの同行者で、柏原一江という名前の女性です。バス事故で傷を負い、小出病院に入院している女性ですよ」

「知りません」

「ではなぜ、柏原一江さんはそのとき、フロントの係員に鮠江さんの部屋を確認していたんでしょうか」

「――――」

「これは、同じスキーバスで到着した佐倉さんから聞いた話ですが、フロントで宿泊名簿にサインしたのは、千明さんでした。柏原さんは千明さんの傍に立っていたんですが、千明さんがフロントの前を去ると、係員に誰かの部屋の番号を小さな声で訊ねていたそうです。なにか魚のような、変わった名前でしたが、係員が四〇一号室と答えたのを、佐倉さんははっきりと耳にしていたそうです。四〇一号室は、たしか鮠江さんの部屋でしたね。ホテルにも電話して、そのことは確認してあります」

鮠江は煙草を手にしたまま、テーブルの一隅にじっと視線を落としていた。

「話は飛びますが、あのバス事故の起こった日の午後から、ホテルのグランドホールで新聞記者たちの取材がありましたね。生存者や現場に駆けつけた人たちに取材していたんですが、鯰江さんは姿を見せませんでしたね？」

「……疲れて、部屋で臥せっていたからです」

「それもあったでしょうが、取材されたくなかったのが本当の理由だったと思うんです。取材されれば、その談話と一緒に名前が新聞に載ります。鯰江さんは、それを避けたかったんです。自分の名前が、新聞に公表されては困る事情があったからです」

「……別に私は――」

「柏原一江さんと同じホテルに泊っていたことを、人に知られたくなかったからです」

「違う……」

「鯰江さん。柏原さんが大湯ホテルに泊ったのは、あなたと会うためだったんですよ」

「違う……柏原さんとはあのホテルではじめて会ったんです……でもなぜ、そんなことを？　千明さんの事件となにか関係があるんですか？」

鯰江は態勢を立てなおそうとするかのように、正面から私を見据えた。

「鯰江さん。ホテルのグランドホールで会議があった日のことですが、あなたは会議の始まる予定の時刻より、少し遅れて姿を見せていましたね。正確には、四時十分でした」

「……ええ。たしかに少し遅れて行きましたが」

「なぜですか？」

「トイレです。朝から下痢気味だったもので。しかし、なぜそんなことを?」

「沼田さんの部屋を往復していたんじゃないか、と思ったものですから」

「沼田さんの部屋を……なぜ、私が?」

「沼田さんは、さっきあなたも言われたように、千明さん殺しを目撃しているからですよ」

「すると、私が千明さんを……。ばかな。なぜ私が千明さんを――」

「柏原一江さんとあなたの関係を、千明さんに嗅ぎつかれていたとしたら、あなたには立派な動機が生じるからです」

と、私は言った。

「そんな……そんな、ばかな」

鯰江は吐き出すように言うと、椅子から立ち上がった。

私が、思わず身構えるような態勢をとったのは、鯰江が襲いかかってくるのではないか、と一瞬錯覚したからだ。

鯰江はその場に棒立ちになっていたが、すぐに黙って応接室を飛び出して行った。

2

私は新宿に住む著者を訪ねたあと、国電に乗って板橋でおりた。

T大病院に、野月亜紀を訪ねるためだった。

鯰江彦夫にもう一度会って事実を確認したかったが、それは野月亜紀と会ってからでも遅くはないと思った。それに、すぐに会おうとしても、あの鯰江の態度から察して、門前払いをくうのが関の山だと思った。

私は正面玄関の受付で外科病棟を確認し、エレベーターで三階に昇った。薄暗い廊下をまっすぐに行った右手に、ナースステーションがあった。

看護婦に教えられた野月亜紀の病室は、廊下の一番奥の個室だった。

病室の前に立つと、中からラジオの軽音楽が低く聞こえていた。

ドアをノックし、部屋にはいると、ベッドに起き上がっていた野月は、不審そうな面持ちで私を見た。

「大湯ホテルで、ご一緒しました牛久保です」

と、私は挨拶した。

「ああ、あのときの……」

野月は、その顔にかすかな笑みを浮かべた。

ホテルではお互い顔は見知っていたが、例の間違い電話の一件は別として、間近に言葉を交わすのははじめてだった。

ベッドの傍で、付添婦と思われる六十年配の小肥りの女性が片づけごとをしていたが、私に軽く会釈して部屋を出て行った。

水色のパジャマに薄いガウンをはおった野月は、大湯ホテルでの印象とは違い、かなりやせて見えた。美貌だが、気性の激しそうな細面の顔はどことなく精気がなく、眼許には薄いくまが出来ていた。

「小出病院からこちらへ移られたことは、小出署の警部さんから聞いていました。手術をなさるそうですね？」

「ええ。来週の水曜日ですけど、それまでに、まだ検査があるんです」

野月は、高い音色の澄んだ声で言った。中学を卒業するまで、新潟で育ったと聞いていたが、新潟訛はまだ抜けていなかった。

野月は手許のポータブルラジオを消すと、

「わざわざお見舞くださったんですか？」

と、言った。

私の突然の来訪をどう受け取っていいのか迷っているようすだった。

「お見舞かたがた、ちょっとお話したいことがありましてね」

「お話って、なんでしょうか？」

「大湯ホテルの事件は、ご存知ですね」

「ええ。あとになって、新聞で詳しく読みましたから。それに、先日お見舞に見えた七里さんからも話は聞いています」

「七里さんも見えられたんですか？」

「ええ。あの方、警部さんだったんですね。大学の教授かなにかとばかり思っていましたけど」

野月は白い歯を見せ、小出署の伊達警部と同じような感想を述べた。

「七里さんは、事件のことでなにか調べにきたんですか？」

「いいえ。ついでにちょっと寄られただけです。同じ署の方が、この内科病棟に入院されているとか話してましたけど」

私が立ったままでいるのを見ると、野月は部屋の片隅を指さし、丸い腰掛けを私にすすめた。

私は見舞用の果物籠をサイドテーブルの傍に置き、腰掛けを手許に引き寄せた。

「七里さんは、私のことをなにか言っていませんでしたか？」

「牛久保さんのことを？　いいえ、なにも」

野月は、首を振った。

小出署の伊達警部たちが、七里に事件の捜査経過を話していないはずがない。

七里は、私に容疑の眼が向けられていることを知っているはずだった。

「七里さんは事件のことを、簡単に話されただけで、自分の意見らしいものはなにも言っていませんでしたわ。でも、なぜそんなことをお訊ねになるんですか？」

「小出署の警部たちは、私のことを疑っているからです」

「牛久保さんのことを？」

野月は、驚いたような顔で私を見た。

「私には、身に憶えのないことです。そんな冤罪を晴らそうと思って、自分の手で今度の事件を調べているんです。今日お見舞いにあがったのも、実はそのためだったんです」

「そうですか。で、私になにをお聞きになりたいんですか？」

「三月十日の夜のことです。野月さんは夜の九時ごろ、旧館の遊戯室に行きませんでしたか？」

「旧館の遊戯室――」

野月の濃い両の眉毛(まゆげ)が小さく動くのを、私は眼にした。

「その遊戯室の片隅の鏡の前で、軽く化粧を直していたと思うんです。

「そんな野月さんのうしろ姿を、ちらっと見かけた人がいるんですが」

「ええ。たしかに遊戯室にいましたわ。ちょっとお酒を飲みすぎたようだったので、外の空気に当たろうと思って」

と、野月は言った。

「そのとき、野月さんの背後のソファに――観葉植物のかげになりますが、誰か坐っていたと思いますが」

「ええ。千明さんだったと思いますけど」

「千明さんと差し向かいに、もう一人誰かが坐っていなかったですか？」

私は、野月の黒い眼を見守った。

野月は、ゆっくりと顔を左右に振った。

「別にはっきりと確認したわけではありませんが、私がちらっと見たのは千明さんだけでした。誰か相手がいたとしても、観葉植物のかげになって見えなかったと思いますが」

「話し声は、聞こえませんでしたか？」

私は鯰江彦夫の顔を思い浮かべながら、そう訊ねた。

「耳にした記憶はありませんわ」

野月の返事は、当然のことながら私を失望させた。

彼女の口から、多美子と話していた人物の名前が聞けるものと思い込んでいただけに、私の落胆は大きかった。

野月は、そのまま黙り込んでいた。

多美子の相手の輪郭も摑めないまま、私はその話題に終止符を打たざるを得なかった。

「野月さん。あなたはその直後、旧館の中庭へ出られましたね？」

私は、話を進めて行った。

「ええ……」

「そして、足を滑らせて河原へ転落したんですね？」

「そうです……」

「自分から足を滑らせたんですか？」

「え？」

野月は、黒い眼を大きく見開いた。

「酔っていて足許がふらついた、とか言っておられたようですが、本当は違うと思うんです」

「違う？」

「誰かに、背後から突き落とされたんです」

「――――」

「そうですね？」

野月は私を凝視し、ふと顔をそらせた。

その態度は、私の言葉を雄弁に肯定していた。

「あなたは、誰かに殺されようとしたんです。それなのに、なぜそのことをかくし、自分の過失だなんて嘘を言っていたんですか？」

「そのことは、今度の事件とはなんの関係もないことです」

「そうでしょうか？　遊戯室のソファに坐っていた人物が、あなたを河原に突き落としたとは考えられませんか？」

「なぜ、そんなことをする必要があったんでしょうか？」

「その人物は、あなたに話を盗み聞きされたと思ったからです。人に聞かれては、まずい秘密の話だったからこそ、あなたを追いかけて中庭に出て行ったんですよ」

「牛久保さん」

野月は語気を強めて言うと、私を見据えるようにした。

「たしかに、自分から足を滑らせたんじゃありません。うしろから、いきなり背中を強く突きとばされたんです」

「やっぱり、そうだったんですね。それなのに、なぜ――」

「誰の仕わざかも、おおよその見当はついていました」

「誰だったんですか？」

「まだ確証を摑んだわけではありません。手術がすみ、元どおり行動できるようになったら、自分で徹底的に調べてみるつもりです」

「その人物の名前を言ってください。私があなたの代わりに、その確証を摑んでみせますよ」

私は言った。

「これだけは、自分でやりたいんです」

野月は、急に冷やかな口調で言って、顔を横にそむけた。私の追及を拒むかのように、その薄い唇は固く結ばれていた。

私はこれ以上の追及は無駄だと悟り、辞去しようとして腰掛けから立ち上がった。

そのとき、まだ確認したい事柄があったのを思い出し、私は再び腰をおろした。

野月亜紀から納得のいった返事を得たいと思っただけで、その事柄が事件と深いかかわりを持っているとは思えなかった。

「二つほど、お訊ねしたいんですが」

私が言うと、野月は真顔にもどった顔を黙ってうなずかせた。

「野月さんは、亡くなった画家の沼田秀堂さんと以前からの知合いだったんですか？」

「いいえ。大湯ホテルではじめてお会いしたんですけど。もっとも話を交わしたことはありませんでしたが」

「そうですか。ふと、そんな気がしたものですから」

「どうして？」

「私たちは、沼田さんに案内されて大湯ホテルに着いたんですが、その途中、ホテルに通じている狭い道のみやげ物店の前で、野月さんの姿を見かけたんです」

「そのことでしたら、私も憶えています」

「そのとき、沼田さんは左へ曲がる近道を選ばずに、大通りをそのまま歩いて行ったんです。したがって、ひどく遠回りをしてホテルに着いたわけですが、そのときはそんな沼田さんの行動が理解できなかったんです。でも、つい最近になって、沼田さんはもしかしたら、曲がり角にいた野月さんと会うのを避けるために、わざわざ道を迂回（うかい）して行ったんじゃないのか、と考え始めましてね」

「私と会うのを避けるため？　でも、どうして沼田さんがそんなことを……」

「理由はわかりません。野月さんはあのとき、沼田さんの姿を眼にとめ、そのうしろ姿を見送っていましたね。なにか理由があったんですか？」

「不思議に思ったからです。なぜ左の道を曲がらずにまっすぐに行ってしまったのか、それが理解できなかったからです」

「それだけですか？」

「それ以外に、理由なんてありませんわ。沼田さんを眼にしたのは、あのときがはじめてです。ホテルのハッピを着ていたので、てっきり客案内の番頭さんだと思っていました。変わった番頭さんだなと思いながら見送っていたんです。見ず知らずの私を、沼田さんがどうして避ける必要があるんですか？」

野月は、抗議する口調で言ったが、すぐに口許をほころばせ、

「で、もう一つのお訊ねというのは？」

そう言って、サイドテーブルの置時計にさりげなく視線を投げた。

「バス事故の起きた三月十一日のことですが」

野月が時刻を気にしているのを知って、私は口早に話を進めた。

「野月さんはたしか、十一日の日も滞在の予定でしたね。その予定を急に変更して、慌ててスキーバスに乗っていますが、なにか事情でもあったんですか？」

「別に。急に帰りたくなったからですわ」

「だとしたら、スキーバスを二十分近くも待たせないで、タクシーを呼んでもよかったと思うんですが。そうしなかったのは、どうしても、そのスキーバスに乗る必要があったからだと思うんです。もっとはっきり言えば、野月さんと関係のある人物が、なにかの事情で予定を変更し、急にその朝ホテルを発つことになった。野月さんはその人物のあとを追って、スキーバスに慌てて飛び乗っていたんじゃありませんか？」

「――――」

「スキーバスの乗客の中で、その朝、急に宿泊予定を変更していた人物は二人だけでした。小笠原孝一さんと石川立雄さんです。この二人のことはご存知ですね。ホテルのスナックでも会っておられたことですし」

「ええ……」

「バス事故のさい、小笠原さんは死亡、石川さんは病院に収容されましたが、幸い意識をとりもどし、快方に向かっているそうですが」

「そうですか……」

「野月さんが急にスキーバスに乗られたのは、この二人に関係があったからじゃありませんか？」

「いいえ……」

野月は、どこかあいまいに首を振った。

「実は、この二人のことを調べてみたんですよ」

「調べた？　どうしてですか？」

「殺された千明さんとも、二人がなにか関係があるかも知れないと思ったからです」

「千明さんと？」

「あの二人が、スナックで千明さんにしつこくからんでいたことはもちろんご存知ですね。千明さんはそのあとで、二人の部屋に激しい抗議電話をかけていたんですよ」

「抗議電話……」

「千明さんは二人のスナックでの行為を非難していましたが、二人が以前にもそんな振舞いをしていたことを知っているような口ぶりだったんです」

「――――」

「私が二人のことを調べる気になったのは、そのためです。千明さんが過去に二人となんらかのつながりがあったんではないかと思いましてね。小笠原孝一さんの家を訪ね、母親に会ってきました」

「――」

「小笠原さんと石川さんの二人は、部屋でよく女性の名前を口にしていたそうです。その女性の中に、千明多美子さんがまじっていたのではないかと思い、母親に確認してみたんです。すると母親は、タミコという名前を息子の口から聞いたことがある、と言い出したんです。アルバムを見ながら、タミコと呼んでいたのを耳にしていたんです」

「アルバムを……。それをごらんになったんですか?」

「ええ。ですが、千明さんの姿はどこにも写っていませんでした。代わりに、とんでもない写真を見つけましてね。女性の全裸の写真です」

「裸の……」

「アルバムの最後の方のページにフィルムと一緒にはさんであったんです。写真は四枚ありましたが、そのうちの三枚が女の裸を写したものでした。ヌード写真などとはほど遠い、実にえげつない代物でした。想像するに、小笠原さんがタミコとか呼んでいた女性は、その三枚の写真のどれかに写っていたんじゃないかと思いますがね」

「タミコ……」

野月は、再び低いつぶやきを洩らした。

遠くを見ていた野月の眼が、いきなり私の顔に注がれた。

その顔には、驚きのような表情がこびりついていた。

「野月さん。あなたはやはり、あの二人となにか関係を持っていたんですね。千明さんと同じように、あの二人のことをなにか知っていたんですね？」

野月は、返事をしなかった。と言うより、私の言葉が耳に達していなかったようで、唇を半開きにして宙を見つめていた。

「野月さん――」

私が呼びかけたとき、ドアにノックの音がして、看護婦があわただしくはいってきた。

「検温のお時間です」

看護婦はそう言って、私の方をじろりと見た。

3

午後五時の退社時間の間ぎわになって、私のデスクの電話が鳴った。

受話器を取ると、交換台が外線電話だと告げた。

「私、金森と申しますが」

と、聞き馴れない年配の女の声が聞こえてきた。はきはきした明るい口調だった。

「金森さん？」

「はい。野月亜紀さんの付添いの者ですが」

「ああ、野月さんの」

先刻、野月亜紀の病室で会った小肥りの女の顔が、すぐに私の眼に浮かんだ。

「牛久保初男さんですね？」

「そうです。牛久保ですが」

「野月さんからの言づけがあります。その件でお電話申しあげたんですが」

「言づけ？　なんでしょうか？」

「牛久保さんと直接お会いして、お話したいことがあるそうです」

「私に――」

「はい。思い違いをしていたので、そのことで牛久保さんにお話をしたい、と申しておりますが」

「思い違い……」

「明日、病院の方へお出かけいただけますか？」

「私のほうは、いまからでもかまいませんが」

「勝手を申しあげるようですが、野月さんは明日の朝九時にきてほしいと申しておりますが」

「九時ですね。じゃ、家から直接そちらへうかがいます」

「では、明日の九時に。お待ちしておりますので」

付添婦は、そう言って電話を切った。

病室で私との別れぎわに見せた野月亜紀の複雑な表情が、私の眼をよぎって行った。

野月亜紀は、今度の事件に関してなにか重大なことを知っていたはずである。

付添婦は、野月亜紀がなにか思い違いをしていたので、そのことを私に話したいと言っていた。

野月は、いったいなにを思い違いしていたのだろうか。

その後、私は二時間ほど残業をし、帰りぎわに声をかけられた同僚と一緒にお茶の水のスナックにはいった。

同僚はすぐに酔い、くどくどと仕事上の愚痴を並べたてていたが、私は相手の話を半分も耳に入れていなかった。

鯰江彦夫のことを考え、野月亜紀のことをあれこれと思いめぐらしていたからだ。

二時間ほどでその店を出、同僚の誘いを断わった私は、飲みなおすために一人で駅前の赤ちょうちんの店にはいった。

その店で四、五杯も水割りを飲むと、酔いが急激に体を捉え、どうやって家までたどり着いたのかさだかには憶えていなかった。

二階のベッドに転がり込むと、その物音で妻が眼を醒ましたが、私は妻に声をかける気力もなく、そのまま寝入っていた。

第八章　第三の死

1

三月十六日
野月亜紀さんが亡くなった。
夕刊でその小さな記事を読み、遅く帰ってきた夫の口からさらに詳しい話を聞いた。
私は、夫の話をうわの空で聞いていた。

夫への疑惑が、また胸に大きく広がっていたからだ。

夫の犯行だったとは、もちろん思いたくはなかった。

しかし、夫には動機があったのだ。眼(め)の前で話している夫の顔が鬼のように恐ろしいものに見え、その場を逃げ出したい衝動にかられた。

夫あてに鯰江彦夫さんから電話があったそうだ。その電話の内容を聞き、これまで釈然としなかったことに、すっきりとした解釈が得られた。

その夜、夫の寝床からは、いつもの軽やかな寝息が聞こえてこなかった。


…………………………


朝七時に眼を醒(さ)ました私は、慌てて着替えをすませ、ダイニングルームにおりた。

二日酔いのために食欲がなく、目玉焼きに半分ほど箸(はし)をつけただけだった。

「板橋のT大病院に寄って行くよ」

私は、妻にそう告げた。

「ああ。きのう付添婦から電話があってね。九時に会いたいと言ってきたんだ」

「野月さんね」

「なにか、あなたに話があるのかしら」

「そんな様子だったね」

娘の可奈子がすぐ傍で食事をしていたこともあって、私は手短にそれだけ言うと席を立った。

「すまないが、会社に電話を入れておいてくれないか。十一時ごろに出社するって。野月さんとの話は、会社から電話するよ」

と私は妻に言って、玄関を出た。

春日部駅から東武野田線で大宮に出、大宮から高崎線で赤羽に着いた。

赤羽線に乗って板橋に着いたのは、九時五分前だった。

板橋の駅前からタクシーに乗ったが、途中の道路が混雑し、T大病院の表玄関に着いたときには、約束の時間を五、六分も過ぎていた。

私は前回の訪問のときと同じように、玄関わきのエレベーターを使って三階に昇った。

廊下には看護婦の姿がちらほら眼にはいるだけで、あまり人気はなかった。

私はナースステーションの前を通り過ぎ、外科病棟の一番奥の個室の前に立った。

付添婦が部屋を空けているのか、野月亜紀の病室はしんとしていた。

私はドアをノックし、野月の名前を呼んだ。部屋の中から、なんの応答もなかった。

「野月さん。牛久保です」

私はもう一度言葉をかけ、ドアをノックした。

「おはようございます」

そのとき、私の背後に女の声がした。

野月の付添婦が、小さな紙袋を手にして私の方に近づいてきた。

「牛久保さんですね？」

「ええ。いまきたとこですが、野月さんはお寝(やす)みになっているんでしょうか？」

「いいえ、起きてるはずですよ。お客さまを待っていらしたんですもの」

と付添婦は言って、部屋のドアを乱暴に押しあけた。

「野月さん。牛久保さんがお見えに……」

付添婦の歯切れのいい言葉が、ふと途中で消えた。

私は小柄な付添婦の肩越しに、部屋の中に眼をやった。

野月亜紀の姿は、ベッドにはなかった。

「あっ――」

次の瞬間、私と付添婦はほとんど同時に声を発した。

ベッドの足許に、異様な光景を見たからだった。

野月亜紀は、床の上に倒れていたのだ。

顔を上にそらせ、片方の手を広げた格好であお向けになっていた。口許が血で赤く染まり、のどのあたりに二、三条の血がしたたり落ちていた。

「し、死んでいる……野月さんが、し、死んでいる……」

入口の所に立ちすくんだまま、付添婦は震え声で言った。

私は部屋にはいり、死体の前に膝を折った。

野月の黒い両の眼は大きく見開かれ、口許の筋肉を苦しそうに歪めていた。

毒物死だった。

死の直前までもがき苦しんだのであろう、パジャマの襟許を右手で固く握りしめていた。

「まさか、まさか野月さんは……このお茶を飲んで……」

付添婦はふらついた足どりで部屋にはいると、死体の足許に転がっていた湯呑み茶碗に手をさしのべた。

「触らないで」

私が言ったとき、付添婦の背後で女の悲鳴がした。

若い看護婦が口に手を当て、蒼ざめた顔で立っていた。

2

私と付添婦は、病院のカンファレンス用の小部屋の椅子に隣り合わせに坐っていた。

事件発生から、一時間ほどの時間が経過していた。

いきなりドアがあき、部屋にはいってきたのは、板橋署の七里警部とその部下と思われる背の高い男だった。

七里は私たちの前の椅子に腰かけると、

「板橋署の七里です。こちらは小熊刑事」

と紹介し、私の方を横目で見て、

「妙な再会になりましたね」

と小声で言って、その口端にかすかな笑みを刻んだ。

七里が大湯温泉で見たときより若返って映ったのは、その明るいブルーの背広のせいかも知れない。白髪まじりの髪をきれいに七三に分け、縁なしの眼鏡をかけた七里の容貌にはさらに気品がそなわっていた。

「簡単に、事件の報告をします」

例のおだやかな口調で言うと、七里は手帳をひらいた。

「三一八号室の入院患者、野月亜紀さんの死因は青酸性毒物による中毒死です。死亡推定時刻は、午前八時半から九時にかけて。病室のワゴンの上のポット、および床に転がっていた湯呑み茶碗の中から、毒物が検出されています」

「自殺、ですか？」

付添婦が、言葉をはさんだ。

「考えられません。自殺するなら、湯呑み茶碗に直接毒物を入れて飲んでいたはずですからね」

「じゃ、やっぱり殺されたんですね」

「犯人はポットの中に毒物を落とし込み、野月亜紀さんを毒殺したんです」

「でも、でも、私は知らなかったんです、あのポットの中に恐ろしい毒がはいっていたなんて……ほんとに、なにも知らなかったんです」

付添婦は半ば叫ぶように言うと、七里と小熊の顔を交互に見つめた。

「まあ、落ち着いてください。付添婦の金森さえ子さんでしたね」

「野月さんにお茶を入れてあげたのは、あなたですね？」

「はい。でも、まさかあのポットの中に……」

七里は、片手で金森の繰り言を中断させると、

「お茶を入れたのは、何時ごろでしたか？」

「……はっきりした時間は憶えていませんが、朝食のお膳を廊下の運搬車にもどしたあとでしたから、八時ちょっと過ぎだったと思います」

「八時過ぎ……。すると、野月さんはすぐにはお茶を飲まなかったんですね？」

「ええ、そうです。野月さんは猫舌だとおっしゃって、熱いものには弱かったんです。お茶も、かなりさましたあとでないと口をつけませんでしたから」

「あのポットは、いつもどこに置いていたんですか？」

「病室のワゴンの上です」

「ポットのお茶は、あなたが入れていたのですか？」

「いいえ。病院の賄婦さんです。夕食がすんだあと、ポットを調理室の棚に置いておきますと、賄婦さんが朝早くにその中にお茶を入れておいてくれるのです。ポットに名前が書き入れてあるのは、そのためです」

「そうです」

「けさも、調理室の棚から野月さんのポットを取ってきたんですね？」

「ええ。いつもと同じように」

「そのへんのところを、詳しく話してくださいますか」

「野月さんが朝食に箸をつけている間に、私は調理室に行きポットを取ってきました。お茶を湯呑み茶碗の中にそそいだのは、さっきも言いましたように、食膳を運搬車の棚にもどしたあとでした。お茶を入れてから、野月さんに頼まれていた買物に出かけたんです」

「野月さんは、なんの買物を頼んでいたんですか？」

「けさの九時に、お客さんが見えることになっていたんです。ケーキを二人分買ってきてくれ、と野月さんは朝食のときに言っていました」

　金森はそう言って、私の横顔に眼を向けた。

「二人分のケーキ、と言われましたね。客は二人見える予定だったんですか？」

「だろうと思います。私は最初、野月さんも一緒にめし上がるのかと思い、ケーキの種類を訊ねたんですが、野月さんは私はいらないから、適当なものを見つくろってくれ、と言われました。私が表通りのケーキ屋でモンブランを二つ買って病室にもどってきますと、病室の前に、こちらの牛久保さんが立っていたんです」

「それは、何時ごろでした？」

「九時五、六分だったと思います」

と、私が答えた。

「ええ。そのころでした。ケーキを買って病院の表玄関でエレベーターを待っていたとき、腕時計を見ましたから。そして、もうお客さまが見えている時刻だと思い、廊下を急いで歩いて行ったんです。牛久保さんは何度かドアをノックしていたらしく、野月さんは眠っておられるのかと私に訊ねていました。お客さんを待っていたので、眠っているはずがないと思い、私がドアを開けたんです。そしたら、部屋の床の上に野月さんがあお向けに倒れていて……」

と金森が言って、両手で顔をおおった。

「説明するまでもないと思いますが、犯人があのポットに毒を入れたのは、ポットが調理室の棚に置いてあったとき以外には考えられません。昨夜遅くか、あるいはけさの早い時間に、犯人はあの調理室を出入りしていたはずです」

「でも、警部さん。いったい誰(だれ)が野月さんに毒なんか飲ませたんでしょう？　きつい性格の人でしたが、思いやりがあり親切でした。人から恨みを買うような人じゃありませんでしたよ」

「最近、野月さんになにか変わったところは見られませんでしたか？」

「……きのうは妙に黙りこくって考え込んでいましたね。そう、こちらの牛久保さんがお見舞いに見えたあとあたりから、口数がめっきり少なくなって……。私は、野月さんが牛久保さんのことを考えていたのじゃないかと思いました。なにか決心したような表情で、牛久保さんに話があるから呼んでくれ、と言われたりしたものですから」

「もう一人は、誰に電話をかけたんですか？」

「え？」

「さっきたしか、客は二人見える予定だったと言われましたね？」

「ええ。でも私、もう一人の客のことはなにも知らないんです」

「と言われると？」

「こちらの牛久保さんには、きのうの午後五時ごろ会社に電話を入れましたが、電話を頼まれたのは、牛久保さんだけでした。ですから、野月さんが自分の分は除いてケーキを二人分買うように言われたとき、ちょっと妙な気がしたんです。九時に見える客というのは牛久保さんだけかと思っていたものですから」

「野月さんが自分で直接電話をしていた、とは考えられませんか？」

「野月さんは、松葉杖を使えば歩けないこともないんです。でも、だったらどうして、牛久保さんへの電話のときに一緒に頼まなかったんでしょうか」

七里はちょっと考え顔になっていたが、すぐに傍の小熊刑事からファイルを受け取ると、一冊の小型のノートを取り出した。

「これは、金森さんが記入されたものですか？」

「そうです。ごらんになっておわかりと思いますが、その日の見舞客の名前と見舞品が書いてあります。野月さんに頼まれて書いたものですが、警部さんや牛久保さんのお名前も書いてあるはずです」

「金森さんは、これらの見舞客に病室で会われていたわけですね？」

「ええ。私は短い挨拶程度の言葉しか交わしていませんが、お顔はみんな拝見していました」

「この見舞客の中に――この私は別として、金森さんの注意をひくような人はいませんでしたか？」

「はあ？」

「例えば、野月さんと言い争っているとか……」

「見舞客がある場合には、私は廊下に出ていましたが、ずっとそこに立っていたわけじゃありもせん。でも、廊下で耳にしたかぎりでは、みなさん普通の見舞客でしたね。もっとも、牛久保さんだけが……」

金森は口ごもり、ちらっと横目で私を見た。

「牛久保さんだけが、どうしたんですか？」

「長い時間、病室におられ、なにやら深刻なお話をしておられたようです。野月さんが考え込むようになったのも、そのときからだったものですから、ちょっと気にはなりました」

と、金森は時おり私に眼を配りながらそう言った。

七里は手帳を閉じ、ちょっと考え込む表情をしていたが、ふと傍の小熊刑事になにやら耳打ちした。

「金森さん。今日のところはこれでお引きとりくださってけっこうです」

七里が金森に礼を言うと、小熊刑事が先に立ち上がってドアをあけ、金森と一緒に部屋を出て行った。

七里がこれまで一度も私に言葉を向けなかったのは、私と二人きりになる機会を待っていたからだ、と私は理解した。

七里は私と視線が合うと、そのこけた両頰（りょうほお）をなごませ、眼許に例のさびしそうな笑みを刻んだ。

「さて、牛久保さん。お話をうかがいましょうか」

七里は静かに言うと、煙草(たばこ)を取り出し私にもすすめた。

「野月さんの方から、牛久保さんを呼び寄せていたそうですね」

「ええ。私に話したいことがある、思い違いをしていたとか、金森さんに言づけていました。金森さんから電話があったとき、すぐその足で病院を訪ねようとしたんですが、野月さんは、今日の朝九時にと時間を指定していたんです」

「野月さんとは、あの大湯ホテルで親しくされていたんですか？」

「いいえ。顔は知っていましたが、身近に言葉を交わしたことはありません」

「そんな野月さんを見舞ったのには、なにか特別な事情があったからでしょうね」

私は七里には、これまでのことを全部話したいと思った。

それに、野月亜紀の一件を話すためには必然的にこれまでの経緯にも触れなければならない。

「七里さん。最初からお話しします」

私が言うと、七里はその言葉を待っていたように、にっこりとうなずいた。

「小出署の伊達警部や坂見刑事から、一応の話はうかがっています。坂見刑事は、牛久保さんに疑いをかけているようでしたが」

と、七里は言った。

「私ではありません。でも、そんな言葉を何度繰り返したところで、私への疑いが晴れるわけではありません。だから私は、自分でその濡れ衣を晴らそうと思ったんです。七里さんの前ですが、自分の力でこの事件を解決するしかないと思ったんです」

「なるほど。今回の野月亜紀さんの事件が起こらなければ、私は大湯ホテルの一連の事件とは無関係な立場の人間でしたが、あの事件のことは、いつも頭にこびりついていました。私なりに、あれこれ考え、少し調べてはみたんです。ですが、牛久保さん。私はあなたが千明多美子さんを殺したとは考えていません」

　と、七里は言った。

「信じてくださるんですね、私のことを」

「ただし、確たる証拠があってではありません。あなたから受ける印象が、そう言わせているだけです。野月亜紀さんの事件は、大湯ホテルの一連の事件と無関係だとは考えられません。今後の捜査のこともあります、あなたがこれまで調べられたことを、詳しく聞かせてほしいのです」

「調べたと言っても、たいしたことをしていたわけではありません。千明さんとあのホテルで接触したと思われる人物、あるいは過去に交際があったと思われる人物と会って話を聞いていただけです。最初に会ったのは、小笠原孝一さんの遺族です」

「小笠原孝一……」

七里は眼鏡の縁に手をやり、考え込むような表情で私を見た。

「あのバス事故の犠牲者の一人です。石川立雄さんと二人づれだった男です」

私は、注釈を加えた。

「ええ、それは知っていますが、なぜ、小笠原さんの遺族に？」

「最初は、入院している石川立雄さんと話をしようと思ったのですが、石川さんは意識は回復したものの、まだ面会謝絶だと看護婦に言われたものですから。七里さんは、あのホテルのスナックでの出来事を憶えておられると思いますが」

「例の二人がひき起こした騒動ですね」

「二人は千明さんにしつこくからんでいた、とか聞きました。千明さんはそのあと、スナックのわきの内線電話で、二人の部屋に電話を入れ、彼らの行為を激しくなじっていたそうですね」

「ちょうど私もその場を通りかかり、千明さんのその電話は耳にしています」

「千明さんはそのとき、二人の過去についてなにか知っているような口ぶりだったんです。相変らずね、あんたたち……そんな言葉を口にしていたとか聞きましたが」

「そうです。正確には憶えていませんが、たしかそんな意味の言葉だったと思います。すると牛久保さんは、千明さんとその二人が過去につながりがあったと考え、小笠原さんの遺族と会われたんですね」

「そうです。それと、野月亜紀さんのこともありました」

「野月さん？」

野月亜紀が二人づれの男のあとを追って慌ててスキーバスに乗っていたことを、私はかいつまんで説明した。

「なるほど。で、結果はどうでしたか？」

「母親の話からでは、千明さんも野月さんも小笠原さんたちと接触を持っていたような事実は摑めませんでした」

「そうですか」

七里は手帳になにやら細かい文字を書きつけていたが、やがて顔を上げた。

「次に会ったのは、佐倉恒之助さんです」

と、私は話を続けた。

私は佐倉恒之助との話を語り始めながら、心に迷いを持った。佐倉夫人と沼田秀堂の一件は、できれば省略したかった。

だが、その部分を省くと、佐倉が沼田の部屋を往復していた理由づけを新たに設定しなければならない。

私は、佐倉には悪いと思ったが、彼の話を正直に七里に語った。

「ほう、あの夫人と沼田さんが……」

七里はそう言っただけで、そのエピソードに関してはそれ以上の感想は洩らさなかった。

「すると、佐倉さんは沼田秀堂さんと対決するために、旧館の部屋へ行ったんですね?」

「そうです」

「何時ごろでしたか?」

「佐倉さんは夫人と一緒に、傷の手当を受けるため、午後三時ちょっと前に救護班がいるグランドホールへおりて行ったんです。そのとき、救護班の傍で、小出署の坂見刑事と七里さんが、沼田秀堂さんの件について伊達警部に報告していたそうですね」

「ああ、あのとき」

「佐倉さんが旧館に行ったのは、その直後だったようです。沼田さんの部屋の前に立ったのは、三時ちょっと過ぎだったとか言っていましたが」

「すると、私と坂見刑事が訪ねた十五、六分ほどあとのことですね」

私は、沼田の部屋での佐倉の行動を簡略に話した。

「佐倉さんは、そのとき沼田さんの絵を見ていたんですね?」

「見たと言っていました。坂見刑事と七里さんが見たときには、その絵は半分ぐらいしか描けていない描きかけだったそうですね」

「ええ。坂見刑事からもお聞き及びと思いますが、私が見たのは描きかけの絵でした。丘と佐梨川が描いてあって、それに駒ヶ岳だろうと思いますが、嶮しい山も描かれていました。沼田さんの窓から見ると、左の端の方にそびえている山ですが」

「駒ヶ岳です。私の部屋の窓からも見えました」

「で、佐倉さんが見たとき、その絵にはなにか描き加えられていたんですか？」

　七里は私の余分な話に終止符を打つように、ちょっと性急な口調で言った。

「千明さんが……流れから川岸に這い上がろうとしている千明さんの上半身が描かれていたそうです」

「千明さんが……」

「七里さんたちが帰られたあとで、描いていたんですね」

「そのほかには？　破り取られた部分に、なにか描いてなかったんですか？」

　と七里は、当然な質問をした。

「佐倉さんが見たのはほんの一瞬でしたが、千明さん以外に人物らしいものは描いてなかったと言っていました。それに、まだ未完成の絵だったそうです」

「そうですか」

七里は、小さく溜息(ためいき)をついた。

「次に会ったのは、鯰江彦夫さんです」

と、私は話を進めていた。

「ほう、鯰江さんに」

鯰江彦夫に関して佐倉恒之助から聞いた話を、私は七里に語った。

「千明さんのつれの柏原一江さんについて、いろいろと調べてみました。柏原さんと鯰江さんは、あのホテルで会う約束をしていたと思うんです」

と、私は付け加えて言った。

鯰江彦夫から確証を得ていたわけではなかったが、私は自分の推論に自信を持っていた。

「私は鯰江さんと会い、そのことを追及しました。鯰江さんは否定していましたが、私は千明さんが柏原さんとの関係に気づいていたと思うんです。千明さんが不倫の現場を目撃していたとしたら、鯰江さんをそのままにはしておかなかったと思うんです」

「旧館の遊戯室のソファで千明さんと話していた人物は鯰江さんだった、と想像されるわけですね？」

「ええ。話が前後しますが、佐倉恒之助さんは、遊戯室の物かげに坐った沼田さんがソファの千明さんの横顔をスケッチしていたのを偶然に眼に入れていたんです。相手の人物は物かげになって誰だったか確認できなかったそうですが。でも、佐倉さんは千明さんの背後の観葉植物のかげに一人の人物が立っていたのを眼に止めていたんです」

「誰ですか、その人物は？」

「野月亜紀さんです」

「ほう、野月さんが。すると、あなたが野月さんを見舞ったのは、そのためだったんですね。野月さんが千明さんと話していた人物を見ていなかったかどうかを確認するためだったんですね」

「そうです」

「野月さんは、なんと答えていたんですか？」

「ソファに坐っていた女性が千明さんだとは気がついたそうです。が、相手の人物は眼にはいらなかったし、話し声も聞こえてこなかったと言っていました」

「そうですか」

七里はかなりの愛煙家とみえ、また新しい煙草に火をつけた。

「その他に、野月さんとどんな話をされたんですか？」

七里は訊ねた。

「野月さんが十日の夜、旧館の中庭から河原へ転落した事故のことはご存知でしたか？」

「聞いています。酔って足を滑らせたとか」

「それが、違うんです」

その一件についての野月亜紀とのやりとりを、私は詳細に語った。

「突き落とされた、と野月さんは言ったんですか」

七里は、満面に驚きを浮かべながら、

「なぜ野月さんは、その事実をいままで黙っていたんですか？」

「その一件は足のけがが治ってから処理する、そんな意味のことを野月さんは言っていました。誰に突き落とされたのか、野月さんは知っていたんです。私はその人物が遊戯室で千明さんと話していた相手ではなかったかと思い、追及したのですが、野月さんはかたくなに口を閉ざして話そうとはしなかったのです」

「どうもよく理解できませんな」

七里は、細面の顔を横にかしげた。

「私は野月さんはあの二人づれの男と過去になにかつながりがあったと思うんです。千明さんもあの二人と関係があったと思うんですが、野月さんはそれ以上に深くかかわっていたように思うんですよ」

「野月さんが？」

「バス事故が発生した朝のことです」

野月亜紀がその朝に急に予定を変更して、小笠原と石川のあとを追ってスキーバスに飛び乗っていた事実を、私は語った。

「なるほど。で、野月さんはその件についてはなんと答えていたんですか？」

「否定も肯定もしていませんでした。すべては、退院してからけりをつける、とか言って」

「野月さんがあの二人づれとなにかつながりがあったことは、事実のようですね」

七里はうなずいた。

「私が小笠原孝一さんの遺族を訪ねた話をしたときから、野月さんのようすがおかしくなったんです。それまでは、きわめて冷静な感じだった野月さんがです」

「野月さんに、どんな話をされたんですか？」

「母親から聞いた話を、そのまま話したんですが」

私は、昨日野月の病室で語ったのと同じ内容の話を七里の前で繰り返した。

「アルバムを見ながら、タミコと小笠原さんは呼んでいたんですね？」

七里は、念を押した。

「そうです。そのアルバムも見せてもらいました。しかし、千明さんの写真は一枚もありませんでした。母親は、たしかに小笠原さんがそのアルバムを見ながら、タミコと呼んでいたのを何度か聞いたと繰り返し言っていましたが、その意味がやっとわかりかけたのは、その直後でした。アルバムのページの間から、四枚の女の写真が出てきたんです。そのうちの三枚は、全裸の写真でした」

「全裸の……」

七里は、眼鏡の奥の柔和な眼を一瞬光らせた。

「なんとも卑猥(ひわい)なエロ写真でした。見た瞬間、胸がむかつくような……」

「もう一枚の写真は？」

「十五、六歳の少女の写真でした」

「少女の？　そんな少女のヌード写真もあったんですか？」

「いえ、少女は衣服はまとっていました。けど、三枚の写真と同じで、しどけない格好で、あお向けに寝ている姿を写したものです」

「あお向けに……」

七里は眼鏡の縁に手をやり、やせた顔をくもらせた。

「まくれ上がったスカートから、下着がのぞいていましたから、写した目的は同じだったと思います」

七里は眼を伏せて考えるしぐさをしていたが、やがて、

「その三枚の裸の写真の中に、まさか千明さんが……」

と、言った。

「三枚のエロ写真は、千明さんよりずっと年下の女性でした。タミコというのは千明多美子さんのことではなく、別の同名の女性だったと思います。あの四枚の写真の中に、そのタミコという女性が写っていたと思うんです。私がそのことを言いますと、野月さんは、タミコとつぶやき、そのあとで驚いたような表情を見せたんです」

「野月さんには、そのタミコという女性に心当たりがあったと思われますね」

「そう思います。野月さんが今日私を病室に呼び寄せたのは、そのことを打ち明ける気になったからだと思うんです。もしかすると、野月さんは事件の真相を摑んでいたのではないかと思います」

「それは考えられますね。しかし、野月さんはあなたの他にもう一人誰かを呼び寄せていましたね。その人物にも、同じように事件の真相を話そうとしていたんでしょうか？」

「二人を同じ時刻に呼んでいたとしたら、そうとしか解釈できませんね」

「しかし、その人物は姿を見せませんでしたね」

「あくまでも想像ですが、野月さんが話そうとしていた事件の真相と、その人物は密接な関係があったんじゃないかと思います。その人物は、真相を話されるのを恐れて……」

「野月さんを毒殺した、と言われるんですね？」

「ええ……」

「付添婦の金森さんは、野月さんに頼まれて電話をかけたのは、牛久保さんだけだったと言っていましたね」

「野月さんは、そのときは私だけを呼ぶつもりだったのかも知れません。あとになって、もう一人の人物も呼ぼうと思いつき、そのとき付添婦が病室を離れていたかしたので、野月さん自身で電話をかけていたとも考えられます。急いでいたとしたら、付添婦が病室にもどるまで待てなかったと思うのですが。その人物は見舞客の一人だったと思うのです」

七里はうなずくと、付添婦の金森が書きつけていたノートのページを繰って行った。

やがて、七里は顔を上げると、

「見舞客の中で、大湯ホテルの関係者の名前が二人載っていますね」

「二人……」

「七里正輝と牛久保初男——つまり、私とあなたです」

七里はまた最初からページを繰りなおしていたが、

「見舞客は少なかったようですね。滝口忠一さんという人が二度も訪ねていますが、野月さんと同じ団地の自治会の副会長ですね」

と言って、その話題を打ち切るようにしてノートを閉じると、

「ほかに、なにか調べられたことがおありですか？」

「いいえ」

「大変に参考になるお話でした。私たちの方でも再度調べなおしてみます」

と言うと、七里はその口許にちょっと複雑な微笑を浮かべた。

「牛久保さん。あくまで参考までにお訊ねするのですが、昨夜は会社からまっすぐ自宅にお帰りでしたか？　帰られたのは、何時ごろだったでしょうか？」

と、七里は言った。柔和な眼差しが、いつの間にか射るような険しいものに変わっていた。

私は心中おだやかではなかったが、昨夜の行動を正直に語った。

「会社の同僚と別れたあと、一人で飲みなおしたんですね？」

「そうです」

「そして、まっすぐに自宅に帰られたんですね。帰られたのは、何時ごろでしたか？」

「時間は、まったく憶えていません。しかし、七里さん。私は――」

「わかっています。この事件は小出署と合同捜査という形をとることになると思います。そうなれば、坂見刑事はあなたに同じ質問をしてくると思うのです。坂見刑事は、あなたへの疑いをいっそう強めているはずですよ。なぜなら、あなたには野月亜紀さん殺しの動機があると坂見刑事は考えるからです。千明多美子さんと旧館の遊戯室で話していたのは、やはりあなたで、そばにいた野月亜紀さんが、その話の内容を耳に入れていた。千明さんとの話は、千明さん殺しの動機につながる内容だったので、野月さんに盗み聞きされたことを知ったあなたが――」

「七里さん。本気でそんなことを……」

「いや、私の考えではなく、小出署の考えを想像して言ってみたまでです」

と、七里は言った。険しい表情は、そのまま残っていた。

3

デスクの電話が鳴ったのは、午後四時ごろだった。交換手が、外線電話だと告げた。

「はい、牛久保ですが」

私が応対すると、少し間隔をおいて、

「ああ、牛久保さん……」

と、男の声が聞こえてきた。鯰江彦夫の声だった。

「鯰江さんですね？」

「お仕事中、すみません」

鯰江の言葉には、いつもの張りが感じられなかった。

「いいえ、かまいません」

「先日の話が中途で終わっていましたので、その続きを話したいと思いましてね」

「私のほうも、あすにでも会社におじゃまして、話の結着をつけたいと思っていたところです」

「牛久保さんは、私を疑っておられましたね」

「あなたは、柏原一江さんとあのホテルで落ち合う約束をしていたんです。そのことを、千明さんが――」

「柏原一江を私はあのホテルで待っていました。それは事実です」

「やはり……」

「彼女は、私の会社の新潟支社長の妻です。五年前、私はその支社に転勤になり、彼女と知り合ったのです。会って半年くらいで、彼女とはただならぬ関係に陥りました。二人の関係は、私が東京本社勤務にもどってからも続いていたんです。大湯温泉で落ち合うことは、私が言い出したことです。新潟支社時代から、幾度か彼女と私は大湯温泉をデートの場に選んでいたからです。新潟出張を利用して、久しぶりに彼女と温泉でくつろごうと思ったのです」

と、鯰江は言った。

「やはり、そうだったんですか。しかし、鯰江さん。そんな忍び逢いの場に、なぜ千明さんが同行したんですか？」

「私も、彼女に同伴者がいることを知ってびっくりしました。彼女に問い質しますと、偶然に列車の中で会い、彼女が大湯温泉へ行くのを知ると、千明さんはしつこく同行を求めたということでした。彼女は断わりきれなかったんです」

「二人は、以前からの友人だったんですか？」

「彼女の主人——かつての私の上司ですが、主人が千明さんの勤めているバーの常連客だったのです。彼女も何度か主人に連れられて、その店で飲んだこともあって、千明さんとも顔見知りだったんです。当然のことながら、私は千明さんという予期せぬ同伴者に警戒心を抱きました。もちろん彼女とて、そのことは充分に承知していましたよ。だから、せっかく会えたというのに、話をしたのも電話でだけです」

「繰り返しになりますが、千明さんは二人の関係に気づいていたんじゃありませんか？」

鯰江は、すぐには返事をしなかった。

「どうなんですか、鯰江さん」

「あれだけの注意を払っていたんです。気づかれるはずがない、と思い込んでいました。ですから、あのときは実際胆を冷やしましたよ」

「すると、やはり千明さんは……」

「まあ、私の話を聞いてください。私が九日の夜、ホテルのスナックで飲んでいたことはご存知ですね。そのあと、まだ飲み足りなかったので、自動販売機でかんビールを買って、ロビーのソファで飲み始めたんです。ソファに坐った直後でした、私の背後の衝立てのむこうから、いきなり千明さんの声が聞こえてきたんです。ピンク電話で誰かと喋っている千明さんの声でした。私の坐っていた場所から電話のある所まで、それほど距離がなかったので、千明さんの声は聞くとはなしに耳にはいってきたんです。その千明さんの言葉を耳にし、私は思わずも腰を浮かしかけたほどびっくりしてしまったんです」

「千明さんは、なんと言っていたんですか？」

「いまでも、あのときの言葉は耳にこびりついていますよ。……あなたにも、ぜひ確認してもらいたいのよ。絶対に間違いないわ……そう言っていたんですよ」

「ぜひ確認してもらいたい……」

「私のことを言っているんだな、とそのとき直感したんです。電話の相手は、柏原一江の主人――柏原勇三氏に間違いないと思ったんです。柏原氏をホテルに呼び寄せようとしている、と私は思ったんです。千明さんは、じゃ、明日の三時ごろには着けるわね、と言って電話を切っていました。私は動揺しました。柏原氏にホテルに乗り込まれたら、すべてが終わりだったからです」

「千明さんは、やはり感づいていたんですね？」

「私もそう思いましたよ、そのときは。しかし、牛久保さん、私は、とんでもない思い違いをしていたんですよ」

「思い違い？」

「私はソファから腰を浮かして、電話の主の方を見たんです。そしたら、ピンク電話の受話器を置いたのは、千明多美子さんじゃなかったんですよ」

「え？」

「私は、千明さんだとばかり思っていたんです。ところが、私が聞いた電話の声の主はまったく別人だったんです。一瞬、夢でも見ているような気持ちでした」

「誰だったんですか？」

「あの方が亡くなったことは、お昼のテレビのニュースで知りました」

「すると――」

「ええ。野月亜紀さんでした。私は、千明さんと野月さんを取り違えていたんです」

「野月亜紀――」

「いまごろになって、先日の話の続きを語るなんて、さぞ不審に思っておられるでしょうね。でも、事実なんです」

鯰江は話を続けた。

「先日は、どうしても話せなかったんです。柏原一江の一件には、触れたくなかったからです。もうこれ以上、彼女に迷惑をかけたくなかったからです」

私は、鯰江の話を信じざるを得なかった。

多美子に不倫な関係を気づかれていたことを私にかくすために、こんな手のこんだ虚言（きょげん）を弄（ろう）しているとは思えなかったからだ。

「どうして、話す気になったんですか？」

鯰江の返事が聞こえてくるまでに、短い時間があった。

「昨夜のことです。飲んでいるうちに、彼女の容態が気になり出して、また小出病院に電話を入れたんです。外科病棟の電話口に出たのは、いつもの年配の看護婦でした。横柄でつっけんどんな看護婦が、昨夜にかぎって物静かに応対してくれたんです。それなりの理由があったからです」

「じゃ、柏原さんの容態になにか……」

「亡くなったんです。私が電話を入れる二時間ほど前に。午後から急に容態が悪化して……」

「柏原さんが……」

「病院に収容された当初は、命に別条はないと思われていた彼女が亡くなり、反対に石川立雄さんの病状が回復したというんですから、人間の運命なんて皮肉なものですな」

「…………」

「石川さんは彼女が亡くなる一時間ほど前に、病院側の反対を押し切って、無断で退院してしまったそうですよ」

「そうですか……」

「彼女がもうこの世にいない今となっては、なにも隠しだてすることはありません。牛久保さん。野月さんは電話の相手を、ホテルに泊っている誰かとひき会わせて、なにかを確認させたかったんですよ。そのことをお話したくて、お電話したんです。このことは、警察にも話しました」

「………」

「彼女を死なせたのは、この私です。ホテルへ呼び出したのが、間違いのもとだったんです。十一日の朝、スキーバスで帰る彼女を、ロビーの人かげからこっそり見送ったのが最後になりました。病院にも見舞いに行くことができず……彼女は私のことを恨んで死んで行ったと思うんです。でも、私には、どうしようもなかったんです」

私は鯰江の声を、どこか遠くで聞いていた。

4

鯰江彦夫の電話を切ったあと、私は五階の窓ぎわに立ってお茶の水通りの車の流れをぼんやりと眺めていた。

私は煙草をくわえ、鯰江の話をゆっくりと反芻(はんすう)した。

野月亜紀はロビーの片隅のピンク電話で、誰かをホテルに呼び寄せていた。

「あなたにも、ぜひ確認してもらいたいのよ。間違いないわ」

野月のその言葉を、鯰江は千明多美子が言ったものと早合点した。鯰江は驚き、背後の衝立て越しに相手を見、受話器を握っていたのが野月亜紀だったのを知った。

鯰江は、多美子と野月の声を聞き間違えていたのだ。

多美子と野月の声は、新潟訛のあるかん高い声音とその流暢な話し方という点で似ていたのだ。

そうだ、たしかに似ていた。

私は、このときホテルでの電話の一件を思いだしていた。

多美子の部屋の番号を回し違えて、野月亜紀の部屋にダイヤルしていたときのことだった。

もしもし、と最初に相手の声が聞こえ、私は相手を確認もしないで、自分の名前を告げていた。そうしたのは、最初の短い声を聞いただけで、受話器を取ったのが多美子だと頭から思い込んでしまったからだ。

そのあと、相手と短いやりとりがあったが、私がはっきり部屋番号を間違えていたと知ったのは、相手が自分の部屋番号を私に伝えたときだった。

鯰江彦夫も、私と同じ錯誤を犯していたのだ。背後を振り返って相手を確認するまで、鯰江はその人物が多美子だと思い込んでいたのだ。

私の心に、新しい疑惑が広がって行った。正確に言えば、その疑惑は鯰江の電話を切った直後から、私の中に萌していたものだった。

あのときの電話は、千明多美子がかけたものだったのだろうか——。

二人づれの男——小笠原孝一と石川立雄の部屋にかけた、例の抗議電話だ。

「相変らずね、あんたたちは……やったことは許せない……もうすぐ天罰がくだる……」

とか激しい口調で言っていたのは、多美子だったのだろうか。

最初にこの電話の一件を聞いたとき、私はよほど多美子も腹に据えかねていたのだろうと思ったが、心のどこかに釈然としないものが残った。私の知っている多美子は、そんな直情型の女ではなかったからだ。

私は窓ぎわからデスクにもどると、名刺入れから佐倉恒之助の名刺を取り出した。

佐倉製作所のダイヤルを回すと、二、三回の短いコール音のあと、すぐに佐倉恒之助本人が受話器を取った。

「牛久保です」

私は先日の礼を言い、話したいことがあると告げた。

「そうですか。ちょっと待ってください」

佐倉は忙しいときだったのか、そう口早に言って言葉を切った。

「あ、もしもし。失礼しました」

間もなくして、佐倉の声が聞こえた。

「すみませんね。お忙しかったんでしょう。来客中でしたら、またかけなおしますが」

「いや、急ぎの用事でお得意先と話してたもんですからね。ところで、なんのお話ですか？」

「大湯ホテルのスナックでの一件について、もう一度確認したいのですが」

「なんでしょうか」

佐倉は、明るい屈託のない声で応対した。

「千明さんがスナックのわきの内線電話で抗議電話をかけていたという話でしたね」

「ええ。それも、えらい見幕でね」

「佐倉さん。電話をしていたのは、間違いなく千明さんだったんですね？」

「ええ……」

佐倉は質問の真意が汲み取れないらしく、あいまいな返事をした。

「千明さんが電話の前に立って話をしていたんですね？」

「そうですが……」

「千明さんの顔を見たんですね？」

返事に窮しているようすで、佐倉の声はすぐには聞こえてこなかった。

「……いまそう聞かれて、はじめて思い出したんですがね。千明さんの顔は見ていなかったように思うんですが。いや、顔を見ようにも見えなかったんです」

「と言われると？」

「あの内線電話は、スナックの入口から四、五メートル離れた廊下の隅に置いてあったんです。スナックを出ると、いきなり電話で話している女性の声が聞こえてきたんですが、スナックの看板のかげになっていたもので、顔は見えなかったんです」

　佐倉の返事は、半ば私の予想していたものだった。

「では、なぜ千明さんだと思ったんですか？」

「なぜって、千明さんの声だったと思ったからですよ。すると、牛久保さん。あの電話の主は――」

「千明さんではなかったと思うんです」

「でも、あのかん高い声は千明さんとよく似ていましたけどね」

「あの場の状況から、そう錯覚していたんだと思います」

「錯覚？」

「千明さんはスナックで二人づれにしつこくからまれていました。抗議電話をしていたのも、だから千明さんだったと」

と、私は言った。

「なるほど。そう言われてみれば、たしかにそうですね。電話の主は見えませんでしたが、腹いせの電話だとわかり、すぐに千明さんを思い浮かべていましたからね。でも、千明さんではないとすると、誰だったんですか？」

「野月亜紀さんです」

私は言った。

佐倉恒之助への電話を切ってすぐに、私は大湯ホテルに電話を入れた。

電話口に出たフロントの係員は、私の名前を聞くと、

「ああ、牛久保さん」

と、明るい声で言った。先日、鯰江彦夫のことでいろいろと訊ねた若い快活そうな係員だった。

「また、ちょっと調べてもらいたいことがありましてね。お忙しいところを恐縮ですが」

「なんでしょうか？」

「三月十日に泊った客のことですが、単身で部屋を取った客の名前を教えてもらいたいのです」

「三月十日ですね。お急ぎですか？」

「ええ、ちょっと。また、私の方から電話を入れますから」

「いえ。こちらからご連絡いたしますよ、十分後ぐらいに。いまどちらですか？」

「会社です」

私は会社の電話番号を告げて電話を切った。

私はデスクで仕事を続けていたが、大湯ホテルからの電話は二十分近くたってもかかってこなかった。

交換台が、「大湯ホテルからです」と先方の電話を取り次いだのは、五時だった。

「遅くなってしまって、申し訳ありません」

フロントの係員は、口早に詫びた。

「宿泊名簿を調べて、すぐに名前はわかったのですが、お電話を入れようとした矢先に、東京の板橋署から電話がはいりましたもので……」

「板橋署から――」

「七里さんという、あの警部さんですよ」

「なにを調べていたんですか？」

「それが、偶然なんです。牛久保さんと同じことを聞いていましたよ。三月十日に一人で泊った客の名前を教えてくれ、というんです」

ていた。

「そうですか」

鯰江彦夫は私の会社に電話をかけてきたとき、私に話したことは警察にも話したと言っていた。

七里が、すぐにその泊り客を確認することは、私にもわかっていた。

「で、その泊り客ですが」

私は、係員を促した。

「ええ。三月十日、単身でお泊まりになったお客さまは、一人だけでした」

「誰ですか？」

「牛久保さんも、ご存知の方ですよ。あのスキーバス事故に遭われ、命びろいをなさったかたです」

「あの事故で……」

「仙石えり子さんです」

「仙石——」

「ご存知なかったんですか。ほら、髪を長くのばした、インテリ風なすてきな女性ですよ」

係員は私のつぶやきを思い違いし、そう付け加えた。

第九章　凌辱の殺意

1

三月十八日
野月亜紀さんの気性の激しそうな整った顔が思い浮かぶ。
野月さんとはじめて会ったのは、五カ月ほど前だった。会ったといっても言葉を交わしたわけではなく、遠目に視線を合わせただけだったが、その個性的な容貌(ようぼう)はいつまでも憶(おぼ)えていた。

大湯ホテルで二人組の部屋に抗議電話をかけていたのは、私が推測したとおり、やはり野月亜紀さんだった。野月さんは、二人組の過去をあばこうとしていたのだ。

不幸なのは、千明多美子さんだった。千明さんは、自分とはなんの関係もない事件に巻き込まれ、殺されてしまったからだ。

野月亜紀さんは、二人組の顔を確認してもらうために仙石えり子さんをホテルに呼び寄せていたという。仙石さんも、野月さんと同じ立場の人間だったのだろうか。

二人組の一人、小笠原孝一はスキーバス事故で死亡している。

だが残りの、石川立雄は意識を回復し、小出病院を退院しているのだ。

恐ろしい事態が起こるのではないか、という予感が、また私の胸の中にきざした。


……………………

……………………

……………………

私は埼玉県久喜(くき)市に住む著者の栗原道夫に会うために、午後一時ごろ会社を出た。

栗原道夫は久喜市で精神神経科のクリニックを開業している医者だが、文筆業にも手を染めていた。

うちの編集部で企画した精神科に関する軽い読み物風の書物が何点か当たり、最近では文筆家としてもその名が知られていた。

栗原には、「五月病」というテーマで中学・高校生向けの原稿を執筆してもらっていた。

私が栗原を訪ねたのは、その組み上がった校正刷(ゲラ)を届けるためだった。

いつもなら、電話を入れ、郵便で送るのだが、私がわざわざ足を運んだのには、他に目的があったからだ。

野月亜紀が住んでいた、花島団地を訪ねてみようと思ったのである。

栗原道夫は外来患者の診察に追われ忙しそうだったので、私は校正刷を手渡すとすぐに診察室を出た。

花島団地は、埼玉県上尾(あげお)市瓦葺二丁目にある。下車駅は、東北線の東大宮で、久喜駅から三つ目である。

私は東大宮の駅前からタクシーに乗った。

さして遠くないと思っていたが、タクシーは田んぼ道をいくつも通り抜け、二十分ほどして真新しい団地の前で停った。

タクシーをおりると、すぐ手前に商店街があり、その右端の小さな建物に「花島団地自治会館」という木札が下がっていた。

私は、滝口忠一という名前の自治会の副会長に会ってみるつもりだった。

野月亜紀の付添婦が見舞客をメモしていたノートに、滝口忠一という名前が二度出ていると七里が言ったのを憶えていたからである。

彼が不在なら、住所だけでも確認して帰ろうと思った。

自治会館のドアを開けると、すぐ手前の机に中年の女性が所在なげに坐っていた。

私が滝口さんに会いたいと告げると、女は立ち上がり、階段の昇り口の所で、滝口の名前を呼んだ。

二階から降りてきた男は、きれいな白髪の七十歳ぐらいの老人だった。

「滝口ですが」

男は、物静かな眼差しで私を見つめた。

私は名刺を手渡し、亡くなった野月亜紀さんのことでお話を聞きたいと言った。

「失礼ですが、野月さんとはどういうお知合いですか？」

「大湯温泉で同じホテルに泊っていたものです」

「ああ、あの温泉で」

滝口は私を一階の手狭な和室に案内した。

役員たちの会合に使用されている部屋らしく、壁の本棚には自治会関係の書類がぎっしりと並んでいた。

「野月さんも不運な方でしたよ。スキーバスの事故には遭うし、あげくにはあんな最期をとげられて」

滝口は私に座布団をすすめながら、そう言った。

「野月さんは、この自治会の役員をなさっておられたのですか？」

「防犯部の部長をしておりました。自治会の役員などというと、大抵の人は尻ごみするんですが、野月さんは自分から進んでその役を引き受けてくれましてね。若いのに感心な方でしたよ」

入口の手前に坐っていた女性が、お茶を持ってはいってきた。

滝口は背後の戸棚からせんべいの袋を取り出し、私の前に置くと、

「野月さんについて、なにをお訊きになりたいんですか？」

と言った。

「ご存知のように、野月さんは誰かに毒を飲まされて殺されたのです。私は、その死を究

明したいと思っているんです」

「ほう」

滝口はジャンパーのポケットから私の名刺を取り出すと、改めて見入った。

「大湯温泉の事件は、ご存知でしょうか？」

「知っています。新聞でも読みましたし、野月さんからも簡単な話は聞いておりましたから」

「野月さんの死も、大湯温泉の事件と関係があります。野月さんを毒殺したのも、その事件と同一の犯人だと思います」

「私も、そんな気がしておりました。でも、なぜ野月さんが……」

「事件の真相をなにか摑んでいたからだと思います。野月さんは犯人を知っていたと思うんです」

「犯人を……」

滝口はつぶやき、お茶を口に運びかけたが、ふとその手を宙に止めて私をじっと見入った。

「まさか……あのことが今度の事件となにか関係しているんじゃないでしょうね」

と、滝口は言った。

「あのこと？」

「野月さんを板橋の病院に二度目に見舞ったときのことです。帰りぎわに野月さんは、例の事件やっと目鼻がつきそうですわ、と私に言ったんです。私は詳しく聞こうとしたんですが、傍に付添婦さんがいたこともあって、話はそれっきりになってしまいましたが」

「その、例の事件というのは？」

「半年前に起こった事件、としか私には考えられませんでした」

「半年前に……」

滝口は血色のいい顔を歪めるようにして、

「婦女暴行事件です」

と言った。

「婦女暴行――」

「野月さんは、その暴行事件の犯人をずっと追及していたんです。自分が自治会の防犯部長の職にあったからという理由だけではなかったのです。野月さん自身が、被害者だったからです」

「すると、野月さんは暴行犯人に……」

滝口はうなずいて見せたが、そのすぐあとで慌てたように白髪の頭を振った。

「いえ、幸い未遂で終わっていたんです。野月さんは中学、高校と柔道部に籍を置いていたそうですから、そんな暴漢の扱いは心得ていたんです。必死に抵抗して、二人組の暴行犯人に手傷を負わせて撃退したということでした」

「二人組……犯人は二人づれだったんですね？」

「ええ」

小笠原孝一と石川立雄の顔が、私の眼の前にうかんだ。野月亜紀を襲ったのは、この二人組だったのだ。

「野月さんは、どこで襲われたんですか？」

「団地の単身者用の自分の部屋です。会社から帰って着替えをしているときだったそうです。玄関にブザーの音がして、ドアの小窓からのぞいて見ると、作業服を着た若い男が立っていて、宅配便だと言ったそうです。野月さんが安心してドアを開けたとたん、男が襲いかかってきたんです。男ともみ合っていると、いつの間にか部屋の中にもう一人の男がはいってきて、野月さんに手拭いで猿ぐつわをはめようとしたんだそうです」

「野月さんは、その暴行犯人の顔を憶えていたんですね？」

「ええ。二人とも忘れられない顔だと言っていました」

野月亜紀の言ったとおり、小笠原孝一と石川立雄の顔はそれぞれ個性味にあふれていたことはたしかだった。

「警察には届けたんですね？」

「もちろんです。警察がどの程度の捜査をしたのかは知りませんが、二人組は検挙されませんでした。警察では、野月さん以外にも被害を受けた女性がいると判断し、それなりの調べを行なっていたようです。手口からして、計画的なものでした。野月さんが一人暮らしであることを知り、帰宅直後を狙って、宅配便の配達員を装って部屋に上がり込んでいたんですから。同じ手口で、他にも犯行を重ねていたと考えても不思議ではありませんからね」

「他にも、被害者が見つかったんですか？」

滝口は煙草を口端にくわえたまま、顔を横に振った。

「この種の犯罪には、被害者が泣き寝入りするケースが圧倒的に多いんですよ。野月さんのように未遂事件ならばともかくとして」

私の頭の中に、小笠原孝一のアルバムのページから出てきた女の全裸写真が広がって行った。

その写真の意味するものが、このとき私には理解できた。

あの全裸の写真は、小笠原と石川が毒牙にかけた女性たちをその場で撮影したものだったのだ。その目的は無論、二人の行為を告訴させないための防御策に他ならない。

その写真を相手の女性に送りつけておけば、余分なおどし文句を書き加えなくとも、その目的は充分に達せられていたはずである。

被害者が泣き寝入りしていたのは、そのためだったのだ。

私はお茶を口に含み、仙石えり子に思いを移した。

野月亜紀がホテルに仙石えり子を呼び寄せた目的は、すでにはっきりとしている。

小笠原孝一と石川立雄の顔を、仙石に確認させるためだ。

つまり、仙石えり子はこの二人の男を見知っていたのだ。

仙石も、野月亜紀と同じように被害者の一人だったと考えられる。

「野月さんは、仙石えり子という名前の女性のことをなにか口にしていませんでしたか？」

私は、滝口に訊ねた。唐突に話題が変わったせいか、滝口はとまどった表情を見せたが、

「仙石えり子……」

とつぶやき、軽く眼を閉じた。

やがて滝口は首を振り、

「聞いたことがありませんね。暴行事件に関係のある女性なんですか？」

「そう思えるのですが」

「思えば、野月さんも気の毒な女性でしたよ」

と滝口は、急にしんみりとした口調になり、

「暴行未遂の被害者と名乗りを上げたばっかりに、思わぬかげ口を叩(たた)かれましてね。未遂というのは表向きで、本当は暴行されていたんではないか、という愚劣な噂(うわさ)がとび交いましてね。野月さんは気性も激しく、しっかり者だっただけに敵も多かったんですな。自治会役員の宴席でも、そんな噂を野月さんにまともにぶつけた役員もいましてね。野月さんが暴行事件のことを口にしなくなったのは、それからだったんです。私と会っているときも、その話題はひとことも口に出さなくなったんです。野月さんは警察が信用できなかったようで、一人で調査していたらしいんですが、そんなわけで、その後のことに関しては野月さんから耳にしていなかったんですよ。仙石さんとかいう女性のことも、あるいは野月さんは知っていたかもしれませんがね」

滝口はそのまま口をつぐんでいたが、ふと眼を上げて私を見た。

「その仙石さんという女性は、四十歳前後の方ですか？」

「いいえ。二十五、六歳だと思いますが」

「そんなにお若い方ですか。じゃ、違いますねえ」

「なにか、心当たりでもあったんですか？」

「野月さんの事件が起こって一カ月ほどしたとき、あの二人組の犯行と思われる事件が新聞の県版に報道されたんです。詳しい地名は忘れましたが、大宮市内の団地でした」

私も同じ埼玉県人だが、県版でそんな記事を眼にした記憶はなかった。

「やはり婦女暴行事件だったんですね？」

「新聞では、暴行については触れていなかったと思います。しかし、殺されていたんです」

「殺されて……」

「犯人に抵抗したさいに頭を打ったらしいんです。被害者はたしか、高校二年の少女だったはずです」

「高校二年の少女――」

私は思わず、声高に言った。

小笠原孝一のアルバムから出てきた写真の一枚には、十五、六歳の少女が写されていた。少女は半袖(はんそで)のブラウスにタイトスカートをはき、眼を閉じてあお向けになっていた。殺された女子高校生というのは、この写真の少女だったのではないか。

「なぜ、例の二人組の犯行とわかったのですか？」

「少女の母親の証言からです。母親が勤めを終え団地の自分の棟の前までくると、階段を慌てて駆け降りてくる二人の若い男を見かけたということでした」

「はっきりと二人の男の顔を見ていたんですか？」

「さあ、あの記事からだけではなんとも言えませんね。けど、二人の姿を目撃していたことだけはたしかです。野月さんも、あの記事を読んでいたと思います。読んでいれば、必ずその少女の母親を訪ねていたはずです」

「ええ。野月さんは間違いなく、その母親と会っていたと思いますよ」

「先ほどの、仙石さんとかいう女性が、もしかしたら、その母親ではなかったかと思ったものですからね」

と、滝口は言った。

滝口の話からは、仙石えり子が野月亜紀とどんなかかわりを持っていたのかは把握できなかった。

しかし、仙石えり子が二人組の婦女暴行事件を間にはさんで、野月亜紀と密接なつながりを持っていたことは、明白な事実なのだ。

私は滝口に礼を述べ、花島団地の自治会館を出た。

2

電車の振動に身をまかせながら、私は自分の推理を繰り返し追っていた。

千明多美子、沼田秀堂、野月亜紀の三人の死に、私はそれなりに納得のいく解釈を得ていたのだ。

真犯人は、仙石えり子だと私は確信した。

ただ、沼田秀堂事件の仙石のアリバイに関しては、いままでのところ疑いをさしはさむ余地はなかった。

沼田が殺害されたのは、午後四時から五時にかけての時刻である。その時間に、仙石はホテルのグランドホールの椅子に坐り、一度も席をはずしていなかった。

私は、沼田秀堂事件を最初から順を追って考えて行った。

仙石のアリバイとは直接関係はないかもしれないが、どうしても釈然としないことがあった。

それは、沼田秀堂のスリッパに関することだった。

三月十二日の午後三時五分ごろ、佐倉恒之助が沼田の部屋へ押しかけて行ったとき、部屋の入口の片隅に片一方だけのスリッパが投げ出すように置いてあったという。

続いて、グランドホールでの会議が終わりに近づいたころ、つまり午後六時近くにフロントの従業員が沼田を呼びに部屋を訪れている。このときは、部屋の入口には一足分のスリッパが揃えて置いてあった、と従業員は証言していた。

佐倉が訪ね、ついで従業員が訪ねた三時間近くの間に、沼田が一度部屋を留守にしていたらしいことは、娘の可奈子の言葉にもある。

私が会議に出席する前にひと風呂あびようと思い、エレベーターを一階でおりたとき、可奈子と鉢合わせになった。

「またね、片一方のスリッパだけで歩いてたわよ。おかしいわね」

と可奈子はそう言って、笑っていた。

可奈子はそのとき、沼田秀堂と廊下かどこかで行き会っていたのだろう、と私は思い、笑顔を返しただけで可奈子と別れていた。

沼田が佐倉の去ったあとで部屋を出ていたとしたら、その足には片一方のスリッパしかはいていなかったはずである。

だとしたら、部屋へもどったときの沼田の足は、出たときの同じ状態——つまり、片一方のスリッパしかはいていなかったと考えられるのだ。

ところが、六時近くに部屋を訪ねたフロント係の証言では、スリッパはちゃんと一足分、揃えて置いてあったというのだ。

私は会社にもどる道すがら、そんな沼田のスリッパの一件に考えを奪われた。

終業のベルが鳴った直後に、私は受話器を取り上げ、自宅のダイヤルを回した。

帰宅が遅れることを、妻に伝えるためだった。

「はい。牛久保ですが」

電話を取ったのは、娘の可奈子だった。

妻は買物に出かけたばかりのところだ、と可奈子は言った。

私は帰りが遅くなることを伝え、受話器をおこうとしたとき、可奈子に例のスリッパの一件を確認してみようと思いついたのだ。

「可奈ちゃん。大湯温泉から帰る日のことだけどね。ちょっと聞きたいことがあるんだ」

「なにを聞きたいの？ でもパパ、早くしてくれない。いまテレビ観てるとこなんだから」

「わかった。あの日、パパとエレベーターの前で会ったの憶えてるかなあ」

「……うん。憶えてる」

「あのとき可奈ちゃんは、こんなことをパパに言っていたね。また、あのおじさん片一方のスリッパだけで歩いてる、って」

「私、そんなこと言ってないわよ」

可奈子は、なぜか心外だといった口調で否定した。

「可奈ちゃんは、忘れているんだよ。パパはちゃんとそう聞いてるよ」

「パパの聞き違いよ。私、また片一方のスリッパだけで歩いてる、って言ったのよ」

「同じじゃないか、パパが言ったのと」

私は、思わず苦笑した。娘の小生意気さがおかしかったからだ。

「スリッパを片一方しかはいていなかったのは、スキー場で会ったあの背の低いおじさんだったんだろう？」

「あのおじさんじゃないわ。だから私、パパの聞き違いだ、って言ったのよ」

「あのおじさんじゃなかったのかい？」

「そうよ」

「じゃ、誰だったの？」

「おばさんよ」

「おばさん……なんていうおばさんだったの？」

「名前なんか知らないわ。髪の毛を長くのばした、若いきれいなおばさんだった」

ない。

　と、可奈子は口早に言った。髪の毛を長くのばした、若いきれいなおばさん——仙石えり子以外に該当する人物はいない。

　仙石えり子も片一方のスリッパだけで歩いていたのか。

　私はこの突飛な事実を、どう受けとめていいのか判断がつかなかった。

「可奈ちゃん。そのおばさんとどこで会ったの？」

「古い建物のゲームの器械なんかが置いてあるところ……」

「旧館の遊戯室だね」

「うん。私がゲームの器械をいじくっていたとき、あのおばさんが廊下の奥の方から忙しそうに駆けてきたのよ。見たら、スリッパを片一方しかはいていなかったの」

「旧館の廊下の奥から走ってきたんだね？」

「うん」

「何時ごろだった？」

「何時だか、憶えてないわ。パパとエレベーターの前で会う十五分ぐらい前だったかな」

「すると、三時半ごろか……」

「ねえ、パパ。もういいでしょう。テレビ終わっちゃうわ」

と可奈子は言って、さっさと電話を切った。

六時きっかりに仕事を終えた私は、帰路の地下鉄の駅には向かわず、上野から京成電車に乗った。

千葉県習志野市東習志野四丁目××　協英マンション三〇八号室

手帳にメモした仙石えり子の住所に、私は再び眼を落とした。

窓の外が急に暗くなり、下車駅の実籾駅に着くころになると、窓に大粒の雨が伝わり落ちていた。

私は駅前の電話ボックスから、仙石えり子のマンションに電話を入れた。

この時間なら、勤め先からもどっているだろうと思ったが、念のために在宅を確かめたうえで訪問しようと思ったからだ。

仙石は帰宅していて、すぐに受話器を取り上げていた。

「牛久保さん？　大湯ホテルに泊られていた牛久保さんですね？」

私が名前を告げると、仙石はハスキーな声でなつかしそうに言った。

私が訪問したい旨を告げると、仙石は、

「あ、ちょっと待ってください。そのままで――」

と口早に言って、通話を途切らせた。

来客でもあったのであろう、二、三分もすると仙石の声が再び受話器に聞こえた。

「どうぞ。お待ちしてますわ」

仙石は、明るい声で言った。私は駅からの道順を確認して電話を切った。

3

協英マンションは、五階建てのこぢんまりした建物だったが、赤レンガ造りの外観は西欧風でしゃれた感じがした。

私は、玄関わきのエレベーターで三階に昇った。

ドアの部屋番号を確かめながら廊下を歩いて行ったとき、一番奥の部屋の前で立ちどまっている小柄な男の姿が眼に止まった。

男は私を認めると、慌てたようにその場を離れ、廊下を私のほうに向かって歩き出した。

男は私には眼もくれず、大股(おおまた)にすれ違って行ったが、私は思わず、はっとして背後を振り返った。

男の容貌は、石川立雄によく似ていたからだ。

眼許(めもと)は薄茶のサングラスで隠されていたが、でっぷりとした丸い顔、鼻翼の広がった大きな鼻や厚い唇は、写真で見た石川立雄のそれとそっくり似かよっていた。

男はエレベーターの前で一度立ちどまったが、すぐに廊下を右に曲がって階段を降りて行った。

仙石えり子の三〇八号室は廊下の奥の角部屋で、先刻の男が立っていた部屋だった。

私がブザーを押すと、ややしばらくしてドアがあいた。

仙石えり子は私に視線を当て、少したってから、その表情を変えた。

「ああ、牛久保さん」

仙石は、大湯ホテルで聞いたのと同じ独特なハスキーな声で言った。

帰宅したばかりと見え、すらりとした体に濃紺のスーツを着ていた。

仙石は私を奥の洋間に招じ入れた。

仙石と間近かに接するのは、はじめてだったが、その容貌には気圧されるような美しさがあった。

「お客さまじゃなかったんですか？」

私は訊ねていた。

駅前から電話をしたとき、仙石が通話を途切らせたのは、先刻の石川立雄に似た男が訪ねてきたからではないか、と思ったからだ。

「いいえ。どなたも」

仙石は、ダイニングルームからそう返事をした。こちらに背を向けていたので、その表情は確認できなかった。

「貰(もら)い物ですけど、特上のナポレオンがありますのよ。めし上がります?」

ダイニングルームから首だけのぞかせ、仙石はそう言った。

「ええ」

「飲み相手がほしかったところです。ちょうどよかった」

仙石は、明るい口調で言った。

洋間の壁には大きな書架が据えられ、書物がきちんと整理されて並んでいた。

仙石がリハビリ関係の病院に勤める研修医であることは知っていた。

やはり、理学療法や老人医学に関する標題の書物が、圧倒的に多かった。

仙石はグラスを私の前に置くと、器用に脚を組んで、まじまじと私を見つめた。微笑を浮かべた口許に、なまめかしい女の魅力が漂っていた。

「昨日、七里警部が病院に訪ねて見えましたわ」

と、仙石は言った。

「ほう、七里さんが」

「野月亜紀さんの件で見えられたんです。私と野月さんの関係について、いろいろ訊かれました」

鯰江彦夫から野月の電話の一件を聞いた七里が、大湯ホテルに私と同じ用件の電話を入れ、仙石を訪ねる運びとなったのであろう。

「で、仙石さんはなんと返事をしたんですか？」

仙石が真実を語らないのは、承知のうえの質問だった。

「野月さんとは、あのホテルではじめて会ったんですわ。野月さんがホテルに私を呼び寄せていたなんて、どう考えてもおかしいですわ。鯰江さんって方、なにか勘違いされているんではないかしら」

と、仙石はなんの屈託もない口調で言った。

私は、黙ってグラスに口をつけた。

「七里さんからお聞きしましたけど、牛久保さんは今度の事件のことをいろいろと調べておられたんですってね」

「私には探偵趣味なんてありません。自衛上、やむなく調べていたまでですよ」

「小出署の刑事さんは、牛久保さんに疑いをかけているとか、七里さんがおっしゃってましたけど」

「しかし、犯人は私ではありません。そのことは、もうすぐ証明されるはずです」

「すると、なにか証拠でも摑んだんですか？」

「ええ。私なりに考え、真相を解明したつもりですが」

仙石の白い顔から微笑が消え、瞬間射るような視線が私に注がれた。

「もし差しつかえなければ、その真相を聞かせてくださいませんか。私も今回の一連の事件には興味以上のものを持っていましたから」

仙石はそう言いながら、顔に微笑を取りもどしていた。

「お話しします。私の推理が間違っていたら、すぐその場で指摘してください」

「わかりました」

仙石はグラスの中身を軽く飲み込み、ゲームかなにかを楽しむような表情で私を見た。

「今回の事件のプロローグは、三月九日の午後四時ごろ、大湯ホテルのスキーバスが到着し、乗客がロビーにはいってきたとき——その場面から始まっていたんです。そのとき、ロビーのソファには何人かの泊り客が坐っていました。私と妻、鮫江彦夫さん、沼田秀堂さん、七里夫人とその娘さん、それに野月亜紀さんらです」

私は当時のロビーでの光景を思い浮かべながら、話を進めて行った。

「そして、スキーバスの乗客とロビーにいた泊り客との間に、幾組かの邂逅があったのです。まず、佐倉さん夫婦と沼田秀堂さんです。佐倉さんは、沼田さんに会う目的で、あのホテルに宿泊していたのです。次に鯰江彦夫さんと柏原一江さん。この二人は、あらかじめあのホテルで会う約束を取り交わしていました。そして、もう一組──」

「牛久保さんと千明多美子さんかしら。小出署の坂見刑事の見解を言ったまでですけど」

仙石がいたずらっぽい眼つきで、そんな口ばしを入れた。

私は、そんな仙石の言葉を無視した。

「仙石さん。出会ったカップルは、これで全部だったと思いますか？」

「わかりませんわ、私には」

仙石は笑いながら、小首をかしげた。

「もう一組の、まったくの偶然の出会いがあったのです。それは、野月亜紀さんでした」

「野月さんが──」

「ロビーにいた野月さんは、スキーバスの乗客の中にある人物の顔を見つけたんです。それは、野月さんが半年前から捜し続けていた人物の顔だったのです。誰だったと思いますか？」

仙石は笑みを絶やさず、黙って首を振った。

「野月さんが、ホテルでその人物と二度目に会ったのは、あのスナックでです。野月さんがスナックで飲んでいるところへ、その人物が酔って押しかけてきたんです。その人物は、スナックの中で傍若無人に振舞い、周囲の顰蹙を買い、店から叩き出されました。その人物が誰なのか、もうおわかりだと思いますが」

「小笠原孝一さんと石川立雄さんの二人だと思いますけど」

仙石は、ためらわずにはっきりと答えた。

「そう、あの二人でした。二人が店を去ったあとで、野月さんは店のわきの内線電話を使って、二人の部屋に激しい抗議電話をかけています」

「待ってください。抗議電話をかけたのは、たしか千明さんだったと思いますけど」

思ったとおり、仙石は疑義を入れた。

「それは、聞き違えだったのです。電話をかけていたのは、野月さん自身でした」

「でも、七里警部の話では……」

「七里さんと佐倉さんは、電話の声だけを聞き、顔を確認していたわけではありません。錯覚していたんです」

「そうだったんですか」

「それからしばらくして、野月さんはロビーのピンク電話を使って、外線電話をかけたのです。誰にかけた電話だったと思いますか？」

仙石の口許から、白い歯がこぼれた。

「答えられないような質問ばかりですわね」

「野月さんは、その電話の相手をホテルに呼び寄せていたんです。ぜひ確認してもらいたい……間違いないわ、とそんな言葉を相手に伝えていました」

「で、その電話の相手はホテルに顔を見せていたんですか？」

「ええ。三月十日の午後三時ごろ。ホテルのハッピを着た画家の沼田秀堂さんに案内されて――」

「さっきも言いましたけど、私ではありません」

「いえ、あなたです。野月さんに呼び寄せられていたのは、仙石さんだったのです」

「いきなり呼びつけられて、大湯温泉くんだりまで、のこのこと出かけて行くとお思いですの？」

「用件によりますよ。あなたは、なにをおいても、大湯温泉に出向かねばならなかったのです」

「私ではありません……でも、ここで押し問答を繰り返していたら、話が進展しませんわね。けっこうですわ、とりあえず私だということにしておいてください」

仙石は、諦めたという思い入れでそう言うと、

「でも、野月さんは私を呼び寄せ、なにを確認させたかったのでしょうか？」

「言うまでもなく、小笠原さんと石川さんの顔をあなたに見てもらうためです」

「私には、まったく見ず知らずの二人です。それなのに、どうして……」

私は否定の意味をこめて、首を大きく左右に振った。

「半年前のことになります。野月さんは団地の自分の部屋で、二人組の痴漢に犯されそうになったんです。それ以来、野月さんはその二人組の男をずっと捜し続けていたんですよ」

「すると、小笠原さんと石川さんの二人が、その暴行犯人だったと？」

「はっきり断言できます。あの二人は、野月さんを犯そうとした犯人です。野月さんがあなたを呼んだのは、そのためだったのです」

「私も被害者の一人——という意味ですのね？」

「確証を摑んだわけではありません。しかし、そう考えることによって、すべてがすっきりと解釈できるんです」

「考えが少し飛躍してますわ。仮に、私も被害者だったとしたら、即座にあの二人をその筋に突き出していますわ」

「ところが、あなたはそうはしなかったのです。二人の顔を見ても、野月さんには否定も肯定もしないあいまいな返事をしていたと思うのです。二人の男の罪をあばこうとする気持ちなど、あなたは最初から持ち合わせていなかったからです」

「なぜ?」

「具体的な理由は、まだわかりません。でも、これだけは言えます。あなたには、二人が婦女暴行罪で逮捕され、その罪状の数々をつぶさに自供されては困る事情があった、ということをです。あなたが大湯ホテルくんだりまで、わざわざ出かけて行ったのは、そのためです。仙石さん、これがあなたの動機だったんです」

「動機?」

「二人組に罪状を自供させたくなかった。そのためにはどうしたらいいか。二人を抹殺するのが一番確実な手段ですが、女のあなたには荷がかちすぎます。残る手段は、二人の罪を必死にあばこうとしている人物——野月さんの口を封じることです」

「——」

「三月十日の夜、野月さんが足を滑らせて河原へ転落する事故が起こりました。それが野月さん自身の過失によるものでなかったことは、ここで説明するまでもないと思いますが」

「つまり、私が野月さんを突き落としたと?」

「そうです。あなたです」

仙石は声を出して笑うと、平然とした顔でグラスの中身をあおった。

「野月さんは軽傷ですみ、あなたの目的は達せられませんでしたが、そのあとで、もっとやっかいな事態が生じようとはあなたも想像していなかったと思います。野月さんが突き落とされる場面を、ある人物が目撃していたのです」

「ある人物……」

「旧館の遊戯室のソファにいた千明多美子さんです。千明さんがスキーバス転落事故のさいに、あんな形で命を落とす羽目になったのは、そんな場面を偶然目撃してしまったためだったのです」

「――――」

「あのスキーバスが出発する少し前、あなたはロビーでいきなり千明さんに声をかけられ、ソファでなにやらしきりに話しこんでいたそうですね。あなたは、タクシーで小出駅の近くにある名刹を見物して帰る予定でした。それなのに、あのスキーバスに乗り込んだのには、ちゃんと筋の通った理由があったからです。千明さんは前夜遊戯室の窓から目撃したことを、ロビーでそれとなくあなたに臭わせていたからです。そしてスキーバスは出発し、その十分後にあの惨事が起こったのです」

「——————」

「あなたは生死の境をさまよい、やっとの思いで川岸に這い上がりました。そして、川しも へ流されて行く千明さんを眼に止めたのです。千明さんの口から昨夜の一件が野月さんの耳にはいるのを恐れていたあなたにとって、願ってもない機会が眼の前に展がっていたのです。あなたは急いで下流にくだり、川岸を這い上がろうとしていた千明さんの首を絞めていたんです。これまでの話に、どこか間違っているところがありましたか？」

「とてもおもしろく拝聴しましたわ。となると当然、沼田秀堂さんを殺したのも私ということになりますわね」

と、仙石は言った。

「沼田さんは旧館の部屋にいて、事件を目撃していました。千明さん殺しの犯人が、そんな沼田さんをそのままにしておくわけがありません」

「そして、野月亜紀さんを毒殺したのも私だ、という結論になるわけですね？」

「野月さんの口を封じるのが、最初からのあなたの目的でした。野月さんが手術を終え、元どおりの体になれば、暴行事件をあらためて追及し、罪をあばくことは眼に見えていました。あなたは、ある事情のために、そんな事態は絶対に回避したかったのです」

「私は、野月さんの病室になど一度も行ったことがありません。あの病院に入院していることは知っていましたけど」

私は仙石の言葉をわざと無視し、話を進めた。

「私が野月さんの病室を訪ねたのは、十五日でした。野月さんは私の話を聞いているうちに、急になにか考え込むような表情になったんです。付添婦に言づけて、病室に私を呼び寄せようとしたのは、その二、三時間後のことです。野月さんはそのさいに、思い違いをしていたので、そのことを話したいと言い足していたのです。野月さんは、なにを思い違いしていたと思いますか？」

「さあ」

「それは、野月さんを河原へ突き落とした人物のことだったと思います。野月さんがあのとき、自分から足を滑らせて転がり落ちたなどと嘘をついたのは、自分を突き落とした人物に心当たりがあったからだと思います。野月さんは、小笠原孝一か石川立雄の仕わざだと思っていたのですよ。それが、私の話を聞くに及んで、いままでずっと思い違いをしていたことに気づいたのです。――自分を殺そうとした人物が、唯一の味方だと思い込んでいた仙石さんだったということを」

「――――」

「野月さんはあの日、私の他にもう一人の人物も病室に呼んでいたんです。その人物は姿を見せませんでしたが、あなた以外には考えられません」

「野月さんからは、なんの連絡もありませんでしたわ」

「付添婦も、あなたには電話をしていません。しかし、野月さんは、そのあとでふと思い立って、自分の手であなたのマンションに電話を入れていたと思うんです」

「電話など貰っていません」

「野月さんは、仙石さんが味方どころか、まったく逆の立場の人間だったことを知り、すでに事件の真相を見抜いていたんだと思います。あなたを前にして、その真相を語ろうとしたんです。そのことを野月さんからの電話で察知したあなたは、前の夜遅くに病院の調理室に置いた野月さんのポットの中に毒を落としておいたんです」

洋間の窓に、風雨が音たてて吹きつけていた。

仙石はその雨音を聞き入るかのように軽く眼を閉じていたが、やがて、

「私を連続殺人事件の犯人とするには、まだ究明されていないことがありますわね」

と、言った。

「沼田秀堂事件の、あなたのアリバイの一件ですね？」

「そうです。沼田さんが殺されたと推定される時刻は、午後四時から五時の間でしたわね」

「あなたはその時間、グランドホールの椅子に坐っていました」

「ですから、私のアリバイは完璧ですわ。沼田さんの部屋を往復できるような時間の空白がなかったんですから」

仙石は私をからかうかのように、ことさらゆっくりした口調で言った。

「しかし、仙石さん。あなたは沼田さんの部屋を往復していたんですよ」

「私があの会議中に席を立っていた、という意味かしら？　ずっと席に坐っていたことは、牛久保さんもご存知のはずですわよ」

「会議中のことを言っているのではありません」

「ではいつのこと？」

「あなたは会議が始まる前、グランドホールで救護班の人にまじって、前日の負傷者の傷の手当をしていたはずです。そのとき、あなたの傍で、小出署の坂見刑事と七里さんが、沼田さんのことについて伊達警部に報告していました。あなたは、その話を耳にいれていたはずです。そして、にわかに沼田さんのことが心配になってきたんです。あなたは負傷者の手当を済ませたあとで、沼田さんの部屋を訪ねました。時刻は、三時半ごろだったと思います」

「まるで、見ていたかのような言い方ですわね」

「事実、見ていた者がいるからです——旧館の廊下を新館の方へ慌てて駆けてくるあなたの姿を」

仙石はちょっと表情を固くしたが、すぐに肩をすくめて笑った。

「ただそれだけでは、私が沼田さんの部屋を往復していたという証拠にはなりませんわね」

「沼田さんが奇行の持主だったことを、あなたはご存知でしたか？」

「奇行？」

「ホテルへ案内するのに、近道を左に曲がらずに、わざわざ遠まわりしたり……」

「……知っています。私も沼田さんに案内されましたから」

仙石はなぜか声を低くし、珍しく口ごもりながら答えた。

「それに、粗忽（そこつ）なところもあったのか、片一方のスリッパだけで歩いているのを、私は二度ばかり見かけたことがあります」

「……そんなこともあったんですか」

「あの日の三時ちょっと過ぎに、佐倉さんが沼田さんの部屋を訪ねていたのです。そのとき、部屋の入口には片一方のスリッパしか置いてなかったそうです。六時ごろ、ホテルのフロント係が沼田さんを呼びに行ったときには、ちゃんと一足分のスリッパが置いてあったということでした。私は、この矛盾についていろいろと考えてみました。誰かが沼田さんの部屋にはいり、その人が片一方のスリッパしかはかないで部屋を出ていた——という解釈しか、私には思いつかなかったのです」

「——」

「仙石さん。旧館の廊下を駆けてくるあなたの姿を見たのは、実は私の娘でした。あなたはそのとき、片一方のスリッパしかはいていなかったそうですね?」

「——」

「あなたが沼田さんのような奇行の持主だったり、粗忽者だったとはちょっと考えられません。ですが、なにかで気持ちが動転していたり、慌てていたりした場合は別だと思います。あなたは慌てて沼田さんの部屋を出ようとし、その気持ちのあせりから、スリッパを片一方だけ部屋に残してきてしまったんですよ。違いますか、仙石さん?」

仙石はすんなりとした脚を組み替えると、グラスの氷を振り鳴らしながら私を見た。

「おもしろい推理ですわね。でも、私は沼田さんの部屋は訪ねていません。もし仮に、牛久保さんが言われた三時半ごろに部屋を訪ねていたとしても、私が沼田さんを殺していたという説明は成り立ちませんわ。なぜだか、おわかりですわね?」

「沼田さんの風景画のことを言われているんですね」

「風景画のことは、七里警部から聞きました。三時半ごろの時間では、まだその絵は完成されていなかったはずです。沼田さんが殺されたのは、風景画を描き上げたあとでだったんですから」

「あの風景画には、なにかトリックがあったと思うんです」

と、私は言った。

「トリック？」

仙石は眼を丸くして、私の話を促す表情をつくった。

「沼田さんは事件を目のあたりに見て、次の日あの風景画の中に被害者と犯人の姿を描きました。犯人は、その絵の中の犯人像をはっきりと眼にとめ、その左の部分を破り取りました。しかし、仙石さん。犯人はなぜ、その風景画をそっくり処分しなかったのでしょうか。その風景画を部屋から持ち去っていたほうが、証拠は完全に抹消されていたはずです。それなのに、犯人はわざわざ定規かなにかを上に当て、左の部分を破り、残りの部分を部屋に置いたままにしていたのです。そっくり部屋から持ち出していた方が手間もかからなかったのに、なぜそんなことをしていたのでしょうか？」

「……わかりませんわ」

「犯人は、その風景画を部屋に残しておく必要があったとしか考えられません」

「なんのために？」

私は、黙って首を振った。私に言えるのは、それだけだった。

「いずれにしろ、私のアリバイはちゃんとしていますわ」

仙石は、だめを押すように言った。

たしかに、沼田秀堂事件における仙石のアリバイは確固としていた。

死亡推定時刻の午後四時から五時にかけて、仙石はあのグランドホールでの会議に出席していて、その間、席を離れたことはなかった。

だが私は、仙石が三時半ごろに沼田の部屋を往復していたという確信を捨てることはできなかった。

三時半――佐倉恒之助が沼田の部屋を訪ねた二十五分ほどあとのことだ。

佐倉はその沼田の絵を見ていたが、まだ完成されていなかったと言っている。

わずか二十五分の間に、沼田が筆を動かし続け、あの絵を完成させていたとは思えない。

仙石が部屋に行ったときも、だから沼田の絵は未完成だったと言わざるを得ない。

「牛久保さん。せっかくのおもしろい推理も、結局は尻切(しりき)れトンボでしたわね」

仙石は、おだやかな口調で言った。

「それでも、あなたが犯人だったという推理に変わりありませんよ」

「それに、肝心な動機についても説明が不充分ですわ。婦女暴行の罪をあばかれては困る、というだけでは具体性がありませんわ」

私は、再び沈黙せざるを得なかった。

仙石が暴行事件を白日のもとにさらしたくなかったのは明確だが、その理由がなんであるかは理解できなかった。

小笠原孝一が持っていた四枚の写真の中には、仙石の裸体は写し出されていない。野月亜紀と同じ未遂事件だとも考えられる。

だとしたら、仙石はなにゆえにそのことをかたくなに隠蔽（いんぺい）しようとするのだろうか。

「ちょっと、失礼――」

仙石は、いきなりそう言って立ち上がった。

ダイニングルームで電話が鳴っているのに、私はそのときはじめて気づいたのである。

「はい、仙石です」

雨の音にまじって、独特な仙石のハスキーな声がダイニングルームから聞こえてきた。

「……どちらさまですか？　え？」

相手を確認しているのを聞き、間違い電話かと思ったが、仙石の次の言葉に私は思わず聞き耳を立てていた。

「……石川さん？……」

仙石の声は、そこで一度途切れた。

「……ええ、存じています……」

沈黙のあとで、仙石は、はばかるような低い声でそう言った。

そのあとは、相手の話を黙って聞いているようすで、仙石はしばらく声を発しなかった。

私はソファから立ち上がり、開いたままになっている洋間のドアから、そっと隣りの部屋をのぞいた。

仙石はこちらに背中を見せ、頭を低くうなだれた格好で受話器を耳に当てていた。

「……わかりました……いえ、今夜は困ります……あしたなら、都合をつけます……」

そんな押し殺した声が洩れ聞こえ、しばらくの沈黙のあとで、

「……六時に？　ええ、おります……ええ、けっこうです」

と言って、仙石は受話器をそっと置いた。

洋間にもどってきた仙石の顔には、うっすらと汗が浮かんでいた。

仙石はスーツの袖口で額を拭うと、グラスの中身をあおるようにして飲みほした。

電話の相手は、石川立雄だったはずだ。

仙石が石川立雄から電話を受けたのは、これがはじめてだったことは、最初のやりとり

でもわかった。

石川の電話の内容が、仙石に大きな衝撃を与えていたことも、仙石の青ざめた顔から容易に推察できる。

さっき廊下ですれ違った男——やはり石川立雄だったと私は思った。

石川は仙石の部屋を訪ねようとしていたが、私の姿を認め、その場を離れていたのであろう。そして、外から電話をかけてきたのだ。

私は、腕時計を見ながら立ち上がった。

今夜はこれ以上深追いはすまいと思ったのだ。

「仙石さん。また出直しますよ」

私は靴をはき終え、背後にそう声をかけた。

玄関には、仙石の姿はなかった。

第十章　追尾の罠

1

三月十九日
昨夜遅く帰ってきた夫から、花島団地の滝口忠一さんの話を聞いた。
小笠原孝一、石川立雄の二人は、やはり半年前の婦女暴行犯人だったのだ。
野月亜紀さんは、その二人の男と偶然に大湯ホテルで出会い、その過去の罪をあばこうとしていたのだ。

私は、胸がしめつけられるような息苦しさを感じた。過去のあの事件に、夫は無関係だったのだろうか。無関係であってほしい、と思わず神に祈りたい気持ちだった。

夫が過去のあの事件に深いかかわりを持っていたとしたら、野月亜紀さんを毒殺したのは、夫以外には考えられない。

家にいてあれこれ考えていると、いらだちと不安で気が狂いそうになる。

白黒はっきりと結着がついていないから、よけい不安がつのるのだ。

もっと以前に——あの直後に、はっきりとさせておくべきだったのだ。

私は、また同じ後悔に胸を痛めていた。


…………

…………

…………


著者の栗原道夫から電話がかかってきたのは、午後二時だった。

「ああ、牛久保さん。校正がすんでますよ」

　栗原は、陽気な声で言った。

「そうですか。じゃ、いまからおうかがいしましょうか？」

　私は、腕時計を見ながらそう言った。久喜まで往復する所要時間をすばやく計算していたのだ。

「いや、これから会議が始まりますのでね。明日でけっこうですよ」

「そうですか。明日の何時ごろ？」

「何時でもかまいませんよ。夕方まで病院におりますから」

　私は受話器を置き、ほっとした。久喜まで出かけていたら、仙石のマンションのある習志野へ着く時刻が遅れてしまうからだ。

　私は机を離れ、窓ぎわに立って煙草をくわえた。

　昨夜からずっと、仙石えり子のアリバイを考え続けていたのだ。

　そのアリバイを解くカギは、沼田秀堂のあの風景画の中にある、と私は思った。

　沼田秀堂――。

　実に、奇妙な人物だった。ホテルへの正規の道をまったく無視し、顔のヒゲは剃り残し、片一方のスリッパで歩いていた男。

私は、そんな沼田のことを一齣一齣思い起こした。

私はそのとき、沼田の行為の中に一つの共通点を見出した。

沼田秀堂は、左側に無頓着だったという事実である。

ホテルへの正規の道は、左に折れ曲がっていた。

剃り残したヒゲは、顔の左側の部分だった。

スリッパは右脚だけにはき、左脚は素足だった。

沼田秀堂は、なぜか左に弱い傾向を持っていたのだ。

左に弱い——。

私はなにかを摑みかけたような気がしたが、思考は空転し、うまく考えがまとまらなかった。

2

七里警部から電話がはいったのは、沼田秀堂の特異な行動をぼんやり考えていたときだった。

午後四時ごろである。

「お仕事中、申し訳ありません。お電話、さしつかえありませんか？」、七里は、丁寧な口調で言った。

私はそのとき、二階のレイアウト室で一人で仕事をしていたので、周囲に気を使う必要もなかった。

「私から署の方へおじゃましようと思っていたところでした」

と、私は言った。

「そうですか。でも、牛久保さんのお話は、大方の察しがついています。牛久保さんは昨日、野月亜紀さんの住んでいた花島団地を訪ねられましたね」

「すると、七里さんも？」

「自治会副会長の滝口さんと会ってきました。牛久保さんと同じように、野月さんのことを調べようと思いましてね」

「じゃ、半年前の暴行事件のこともお聞きになりましたね」

「ええ。被害にあった野月さんが、ずっと二人組の男を捜していたことも」

「七里さん。その暴行犯人は、小笠原孝一と石川立雄の二人です。野月さんは大湯ホテルで、ばったり二人に出くわしていたんですよ。あの二人の部屋に例の抗議電話をかけたのは、千明さんではなく、実は野月さんだったんです」

「ええ。その件は鯰江彦夫さんから話を聞き、私もそう考え直していたところです」

「二人は野月さんが何者であるかを知り、宿泊予定を変更してホテルを発とうとしたんです。野月さんがその同じスキーバスに慌てて乗り込んだのは、二人とはっきり対決するためだったからだと思います」

「そう考えられますね」

私の気負い込んだ口調と対照的に、七里は冷静に受け答えした。

「あの二人は暴行した女性の裸を写真に撮り、それを相手に送りつけ、口を封じていたんだと思います。小笠原孝一のアルバムから出てきた写真は、そのフィルムを焼増ししたものだったんです」

「ええ。そう思います」

「野月亜紀さんは、大湯ホテルでその二人組と偶然に出会い、二人の顔を確認させるために仙石えり子を電話で呼び寄せていたんです」

「三月十日の日、一人で大湯ホテルに宿泊したのは、仙石さんだけでしたね」

「七里さん。この一連の事件の犯人は、仙石えり子だと思います」

七里は別に驚いたような声も上げず、短い時間黙っていたが、

「あなたの推理を話してみてください」

と、静かに言った。

私は仙石えり子に向かって話した内容を、適当に省略して七里に話した。

七里は短い質問をはさんだり、相槌（あいづち）を打ったりして熱心に聞いているようすだったが、話を聞き終わると、

「仙石さんが暴行事件の被害者だった、と考えたわけですね」

と、念を押した。

「実は七里さん。花島団地を訪ねたあとで、仙石えり子と直接会って話をしたんですよ」

「仙石さんと？」

七里は、ちょっと咎（とが）めだてするような口調だった。

「で、彼女はなんと答えたんですか？」

「全面的に否定していました。アリバイが成立していることと、動機に具体性がないことを強調して」

「そうですか」

「仙石えり子が、暴行犯人からなにかしらの被害を受けていたことはたしかだと思います。彼女は、そのことが明るみに出るのを恐れているのです。もし、暴行されていたとしたら、小笠原孝一が持っていた裸の女の写真の中に、彼女が写っていたと思うのですが……」

「仙石さんは、写っていなかったわけですね」

「ええ。もしかしたら、裸の写真はその四枚だけじゃなかったのかも知れません」

「その裸の写真の件ですがね。小笠原孝一の家を訪ねてみたんですよ」

「じゃ、あの写真をごらんになったんですね？」

「見ませんでした。と言うより、見ることができなかったんです」

「なぜですか」

「あのアルバムの中に、写真もフィルムもなかったからです」

「なかった……じゃ、母親がどこかに……」

「母親はあなたに見せたあとは、あのアルバムには手を触れていなかったそうです」

「じゃ、誰が……」

「二日前に、石川立雄が訪ねてきて、小笠原孝一の遺品をなにやら整理していたとか、母親は言っていましたが」

「石川立雄ですよ。石川が、写真とフィルムを盗み取ったんです。あの写真は、暴行事件の証拠物件です。そんな品を小笠原の家に置いておくのが心配になったんです」

「ええ……」

「七里さん。石川立雄を殺人容疑で取り調べてみてはどうですか？」

「殺人容疑？」

七里は、びっくりしたように声を高めた。花鳥団地の滝口忠一から、その事件のことは聞いていなかったのであろう。

「石川たちは婦女暴行の他に、殺人も犯していたと思われるからです。場所ははっきりしませんが、大宮市内の団地で、女子高校生が襲われ殺された事件があったそうです。犯人は、二人組の男だったそうですが」

七里は、なにか考え込んでいるのか、しばらく言葉を途切らせていた。

「石川立雄が罪を認め、その罪状をつぶさに自供すれば、仙石えり子とのつながりもおのずと明らかになると思います」

私は、そう付け加えて言った。

「しかしですねえ、牛久保さん」

七里は、諭すような口調で言った。

「石川立雄が暴行犯人の片われだったとしても、今の段階では取り調べは無理ですよ。野月亜紀さんでも生きていれば話は別ですが、決め手となる証拠がなに一つ揃っていません。唯一の証拠かも知れなかった例の裸の写真も、こちらの手許にはない現状です。徹頭徹尾、否認されるに決まっています」

「じゃ、仙石えり子を正式に取り調べてみてはどうですか？」

「同じことですね。仙石さんは、あなたに言ったのと同じ言葉を繰り返すだけだと思います」

「じゃ、どうすれば――」

「石川立雄に罪を認めさせ、彼の口から罪状を吐かせる以外に方法はないでしょうね。そのためには、暴行事件の被害者を根気よく捜し出すことですよ」

「しかし、どうやって……」

真犯人を眼の前にしながら、手をこまねいている七里に私は激しい苛だちを覚えた。七里の手固いやり方に、なんとも承服できかねるものを感じた。

「それは、私どもで考えることです」

と七里は言って、少し改まった口調になり、

「実は、最初に申しあげたかったのですが、事件の調査は私ども警察の仕事です。素人の方が思いつきで勝手に行動を起こされると、捜査に大きな支障をきたす場合がままあるのです。あなたのはやる気持ちもわからなくはありませんが、今後のこともありますので、ひと言、苦言を申しあげたようなわけです」

と、言った。

「お詫びします」

私は素直に詫びたが、七里の言葉とはちょっと思えないような刺のある口ぶりに強い反撥を覚えた。

「ところで、牛久保さん。仙石さんとの話はそれだけだったのですか？」

「他には、別に」

仙石えり子について肝心な報告が残っていたが、私はそれを口にする気持ちをとうに失っていた。

3

私は仙石えり子のマンションの駐車場のすぐ傍に車を停めると、腕時計を確認した。

午後五時半だった。

仙石はあのときの電話で、相手に六時に、と答えていたはずである。

私には、その電話が石川立雄からのものであり、石川が必ず仙石の前に姿を現わすという確信があった。

石川立雄が仙石のマンションを訪ねる現場を目撃しようと思うだけなら、この車の中からでも目的は果せた。

だが、そんな場面を眼に入れただけでは、事件の解決には結びつかない。

私は、仙石の部屋で石川と直接会うつもりだったのだ。

車をおりた私は、マンションにはいり、前のときと同じようにエレベーターで三階に昇った。

ブザーを押すと、ほどなくしてドアがあき、仙石の白い顔がドアの隙間(すきま)から現われた。

「あら、牛久保さん――」

仙石は私を認めると、意外だという表情を見せ、すぐそのあとで額に縦皺(たてじわ)を刻んだ。

私の来訪を、明らかに迷惑がっている表情だった。

「お約束どおり、またおうかがいしましたよ」

「どうぞ」

仙石は、きわめて無愛想に言って、私を洋間に通した。

黄色の薄いブラウスにジーパンという軽装が、仙石の均勢のとれた肢体(したい)によく似合っていた。

化粧を落とし、長い髪をうしろに束ねていたせいか、その端整な美貌(びぼう)は先日とは違った趣きを与えている。

洋間の真新しいステレオから、かなり高いボリュームでジャズ音楽が流れていた。

「今日はどんなご用事ですの？」

仙石はテーブルにコーヒーを置くと、私をのぞき込むようにしてそう訊ねた。

前回に見せていたような笑顔は影をひそめていたが、口調は同じように快活だった。

「きのうと同じことを繰り返すのも、芸がないと思いましてね」

「ほんと。そうですわね」

「今日はあなたの来客と話をしたいと思いましてね」

「――来客？　誰も訪ねてくる予定なんてありませんわ」

「そうでしょうか」

「誰が訪ねてくると思っていらっしゃるんですか？」

「石川立雄です」

「……石川立雄さん？」

「そうです」

仙石は黙って立ち上がり、ステレオのつまみを握った。

ボリュームを下げるのかと思っていたが、音楽は以前よりも高く洋間に鳴り渡った。

「石川立雄さんと、会う約束なんてしていませんわ」

「とにかく、待たせてもらいます」

仙石はちらっと笑いを見せ、黙ってダイニングルームに姿を消した。

食器の鳴る音がし、仙石はそのまま洋間にはもどってこなかった。

洋間の壁時計が、六時を示した。

ダイニングルームの電話が鳴ったのは、その二、三分後だった。

呼び出し音は短く聞こえただけで、すぐに消えた。

「もしもし、仙石です」

仙石の声がしたが、ステレオの音楽がじゃまをしてかなり聞き取りにくかった。

石川立雄からの電話ではないか、と私が思わずはっとしたのは、仙石の声が前のときと同じように、短く途切れていたからだった。

あのとき、六時に、と相手が言っていたのは、マンションを訪れる時刻ではなく、電話をかける時刻を約束していたのではないのか、と私は思いなおした。

私は洋間のドアの近くに身を寄せて、隣室の仙石に注意を集中した。

仙石はほとんど声を出さず、そんな静寂の中をステレオの音楽が早い喧騒(けんそう)なリズムをかなでていた。

「……わかりました……場所を言ってください……いま、どこにいるのですか……」

いきなり、そんな仙石の言葉が私の耳をついた。

「……ちょっと、ちょっと待ってください――」

仙石は少し声を高めて言うと、メモでもしていたのか、短い沈黙があった。

「16号線の……パリジェンヌ……パリジェンヌの四〇二……」

音楽にまじって、そんな言葉が耳にはいってきた。

「もしもし……もしもし……」

相手の声が聞き取りにくかったのか、仙石は口早に相手を呼んだ。

「……ええ、わかりました……」

仙石の声はそこで途切れたが、通話を終えていたとわかったのは、仙石のスリッパの音が聞こえたときだった。

私は急いでソファにもどった。

「牛久保さん。急に出かける用事ができましたので、今日のところはお引きとり願えませんかしら」

仙石は、ドアの所で私を送り出すような格好で立っていた。手には黒革のハンドバッグを持ち、片方の手で部屋のカギを弄(もてあそ)んでいる。

「わかりました。また出なおします」

私がソファを離れると、仙石は先にたって玄関におりた。

廊下に出てドアを施錠すると、仙石は私を振り返り、

「急ぎますから、これで――」

と言い捨てて、廊下を小走りに駆け出して行った。

私は仙石のすぐあとから階段を降り、仙石が駐車場の自分の車を発進させるのを見とどけ、急いで傍の車にもどった。

仙石えり子のコロナは、私が車にもどると同時に、そのすぐ横をゆっくりと通り抜けて行った。

私は静かに車を発進させ、駐車場の前の狭い道に出た。

私がアクセルを強く踏み込もうとしたときだった。

運転席の窓に人影がさし、窓ガラスが乱暴にノックされたのだ。

「七里さん――」

窓ガラスの外に映ったのは、七里警部の顔だったのだ。私は、急いで窓ガラスをおろした。

「牛久保さん。彼女はどこへ？」

「わかりません。でも、なぜこんな所へ？」

「彼女に事情を聴こうと思いましてね。ところで、牛久保さん――」

「話はあとにしてください。車を見失ってしまいますよ」

私はアクセルを強く踏み、車を発進させた。

仙石の車は、夕闇に閉ざされた狭い路地を曲がりくねって進むと、つき当たりの296号線を左に折れた。

私はバックミラーで後方を確認した。七里の車が、私を追尾してくることはわかっていた。

私の車の背後に、黒い大型の乗用車がぴったりと尾けていた。

乗用車の車幅灯が何度か点滅し、私の車に合図を送っている。

至近距離だったので、バックミラーの中に、七里の顔を確認することもできた。

296号線を道なりに百メートルほど進むと、国道16号線にぶつかった。

仙石の車はウインカーを左に点滅させ、柏市方面に進路を変えた。

国道16号線はさしたる渋滞もなく、仙石のコロナは制限速度を保ちつつ、終始左側車線を走行していた。

――16号線の、パリジェンヌの四〇二。

仙石の電話での言葉が、私の耳によみがえっていた。

そこが二人が落ち合う場所であることは、疑いの余地がない。

パリジェンヌの四〇二――。

私はその場所を、頭の中で繰り返しつぶやいた。

四〇二という数字は部屋の号数ではないかと思いついたとき、私は仙石が行き着く場所は国道沿いのモーテルだと判断した。

石川立雄は、パリジェンヌというモーテルの部屋から電話をし、仙石を呼び寄せていたのだと私は理解した。

国道を二十分近く走り続けると、道路標識が柏市から野田市に変わった。

後方の七里の車は、時おり車幅灯を点滅させ、私の車との間に常に七、八メートルの距離をおいて同じ速度で走行していた。

仙石の車の左のウインカーが点滅したのは、三差路の信号にさしかかったときである。

コロナは、ゆっくりと進路を左に変えた。幅員のせまい道だった。

私の車が左折しようとしたとき、信号が黄色に変わった。

七里の車が赤信号にぶつかったことは、バックミラーをのぞいたときにわかった。私の車の背後には、それらしい車の影がなかったからだ。

目的の場所が近づいたのか、仙石のコロナは急に速度をゆるめていた。

しかし、この周辺は一面が田んぼで、モーテルに類した建物などどこにも見当たらなかった。

やはり、仙石は道を間違えていたのだ。

コロナは狭い道を道なりに走り、再び国道16号線にもどっていた。

国道を四、五分も走ったかと思うと、再び前方のコロナは左にウインカーを点滅させた。

コロナが停車した場所は、ガソリンスタンドだった。

私はそのまま直進し、国道わきの狭い砂利道で、Uターンした。

ガソリンスタンドが見渡せる場所で車を停車させ、私は眼をこらした。

仙石は運転席から顔をのぞかせ、女の従業員となにか話し合っていた。作業服を着た男の従業員がボンネットの中をのぞき込んでいる姿が見えた。

こんな場合にただの点検だとは考えられなかったので、機械のどこかに故障が生じ急遽ガソリンスタンドに立ち寄ったのではないか、と私は理解した。

仙石の車がガソリンスタンドを出、私の前の国道を走り抜けて行ったのは、それから十五分ほどたってからだった。腕時計の針は、六時四十分を指していた。

私はハンドルを左に切り、コロナのあとを追った。

コロナのあとに二台の乗用車が続いていたが、すぐに右側の追越し車線に進路を変えた。

三、四十メートル前方のコロナは、終始五十キロの制限速度を維持していたが、梅郷(うめさと)の交差点を過ぎると、その速度がさらに遅れ、のろのろ運転になった。その運転の仕方から、約束の落ち合う場所が近づき、その場所を確認しているのではないかと私は思った。

思ったとおり、コロナはウインカーを点滅させ、手動用の信号を左に曲がった。

左右が背の高い樹木におおわれた、かなり急勾配(きゅうこうばい)の坂道だった。

坂道を登りきると、すぐ右手の窪地(くぼち)に一目でそれとわかるモーテルの明るい建物があった。建物の最上階にきらびやかに灯(とも)されたネオンは、横文字でパリジェンヌと書かれてあった。

仙石のコロナは、モーテルの駐車場に続いているゆるやかな下り坂をゆっくりと進んで行き、入口の手前で停った。

入口の前で、モーテルの従業員と思われる三、四人の男が、なにか落ち着かぬようすで行き来している姿が眼にはいった。

その中の一人が、仙石の車に近づくと、運転席に向かってなにか言っていた。

その従業員は私の車を認めると、小走りに坂を昇ってきて、運転席の窓ガラスをノックした。

私が窓ガラスをおろすと、

「お客さんですか？」

　と、従業員が訊ねた。

「ええ……」

「申し訳ありませんが、今夜はほかをご利用になってください」

　と、口早に言った。

「なにかあったんですか？」

「お客さんが亡くなられたんです」

「亡くなった……病気かなにかで？」

「ならいいんですがね。殺されていたんですよ」

「殺された？　誰ですか？」

　と思わず殺された相手を訊ねたのは、私の頭に石川立雄の顔が浮かんだからだった。

「名前はもちろん知りません。四〇二号室を利用された男のお客さんです」

　従業員はそう言って、坂道を駆けおりて行った。

　四〇二号室の男――やはり、石川立雄だった。

　そのときいきなり、背後でパトカーのサイレンの音が聞こえた。

　と、その直後に、私の車のすぐ背後で鋭いブレーキ音が起こった。

急停止した車の運転席から出てきた男を、私はバックミラーの中で把えていた。

七里だった。

私はギヤを入れると、車を急発進させ、樹木のおい繁った暗い道を猛スピードで走り抜けて行った。

4

それから半時間後――。

私は国道16号線沿いの小さなサービスエリアの椅子に坐り、濃いコーヒーを飲んでいた。

二杯目のコーヒーを飲み終わるころに、ようやく胸の動悸も静まり、頭の混乱もおさまりかけていた。

石川立雄が殺された――。

私は頭の中でつぶやき、石川の顔を宙に思い描いた。

石川立雄は、誰に殺されたのか。

私は再び、自問自答した。

仙石えり子が殺した、と考えたかった。

仙石には、動機があった。石川がモーテルに仙石を呼び寄せ、その体を思いのままにしようとしたのは、仙石の弱味を握っていたからだ。

だが、仙石えり子には疑いをさしはさめないアリバイがあった。仙石がモーテルの入口に着いたとき、すでに石川の死体が発見され、警察に通報されていたあとだったのだ。

仙石のアリバイを証明しているのは、彼女を尾行していた私だったのだ。

私は、罠にはめられたのではないか、と再びそんな疑いが頭をもたげた。

モーテルの前でパトカーのサイレンを耳にし、直後に七里の姿を眼にしたとき、とっさにその場を離れていたのも、そのためだった。

私は仙石と石川が、今日の午後六時になんらかの接触を持つことを事前に知っていた。

仙石にかかってきた石川の電話を盗み聞いて、国道16号線沿いのパリジェンヌというモーテルで落ち合うことを知り、仙石の車を尾行した。

しかし、私が仙石の車を尾行するということを、仙石は事前に知っていたのではないだろうか。

前日の電話の相手が石川立雄であることを私が知っていて、今日の六時に再び私が訪ねてくることも、仙石は察知していたのではないだろうか。

仙石えり子の確固としたアリバイに比べ、私のアリバイはきわめて薄弱だった。

石川の所在を電話で盗み聞いた私が、仙石の先まわりをしてモーテルに辿り着いていたのではないか、と警察に指摘されても、私には反論の余地がなかった。

私の尾行の前半は、七里という同じ尾行者によって証明はされる。

しかし、七里はあの三差路の赤信号に摑まり、それ以後は私の車を見失っていたのだ。

小出署の警部たちが、私への疑いをゆるめているとは考えられない。

過去の関係をネタに恐喝されたがために千明多美子を扼殺し、その現場を目撃された沼田秀堂も手にかけ、旧館の遊戯室のソファで私と多美子の話を盗み聞きされた野月亜紀まで毒殺した――と小出署の警部たちは考えているはずだ。

追いつめられた私が、すべての犯行を仙石えり子に転嫁し、石川立雄殺しを仙石の仕わざに見せかけようとした、と勘ぐられることも充分に予測できたのだ。

仙石えり子はそんな私の窮状をすべて知りつくしていて、私を石川立雄殺しの犯人に仕立て上げるという罠を仕組んだのではないだろうか。

私はこのサービスエリアで時を過ごすにつれ、そんな疑いを強くした。

私は、三杯目のコーヒーを注文した。

仙石えり子が自らの手で石川立雄を殺したのではないとしたら、直接手を下したのは誰だったのか——。

仙石の共犯者——という答えしか浮かんでこない。

私は共犯者の仕わざと推定して、石川立雄の事件を最初から考えなおしてみた。

一つだけ、どうしても説明できない点があるのだ。

それは、共犯者がどうやって石川立雄の所在をつき止めていたか、ということだった。

石川立雄が仙石を呼び寄せる場所を国道16号線沿いのパリジェンヌというモーテルに指定してきたのは、今日の六時の電話でだった。

だから、それ以前に共犯者が仙石を通じてその場所を知ることはできなかったわけである。

仙石は石川からの電話を切ったあと、私を追い立てるようにして部屋を出た。

そして、マンションの駐車場からすぐにコロナを発進させ、モーテルの前に着くまでの間、仙石はずっと運転席に坐ったままだったのだ。

共犯者がどの場所にいたにせよ、石川立雄がパリジェンヌの四〇二号室にいるという事実をある程度事前に知らされていなければ、この犯行は不可能だったはずである。

仙石がはじめて相手に連絡をつけられる機会を持ったのはガソリンスタンドに停車したときだったが、仙石は運転席を離れることはなかったのだ。

仙石は、相手に石川の居場所を告げていなかったのだろうか。

だとすると共犯者がかなり以前から石川を尾行し、パリジェンヌにはいるのを見とどけていた、という以外には考えられなかった。

しかし、はいった場所がモーテルだとわかったとしても、どの部屋にはいったかを知るのは簡単なことではなかったはずである。

昨今のモーテルは利用者側の便宜を考え、従業員と接触しないで済むような仕組に切替えられている。利用者はフロントの傍のカギ棚から適当なカギを抜き取り、従業員の案内なしで部屋にはいれる。

だから、共犯者が石川の部屋をフロントで確認しようもなかったろうし、またそんな危険な行動に出ていたとは考えられない。

仙石えり子は、なにかしらの方法で相手にパリジェンヌの四〇二号室という場所を知らせていた、と私は考えざるを得なかった。

私はコーヒーを飲み終えると、店の片隅にあるピンク電話の受話器を取り上げた。帰りが遅くなることを、妻に連絡するのを忘れていたからだ。

電話口に出た妻は、私だとわかると、

「ああ、あなた。いま、どこにいるの？」

と、ちょっと慌てた口調で言った。

「野田市だ」

「ついさっき、七里さんからお電話があったのよ」

「七里さんから――」

「あなたに話したいことがあるって言ってたわ。帰ったら、至急署の方に電話をするようにって」

「そうか」

「なにかあったの？」

「石川立雄が死んだよ」

「えっ、石川さんが……」

「殺されたんだ。野田市のモーテルの部屋で」

「殺された？　七里さんの話っていうのは、じゃそのことだったのかしら……」

「ああ。今夜、石川立雄と会うつもりだったんだ。車でそのモーテルの前まで行くと、石川は殺されていたんだ」

「あなた……」

「私には、アリバイがない。野月亜紀さんの事件と同じように。罠にはめられたとしか思えないんだ」

「あなた、どうするの……今度はきっと警察だって――」

「心配はいらないよ」

「あなた。一時間ほど前に、小出署の坂見刑事が訪ねてきたのよ」

「坂見刑事が――」

「私にははっきり言わなかったけど、十年前のことを調べ出していたような口ぶりだったわ。弟さんの周兵さんの名前も、ちらっと口にしていたわ。あなたを徹底的に調べ直すつもりらしいわ」

「そうか……」

「あなた。すぐに帰ってらして」

妻の言葉を聞き、私の気持ちは固まった。

「いや。二、三日はもどらないつもりだ」

「もどらないって、なぜ？　そんな逃げまわるようなことをしたら、なおさら……」

「逃げまわっているわけじゃない。このままでは私が犯人にされてしまう。真犯人はわかっているんだ。警察に追及される前に、自分の手で事件を解決するしかないんだよ」

「無理だわ、そんなこと……」

「あとで、必ず連絡するよ」

妻がなにか言いかけるのを無視し、私は受話器を置いた。

第十一章　側方の無視

1

三月二十日
やはり、事件が起きた。
石川立雄が昨夜、モーテルの一室で殺されたことを知り、私は愕然(がくぜん)とした。
私は夫のことをはっきり調べようと決心し、何日ぶりかで家を出た。

北区赤羽台に住む桑井照美さんを訪ねたのだ。娘の同級生の母親だった。

昨年の十月十一日のことについて、私は桑井さんに訊ねた。

桑井さんの返事は、私を絶望の底に突き落としていた。夫がその日、あの場所には足を向けていなかったという私のはかない希みは、その一瞬に消え去っていったのだ。

夫は、今夜も家には帰ってこなかった。

夫は、何をそんなに夢中に捜査しているのだろうか。

自分以外のいったい誰を、真犯人に仕立てあげようとしているのだろうか。

拭っても、すぐあとから涙がこぼれ落ちていた。

責任の一半は、この私にもあるのだ。

娘の一件で、子煩悩な夫の気持ちをいたずらにあおり立ててしまったのは、私だったからだ。


…………

…………

…………

私はその朝、東武伊勢崎線の野田市駅前の小さな旅館の一室で眼をさました。

布団にはいってもあれこれと考えをめぐらし、眠りについたのは明けがただったが、熟睡したせいか、眠気はなかった。

私は布団を出ると、帳場に行き、朝刊を三つかかえて部屋にもどった。

昨夜の事件のことは、大毎新聞の県版に載っていた。

「モーテルで殺人」という三段抜きの見出しが組まれ、記事内容もかなりのスペースを取っていた。

十九日午後六時四十分ごろ、野田市南八丁目のモーテル「パリジェンヌ」の四〇二号室で、若い男の客が殺されているのを従業員が見つけ、野田署に届け出た。

被害者は所持品などから、千葉県市川市春井五丁目に住む会社員、石川立雄さん（二八）と判明。野田署の調べによると、石川さんの後頭部には三カ所にわたり鈍器で殴打されたと思われる傷痕があり、死因は脳内出血による即死。

モーテル側の話によれば、石川さんが四〇二号室に入ったのは昨夜の六時五、六分前。その直後にフロントの従業員が部屋に内線電話をかけると、石川さんは、連れはあとから来る、ピンク電話をかけたいので小銭を貸してくれと言った。従業員が小銭を持って四〇二号室に行くと、石川さんは規定の休憩時間を超過するかも知れないと言って、従業員に超過料金を確認していた。

六時四十分ごろにフロントの交換台に四〇二号室のコールランプが灯り、交換台が受話器を取ったがなんの応答もなく、コールランプはそのまま灯り続けていた。

不審に思った従業員が四〇二号室に足を運んだが、ドアは薄目に開いており、ノックしても返事がなかった。従業員がドアを開けると、部屋の調度品があちこちに散らばり、石川さんが頭を入口の方に向け、床の上にうつぶせに倒れていたという。

ベッドの枕許の電話は、受話器がはずされたままになっていた。

相手の女性とのいざこざから殺人に至ったという見方が強いが、相手の女性が何時ごろ部屋にはいっていたのかは不明。石川さんが四〇二号室に部屋を取ったあとで、部屋のピンク電話で相手の女性を呼びよせていたと思われるが、相手はフロントを通らず、裏口の非常用の階段を利用していたと推測される。

その時間帯には八組の客が部屋を利用していたが、四〇二号室のある四階は石川さんだけが利用していたことなどから、相手の女性の姿を見かけた者や、部屋の物音に気づいた者は現われていない。

なお、石川さんの母親の話によると、石川さんは現在、病気静養中の身だったが、一昨日の十八日、午後四時ごろ行先も告げずに自宅を出、その夜は家にもどらなかったという。石川さんは出がけに、会社の角封筒を大事そうに上着の内ポケットにしまい込んでいるのを母親は見ていたが、部屋の遺留品の中や車の中からその角封筒は発見されていない。

私は、その記事をもう一度詳細に読み返した。

石川立雄が仙石えり子に呼び出しの電話をかけたのは、四〇二号室にはいって五、六分もしてからだった。そして、その三十分後に石川は殺されている。

フロントの交換台に四〇二号室の電話のコールランプが灯ったのは、六時四十分ごろ。だが、ベッドの枕許の受話器を取り上げたのは石川自身ではない。石川はそのときすでに殺され、床にうつぶせになっていたのだ。

フロントをコールしていたのは、加害者だ。その目的は、従業員に石川の死体をいち早く発見させ、死亡時刻を明確にさせるためだったのだ。

六時四十分——。

仙石えり子のコロナが国道のガソリンスタンドに停車していた時刻だ。

仙石がこの場所で、十五分近い時間を費やしていたのは、スタンドの従業員に自分の顔を印象づけるためだったのだ。

この記事の中で、私が最も興味をひかれたのは、石川立雄が家を出るとき角封筒をポケットにしまい込んでいたというくだりだった。

その角封筒の中身がなんであったかは、容易に想像がつく。

小笠原孝一のアルバムのページにはさまっていた四枚の写真とフィルムだったはずである。

石川立雄は小笠原の部屋から持ち出したその写真をネタに、仙石を恐喝し、肉体の関係を強要していたのだ。

あの写真のどれか一枚に、仙石えり子の秘密が隠されていたのだ。

仙石はその一枚の写真を公にされたくないために、共犯者を使って石川を殴殺させ、その角封筒を奪わせたのだ。

2

私は旅館の朝食に箸(はし)を動かしながら、仙石えり子のことを考え続けた。

石川立雄が婦女暴行の罪状を自供すれば、仙石との結びつきも判明し、その動機も解明されるはずだった。

その石川立雄がこの世に存在しない今となっては、仙石を糾明する手段は他に選ばねばならない。

仙石の動機は、あの四枚の写真の中に秘められているはずだ。その被写体の女の誰かと、仙石はなにかしらのつながりを持っていたと思われるのだ。

私は、その写真に関して調べを続けて行こうと思った。

三人の裸の女を捜し出すことは、まるで雲を摑むような話だったが、残りの一枚の少女の所在はさして苦もなくつき止められるはずだった。

私は、花鳥団地の滝口忠一の話を思い起こしていた。団地の部屋の中で殺されていた女子高生が、あの写真の女だとしたら、当時の新聞を繰ればその住所がわかる。

私は旅館を出、車で図書館に向かった。

春日部市立図書館は真新しい建物で、閲覧室も明るく広々としていた。

女子高生の事件が県版に載ったのは、野月亜紀の未遂事件から一カ月ほど経ったときだった、と滝口忠一は言っていた。

私は昨年十月の縮刷版を借り出して、窓ぎわの椅子に坐った。

三分の一ほどページを繰ったところで、該当する見出しが眼にはいった。

「女子高校生殺される」とゴシック文字が組まれて、傍に小さな顔写真が添えてあった。

十一日午後六時十分ごろ、大宮市土手町一丁目××谷津団地五－六－三〇五に住む奈良節子さん（三九）が勤め先から自宅にもどると、六畳の和室で長女の和子さん（一六）が死んでいるのを見つけ大宮署に届け出た。

和子さんは後頭部を強く打っており、テーブルの上の品々が床に散らばっていたところから、何者かに襲われ激しく突き倒されて死亡したものと思われる。

死亡推定時刻は午後六時前後。

和子さんは、都内にある私立光星女子学園高校の二年生。活発な性格で、クラス委員をつとめる人気者だった。和子さんの父親は四年前に病死し、母親との二人ぐらしだった。

なお、発見者の母親の節子さんは、団地の前で乗用車をおりたさい、節子さんの棟の階段を慌てて駆けおりてくる作業服姿の二人の男を眼にとめたと証言している。

また、同じころ奈良さん宅を訪ねてきた都内北区赤羽台二丁目に住む桑井照美さん（三八）は、団地の公園近くの路上に停めてあった乗用車に慌てて乗り込んだ男の姿を目撃している。二人づれの一人とも思われ、大宮署ではその二人づれの男についての聞き込みを続けている。

私は続けて縮刷版を繰って行ったが、この事件に関する記事はそれきり眼にとまらなかった。

被害者の奈良和子の顔写真に私はもう一度眼を落としたが、これが例の写真の少女だったかどうかは判断がつかなかった。

写真の少女の顔を、私はもうさだかには記憶していなかったからだ。

私は奈良節子と桑井照美の住所を手帳に書きとめ、閲覧室を出ると、廊下の電話で一〇五番を回し、奈良節子の自宅の電話番号を訊ねた。

私はその場で、続けてダイヤルを回した。

奈良節子は幸い在宅していて、私が簡単に用件を話すと、午後からパートに出るのでその前なら都合をつける、と私の訪問を承諾した。

奈良節子の団地の部屋は、六畳と四畳半の２ＤＫで、単身者用の棟の中にあった。

奈良節子は私が想像していたよりも老けていたが、落ち着いた感じの気丈そうな女だった。

私が案内された部屋は、以前は娘さんが使用していたものらしく、古びた木製の勉強机がそのまま置かれていた。

「娘さんですね」

私は机の上に立てかけてある写真を眼にとめ、節子に言った。

「ええ。亡くなる二カ月ほど前に写した写真です」

節子は眼鏡越しにじっと写真を見つめ、どこか乾いた口調で言った。

私は、改めて額入りの写真に見入った。

容貌はかなり整っていたが、勝気そうな感じの少女だった。

母親似のでっぷりとした上半身に、黄色のスポーツウェアを着ていた。

その左胸に、光星女子学園高校のネームが縦にはられ、右胸には白ゆりの校章の縫いとりが見えていた。

「なにか、娘の事件のことで取材されておられるんですか?」

節子は私の名刺から顔を上げると、そう訊ねた。

「個人的に調べているだけです。どうしても確認したいことがありましてね」

「そうですか」

節子はそれ以上の詮索（せんさく）はせず、表情の乏しい丸い顔を私に向けながら、

「もうあの事件から半年近くになります。事件当時は警察のかたもいろいろ熱心に調べておったようですが、今年にはいってからはなんの連絡もありません。犯人はそのまま野放しになっているんでしょうが、犯人がつかまったところで、いまさらどうということはありません。死んだ娘は帰ってこないんですからね」

と言った。

娘の和子を死に至らしめたと思われる二人組の男が、すでにこの世にいないことを知らされても、この母親はさしたる反応を示さないだろうと私は思った。

「あの事件のことは、新聞で読みました。犯人らしい二人の男を目撃されたとか書いてありましたが」

「……去年の十月十一日のことですわ、あの事件が起こったのは。雨の強い日でした」

節子は遠くを見る眼つきになり、話をはじめた。

「いつもはパート勤めから七時ごろ家に帰っていたんですが、あの夜は客が訪ねてくる予定があったので、早めに帰ってきたんです。団地の駐車場に車を停めたのは、六時ちょっと前でした。客との約束は六時だったので、多少慌てて自分の棟の方へ駆けて行ったのですが、その近くまで来たとき、階段を駆けおりてくる二人の男の姿が眼にはいったんです。

その時は別段気にもかけず、三階の自分の部屋の前まできたのですが、ドアが半分開いたままになっているのを見て、おかしいなと思いました。中にはいりますと、六畳の部屋に娘があお向けに倒れていたんです。テーブルの上の物が散らばっているのを見て、ただごとではないと思いました。娘を抱き起こしますと、ぐったりとしていて、呼吸が止まっていたんです」

と、奈良節子は言った。

しっかりとした口調で、わが子の不幸を語っているような沈んだ感じはなかった。

「私は娘は殺されたのだと思い、とっさに階段を駆けおりて行った二人の男のことが頭にひらめいたんです。私は部屋を飛び出し、入口のあたりを見回しましたが、当然のことですが、二人の男の姿はありませんでした。そのときちょうど、桑井さんがお見えになって、雨の中につっ立っている私を見て、びっくりして声をかけられたんです……」

「その、桑井さんというのは、たしか……」

「娘の同級生の母親です。その夜、会う約束をしていたお客の一人でした」

桑井照美という女性が、事件発生直後に奈良節子を訪ねていたという記事を、私は思い出していた。

「階段を駆けおりる二人の男を目撃されたそうですが、その顔を憶えておられますか？」

私は訊ねた。

「いいえ」

節子は太い首を横に振って、

「憶えていません。と言うより、私はその二人の男の顔を見ていなかったのです。先ほども言いましたが、雨の強い日で、私が傘の隙間(すきま)からちらっと見たのは、階段を駆けおりてくる作業服を着た男の姿だけだったのです。はっきり見たのは、その二人のうしろ姿です。入口に着いて傘を閉じたとき、雨の中を公園の方へ向けて走っていく二人のうしろ姿が眼にはいりました。なにを慌てているのかと思いながら、そのうしろ姿を眺めていたんですが」

と、言った。

「そのすぐあとで訪ねてきた例の桑井さんというお客さんも、その二人組の一人とも思われる男を目撃していたそうですが」

「ええ。でもそれも、団地の公園わきに停めてあった車に慌てて乗り込むところを、通りがかりにちらっと見ただけだったそうです。年配の男性だったそうですから、娘の事件とは関係がなかった人なのかもしれません」

「そうですか」

「これまでのことは、警察にも何度も繰り返し言ってきたことです。警察はしつこく訊き返していましたが、私も見ていないものは答えようがありませんでした。警察が目撃者捜しにやっきになっているのも、無理はなかったのです。娘の事件が起こる一週間ほど前にも、同じ犯人によると思われる事件が起こっていたからです」

「えっ――？」

私は、思わず声を出した。

「この団地で、ですか？」

「ええ。この二つ先の単身者用の部屋の女性が襲われていたんです」

「襲ったのは、二人組だったんですね？」

「ええ。でも、幸い未遂だったそうです。襲われた女性は、最初そのことを警察はもとより誰にも話さなかったんだそうです。近所の人が通報して、はじめて警察が調べ出したようです」

「すると、その女性は二人組の顔を見憶えていたわけですね？」

「夢中で、よく憶えていないと言っていたそうですが。娘の事件が起こったあとで、私も二度ばかり会って話をしましたが、あの人は――仙石さんは犯人の顔をよく憶えていたと思われるのに、なにかの理由でそのことを隠しているような気がしましたが」

私は節子の話の途中で、思わず聞き耳を立てた。

仙石――。

節子は、そう言ったのだ。

「奈良さん。その被害に遭った女性は、仙石という名前だったんですか？」

「ええ。仙石えり子さんです」

と、節子は抑揚のない口調で言った。

「この団地の単身者用の部屋に住んでいたんですね？」

「そうです。妹さんと一緒に」

「妹さんと――」

「でも、去年の暮に引越して行きましたわ。あんな事件があったので、居づらくなったんでしょうね。仙石さんは千葉県の習志野かどこかのマンションに移ったとか、誰かから聞いたことがあります」

「で、妹さんは？」

「仙石さんが部屋を引きはらう一カ月ほど前に、大阪で結婚されたそうです。相手の男性は大きな会社の社長の一人息子だそうで、団地にもよく遊びにきていたそうです」

と、節子は言った。

私の眼の前に、例の三枚の裸の女の写真が次々と映し出されて行った。

その三枚の写真のどれかに、仙石えり子の妹の裸体が写されていたはずである。

「その妹さんの名前はわかりますか？」

私は訊ねた。

「タミコ、です」

「タミコ――」

「たしか国民の民、だったと思いますけど」

節子は、そう付け加えて言った。

私は、それまで手をつけなかったお茶をひと口に飲み込んだ。思わずも、体中をほてらせていたからだった。

いままでベールに覆われていた仙石えり子の殺人動機が、奈良節子の話によって、はっきりとしたものになったのだ。

二人組の男――小笠原孝一と石川立雄が毒牙にかけようとした相手は、仙石えり子ではない。

妹の仙石民子だったのだ。

妹の民子は、姉のえり子の留守に二人組に襲われ凌辱されていたのだ。

二人は民子の裸体をフィルムにおさめ、焼増ししたものを口封じのために民子に送りつけていたのだ。

妹が暴行された事実を知ったえり子は、その事実を覆い隠そうとした。

しかし、付近の住民に通報され、警察の調べを受ける羽目になったが、えり子は被害者をよそおって妹の身を守ろうとしたのだ。

妹は結婚を目前にひかえた身だった。暴行事件が表ざたにされた場合の、妹の前途については考えるまでもなく想像がつく。

警察に追及され、やむなく被害者の名乗りを上げていたものの、仙石がその暴行犯人についてはあいまいな供述しかしていなかったのも、そのためだった。

仙石えり子は、暴行犯人が逮捕され、その口から妹の民子に関する事実が暴露されることを恐れていたのだ。

「その仙石さんが、なにか娘の事件と関係があるんでしょうか？」

節子の言葉が、私の考えを中断させた。

「ええ……」

私が返答に迷っていると、

「娘の初七日の日でしたわ、その事件のことを訊ねにこられた若い女性がおりました。上尾市の花島団地に住んでいる……」

「野月亜紀さんですね？」

「そう、野月さんでした。ちょうど娘の同級生の母親たちがお焼香にきてくれたときだったと思います。野月さんは警察と同じように、二人組の人相風体をしつこく私に訊ねていましたが、私は答えようがなかったので、仙石えり子さんの未遂事件を話し、仙石さんの家を教えてあげたんです。野月さんはそのときはじめて、同じように二人組に襲われていた事実を私に話してくれたんです。野月さんはそのあとも、何度か仙石さんを訪ねていたようです。仙石さんが引越されるときも、たしか手伝いに見えていたと思いましたが」

野月亜紀が新聞の記事を読んで、奈良節子を訪ねていたことは、花島団地の滝口忠一の話からも想像はついた。

野月は仙石を自分と同じ被害者だと信じ、大湯ホテルにまで彼女を呼び寄せていたのだ。

野月が仙石にはっきりとした疑惑を持ったのは、私が小笠原孝一が持っていた裸の写真について語ったときだったのだ。

裸の写真のどれかにタミコという名の女性が写っていたのではないか、と私が言ったとき、野月の顔色が変わった。

野月はそのとき、二人組に襲われたのは仙石えり子ではなく、妹の民子が体を汚されていた事実に気づき愕然としたのだ。

私が黙っているのを見ると、節子は新しいお茶をつぎ足し、勉強机の娘の写真をぼんやりと見つめた。

「きのうが、あの子の誕生日でした。生きていれば、十七歳です」

愚痴に似た弱々しい言葉が、はじめて節子の口をついて出た。

「父親がいないせいか、わがままな面もありましたが、母親の私にはよくつくしてくれました。勝気な性格の子でしたので、学校でもなにかと問題を起こしていたようです。私の育て方も悪かったのかも知れません。人に負けないように、人に馬鹿にされないようにと、そればかり言い聞かせて育ててきたものですから。小学生のころは弱虫で、よくいじめられては泣いていました。それが高校に行くようになってから、逆に相手をいじめて泣かすということで、父兄からよく苦情が舞い込んできましてね。あの夜、桑井さんたちが見えることになっていたのもそのためだったんです。それはともかくとして、あの夜、私か桑井さんのどちらかが、もう少し早く家に着いていたら、娘もあんなことにはならなかったと思うんです」

と、節子は言った。

私はそんな話につられるように、娘の写真に再び眼を向けた。

さっきは気づかなかったが、娘の眼許は母親によく似ていた。

私はそのとき、改めて娘の写真を念入りに見入った。

この娘の和子を、どこかで見たことがあるという思いが頭の隅をかすめたからだった。

小笠原孝一の持っていた写真の中の少女の顔は、すでに忘れていた。

その写真以外に、どこかでこの少女の顔を見たことがあるのだ。

「どうかなさいましたか?」

写真をのぞき込んでいる私の背中に、節子の声がした。

「いえ。この娘さんをどこかで見たような気がしたものですから。いや、思い違いかも知れません」

私は言った。

しかし、写真の娘をどこかで見たという思いは、奈良節子の家を辞去し、バス停に立っている間も、私の胸にくすぶっていた。

3

仙石えり子の動機が、思いがけぬところから判明した。

仙石が必死に守り切ろうとしている砦は、アリバイだけだった。

沼田秀堂事件のアリバイさえ崩せば、仙石には釈明の余地などないはずだった。

私は沼田秀堂が描き残した例の風景画を頭に描きながら、東北線の久喜駅におり立った。

栗原病院までの道程を、私は考えにふけりながらゆっくりと歩き、受付の顔見知りの事務員に用件を伝えた。

院長の栗原道夫は午前中の診察を終えたところで、院長室でのんびりと煙草をふかしていた。

「やあ、牛久保さん」

栗原は気さくに声をかけると、傍の看護婦に言いつけて、校正刷のはいった封筒を持ってこさせた。

「流行のコンピュータ組版っていうのは、読みにくくてかないませんね。書き加えたいこともあって、大分赤字がはいったんでね。時間があったらでいいんだが、再校ゲラも読ませてもらえますかね」

「かまいませんよ」

私は、赤字ゲラを順を追って繰って行った。栗原の言うとおり、各ページに栗原独特の金釘流の加筆が見られた。

私は栗原と十五分ほど話を交わし、院長室をあとにした。

私はエレベーターを使わず、階段をゆっくりとおりて行った。

二階の階段をおりかけたとき、若い女性の肩につかまりながら階段を昇ってくる入院患者を私は眼にとめ、道をゆずった。

中年の丸々と太った男の患者で、付き添っている女性になにやら低い声で語りかけていた。酔ってでもいるような、呂律（ろれつ）の回らない口調だった。

私が踊り場の所で立ちどまり、患者の方を振り返ったのは、別に他意があってではなかった。

だが私は、思わずはっとして、その患者の足許を凝視していたのだ。

大湯ホテルで見たのと同じ光景を、そこに見ていたからだった。

その患者の両の脚には、片一方のスリッパしか見当たらなかったのだ。

患者は階段を昇りきると、なにやらつぶやきながら、廊下を右の方へ歩き出そうとした。

「ほら、おとうさん。また、間違えてる。そっちは遠回りだって言ってるでしょう。お部屋は左の廊下を行ったほうが近いのよ」

若い娘が患者のガウンの袖口（そでぐち）を引き寄せ、険しい声で注意した。

私は踊り場につっ立ったまま、患者と娘が左の廊下に消えるのを見守っていた。

沼田秀堂の小柄な姿が、私の眼の前をよぎって行った。

あの患者は、沼田秀堂とまったく同じような行動をしていたのだ。

私がいま降りてきた階段を急ぎ昇りはじめたのは、その直後だった。

院長室のドアをノックし、中にはいると、栗原道夫は椅子にそりかえって将棋雑誌を読んでいた。

栗原は老眼鏡を額にずり上げ、私を認めると、

「おや、牛久保さん。忘れ物ですか？」

と笑った。

「いや。先生にお訊ねしたいことがあるんです」

「なんですか？」

唐突だっただけに、栗原は細い顔を不審そうに歪めて私を見つめた。

「二階の病室に入院中の患者さんのことなんです。五十歳ぐらいの肥った男の人ですが。廊下で会ったときは、若いきれいな娘さんが付き添っていましたけど」

「ああ。伊藤さんのことですか」

「あの患者は、どこが悪いのですか？　差しつかえなかったら、教えていただけませんか」

「右半球の頭頂葉下部に損傷のある患者です。工事現場から落ちて、頭を打ったんですよ。入院して三週間ほどになりますかね」

「それだけですか？」

「え？」

「二階の階段ですれ違ったとき、あの患者は片一方のスリッパしかはいていませんでした。それに、病室にもどるのに遠回りの右の廊下の方を行こうとして、娘さんに注意されていたんです」

「ああ、そのことですか」

栗原は笑って、立っている私の前に椅子を置きながら、

「伊藤さんとは、古くからの将棋仲間でしてね。実力は三段、いや四段といっても通用するでしょうね。私が香落ちで指しても、まず勝てる相手ではありませんでした。伊藤さんがこの病院に入院する前、三回ほど対戦したんですが、伊藤さんはなぜか本来の実力を発揮できず、すべて私の圧勝に終わりました。私は相手の左端を攻めたんです――」

「先生。その将棋の話はあとでゆっくりうかがうとして――」

私は栗原の冗舌（じょうぜつ）に、思わず水をさした。栗原道夫は無類の将棋好きで、その話をさせたら、とどまるところを知らない男だった。

栗原は別に気分を害したようすも見せず、口端に苦笑を刻むと、

「牛久保さんは、よほど私の将棋談義がお嫌いとみえますね。しかし、これからの話に大いに関係があることなんですがね」

「駒を動かす話がですか?」

「まあ、聞いてくださいよ」

栗原は人の好さそうな笑いを浮かべ、

「私は戦法を変え、相手の左端を集中的に攻めて、三回とも勝ったんです。あの強い伊藤さんにしては考えられないような、実にもろい負け方でした。しかし、その直後に私は気がついたんですよ、伊藤さんの頭の働きが平常でなかったことに。伊藤さんは、盤面の左端に精神を集中できなかったんですよ」

「左端に精神を集中できない……どういうことなんですか?」

「ご存知のように、人間の大脳は左半球と右半球に等分されています。この二つの半球の分担する機能については諸説があり、統一をみていませんが、いずれにせよ、そのどちらかの半球に損傷を受けたりすると、失語症、失認症、失行症とかいった疾患に冒される場合があります。最初に話しましたが、伊藤さんは工事現場から転落したとき、右半球の頭頂葉に打撲を受けていたのですが、外傷が軽かったので、そのままにしていたんです」

「すると、あの患者は頭を打っていたために、盤面の左端に精神が集中できなかったんですね？」

「そうです。一種の視覚障害です」

「なんという病気ですか？」

「無視症候群——一般的には、側方無視と呼ばれていますね」

「側方無視……」

「この疾患については長い間いくつかの疑問が持たれ、明快には理論づけられていない点も多いのですがね。大脳の右半球の後部領域にかなり広い損傷を持つ、脳卒中患者や頭部外傷患者によく観察されるものです。この側方無視の患者に共通した特徴は、自分の体の左半分、および空間の左半分を無視する傾向が見られるということです」

「左半分を無視——」

「伊藤さんは、側方無視患者です。スリッパを右脚にしかはいていなかったのは、体の左半分——つまり、自分の左脚の存在をまったく無視していたからです。いまお話しましたが、この傾向は体だけでなく、空間についても同様なことが言えます。伊藤さんが廊下を右に曲がろうとしたのも、左の廊下が自分の視界にはいらなかったからです。この種の患者の多くは、歩いているとき左側にあるものによくぶつかり、曲り角では常に右に曲がる傾向が強いのです」

と、栗原は言った。

沼田秀堂がはいていた片一方だけのスリッパは、右脚だった。

沼田は大湯ホテルへの案内に立ったとき、途中の左へ曲がる近道をまったく無視し、大通りを道なりに歩いて行った。

「側方無視患者の示す行動には、その他にいろいろありますがね」

栗原は煙草に火をつけると、話を続けた。

「そのいずれもが、左に無頓着な傾向を示しています。顔の左側のヒゲを剃り忘れたり、衣服の左の袖を通し忘れたりとか。箱弁当などを食べさせた場合、自分の好物のおかずが左端にあるのに、それだけを食べ残したりとかね。入院患者の伊藤さんは、朝食のさいに、食器皿のほんの少し左側にコーヒーカップが置いてあるのに、そのことを教えてやるまでコーヒーカップを興奮気味に捜し続けていましてね」

栗原の話を耳に入れながら、私は沼田秀堂に再び思いを移した。

沼田秀堂の顔の左側の一部には、濃いヒゲが剃り残されていた。

そんな沼田を、私は粗忽者とか慌て者、奇人と解釈し、少しの抵抗もなかったのだ。

その方面の知識を持ち合わせていなかった私には、沼田が実は一種の視覚障害に冒されていたことを知らなかったのは無理からぬことと言えた。

沼田秀堂は、側方無視患者だったのだ。

沼田は大湯ホテルに泊った早々に、スキーで転倒し脳震盪を起こしたが、病院にも行かずそのまま放置していたと聞いている。

スキーで転倒した折、沼田は右の脳に目に見えぬ損傷を受けていたのだ。

側方無視患者だった沼田――。

自分の体と空間に関して、左側の部分を常に無視する傾向のある側方無視患者――。

私は、ゆっくりと自分の考えを追って行った。

空間の左側の部分を常に無視する――。

すると、沼田秀堂の描いた絵についても、その特徴は当てはまるのではないか。

「先生――」

私は、思わず声高に呼んだ。自分の到達した考えを、栗原の口から確認したかったのだ。

「側方無視患者の伊藤さんが、もし風景画なり人物画を描いた場合、どんな絵が出来上がるのでしょうか？」

「そのことを、これからお話しようと思ってたところです」

栗原は回転椅子を背後に向け、机で事務仕事をしていた看護婦に、伊藤さんのテスト資料を持ってきてくれないか、と言った。

「側方無視の評価テストとして、患者の伊藤さんに絵を描かせてみたのです。時計の描画や、家と花の絵の模写などは、この種のテストによく使われるのですが、伊藤さんには対面人物像を描かせてみました」

栗原は看護婦が隣りの部屋へ行っている間、そんなことを言った。

「対面人物像……」

「私の前に伊藤さんを坐らせて、私の上半身を描くように指示したのです」

栗原はそう言うと、看護婦が持ってきた茶色の封筒から一枚の画用紙を取り出した。

「伊藤さんは、なかなか絵心はあったようですな。どうです、ちょっと似てるでしょう」

栗原は、鉛筆描き(が)の人物画を机の上に置いた。

眼鏡をかけた細面の男の上半身が、かなり荒いタッチで描写されていた。

まだ未完成の描きかけの絵——と思わず錯覚しそうになったのは、人物の左半分がすっかり抜け落ちていたからだ。

顔は、右半分しか描かれていなかった。薄い毛髪、すんなりと高い鼻、真一文字に結ばれた唇はそれなりに描いてあったが、左の部分の線は途中で途切れ、奇妙な空白を見せていた。

上半身の描写も、同様だった。栗原の白衣は右半分だけで、左半分は白紙のままだった。

「側方無視患者の示す代表的な人物画と言えると思います。体の向かって右側だけを描き、左側が顕著に無視されています」

栗原は言った。

「描いた本人は、左側が抜けていることに気づかないのでしょうか？」

と、私は訊ねた。

「まるで気づかないのです。左側が抜けていることを指摘すると、自分が描いたものは全部正しく描けていて、抜かした部分はない、と伊藤さんはやや憤然と答えていました。他の患者も同様です。抜けているところがあると注意すると、素直に鉛筆を持ちなおす患者もいますが、右側の部分をなぞるだけで、左側の空白は埋めようとはしないのですよ」

私は、患者の対面人物像を手に取った。

その絵の上に、沼田秀堂が描いた殺人現場の風景画がだぶって見えた。

自宅で小出署の伊達警部から、沼田の風景画を見せられたとき、破り取られた付近の風景——左端の風景の書き込み方がちょっと粗雑だったことを私は記憶していた。

それは、別に沼田が手抜きをしたわけではなく、側方無視の症状がそこに現われていたに他ならない。

沼田秀堂の風景画は、小出署の坂見刑事と七里警部が最初に部屋を訪ねたとき、すでに完成されていたのだ。

坂見刑事たちが部屋を去ったあと、沼田は再び鉛筆を動かすことはなく、ただ酒を飲み続けていたにすぎないのだ。

坂見刑事たちのあとから、佐倉恒之助が沼田の部屋に押しかけたとき、伏せた画用紙の上に食べかけのピーナツ袋が置いてあったという事実が、それを如実に証明している。

左の三分の一はまったくの空白だったが、沼田自身は絵を完成させたと信じきっていた。

だからこそ、絵の右下に日付と自分のサインを書き入れていたのだ。

坂見刑事と七里警部は、ほんの短い時間だったが、その絵を見て、未完成のものと思い込み、そのことも含めてホテルのグランドホールで伊達警部に報告した。

傍にいた仙石えり子はそれを耳にはさみ、沼田の動向が気になり、彼の部屋を訪ねた。

三時半ごろのことだった。

仙石は沼田の絵を間近にはっきりと眼にとめ、沼田が千明多美子殺しを部屋の窓から目撃していたことを知った。

沼田を窓から突き落として殺した仙石は、絵の空白の部分——つまり、左三分の一の部分を破り取った。

アリバイをつくるためにだった。

坂見と七里は、沼田の絵がまだ描きかけだったと伊達警部に告げていた。仙石は実際にその絵を眼にし、坂見たちが言っていたように、やはり未完成の絵だと勘違いしたのだ。

仙石は、沼田が絵を完成させたあとに殺されたものと思わせるために、空白の左の三分の一を破り取り、その絵がすっかり出来上がっていたかのように思わせたのだ。

4

私は栗原道夫と別れ、東北線の久喜駅に向かって歩いて行った。

仙石えり子のアリバイを崩したことで、私の足どりは軽く、知らぬうちに歩調を速めていた。

沼田秀堂のあの風景画には、犯人の姿など最初から描かれてはいなかったのだ。

沼田は、千明多美子殺しの現場をたしかに目撃していたかも知れない。

だが、あの絵の中には、その犯人像を描き残すことは出来なかったのだ。

なぜなら、その犯人は、側方無視患者だった沼田の視界の左端に立っていたからだ。

沼田はあの部屋のソファに坐り、窓の外の風景を描いて行ったが、左端の風景はすべて無視し、彼自身それに気づかないでいたのだ。

沼田の部屋の窓の左端には、こんもりと盛り上がった丘陵が見られ、その背後に雪をいただいた急峻(きゅうしゅん)な駒ヶ岳の山容が眺められていたはずである。

沼田秀堂は、それらの風景をまったく無視していたのだ。

――私は、思わずその場で足を止めていた。横断歩道を渡りかけた途中だった。

駒ヶ岳――。

沼田の絵に関して、駒ヶ岳という言葉を何度か耳にしたことがあった。

左端に駒ヶ岳が描いてあった――。

誰かの口から、そんな言葉を聞いたことがあったのだ。

次の瞬間、私の脳裏に、ある人物の顔が鮮明に浮かび上がっていた。

私は久喜駅の改札口には向かわず、駅前の小さな喫茶店のドアを押し開けた。

狭い店内には高校生のグループがやかましい話声を上げていたが、考えに没頭していた私にはまったく苦にはならなかった。

二杯のコーヒーを飲み、長い時間を費やして、私は事件をまったく新しい局面から考えなおした。

一連の事件の真相を、おおまかながらも把握したとき、私は興奮し額にうっすらと汗をかいていた。

私は喫茶店を出て、久喜駅から乗った電車を大宮でおりた。

大宮駅の京浜東北線のホームに佇み、電車を待っていたのは、殺された女子高校生、奈良和子の机に飾られていた例の写真から、ひとつのことを思い出していたからだった。

奈良和子の額入りの写真を見たとき、私はその顔をどこかで見たことがあると思った。

しかし、それは彼女の顔ではなく、着ていたスポーツウェアについての記憶だったのである。

左胸に高校の名が書かれ、右胸に白ゆりの校章が縫いとられた黄色のスポーツウェア――。

大湯ホテルのロビーにいたあの娘が着用していたものと、そっくり同じスポーツウェアだったのだ。

私は、奈良和子と同級生の母親、桑井照美に会おうと思ったのである。

桑井照美は色白の美人で、三十八歳とは思えないような若やいだ雰囲気があった。

私の名刺に何度も眼を落とし、物売りでないことを再度私に確認すると、桑井照美はやっとドアチェーンをはずした。

照美は私を狭い玄関に入れると、中に招じ入れる気はないらしく、上がり口に立ちはだかるようにしてつっ立っていた。

一つのことをただ確認するだけの用件だったので、そのほうが私にも好都合だった。

私は、訪問の目的を告げた。

「奈良和子さんの事件のあった日のこと？」

照美は、白い額に神経質そうな縦皺を刻んだ。

「いまごろになって、またあの事件のことですか。警察にも、同じことを何度も訊かれましたわ。たしかに、団地の公園のわきに停めてあった車に慌てて乗り込む男の人を見ましたわ。でも、ちょっと年のいった人で、二人組の事件とは、結局なんの関係もなかったってことになったようでしたわ」

照美は流暢な口調で一気に喋り、ひと息ついてから、

「警察と同じようなことを、奈良さんと私に訊ねにきた若い女の人もいましたわ。花島団地に住んでおられる……」

「野月亜紀さんですか？」

「ええ、その野月さん。和子さんの初七日の日で、同級生の母親たちと一緒に奈良さんの

家におじゃましたときでした。その野月さんが訪ねてきて、二人づれの男のことをいろいろ聞いていましたわ」

「実は、お訊ねしたいのは、その二人づれの男のことではないんです」

「では、なにを？」

「桑井さんは、奈良さんを六時に訪ねる約束をしておられましたね。たしか、娘さんに関することで」

「そうですよ」

「娘さんについて、何を話し合おうとしておられたんですか？　差しつかえなかったら聞かせてほしいのですが」

「いま流行（はやり）の、いじめですよ」

「いじめ……やはり、そうでしたか」

「奈良和子さんに、きつく抗議を申し入れようと思っていたんです」

照美は興奮気味に言って、その白い頰（ほお）を赤く染めた。

「死んだ人を悪く言うのは、気がひけますが、和子さんは、あんなかわいらしい顔をしていたくせに、性格は残忍で、クラスの女番長だったんです。クラスの弱い者いじめをして、楽しんでいたんですよ。私の娘は柄も小さく、気が弱かったので、いつも和子さんの餌食（えじき）

になり、こっぴどくいじめられていたんです。例を上げればきりがありませんが、顔をマジックで真っ赤に塗られたり、トイレの床を無理やり舐めさせたり、あるときは駅前の自転車を盗ませたりしたこともあります」

「そうでしたか。いじめられていたのは、お宅の娘さん一人だったんですか？」

「クラスにもう二人いました。二人とも私の娘と同じように、弱い体つきで、いじめられても反抗もできない気弱な娘さんでした。担任の先生にも、何度か相談しましたわ。でも、学校側では本気に取り上げてくれなかったのです。和子さんが三人の娘の口を封じていたために、証拠が見つからなかったこともあります」

「あの夜、その二人の生徒の父兄も奈良さんの家を訪ねる約束をしていたんですね？」

「そうです。学校側にまかしておいては、いっこうにらちがあかないので、三人の親たちで相談し、奈良さん親子に厳重に抗議を申し入れることに決めたんです。そのことを最初に言いだしたのは、城之内正子さんの母親でした。正子さんは和子さんにいじめられ、ノイローゼになり、精神科の病院に入院してしまったんです」

と、照美は言った。その赤味を帯びた顔には、その当時の憤りがそのままこわばりついているように見えた。

「残りの一人の生徒は、誰だったんですか？」

私はそう質問し、相手の返事を待った。

相手の口から出る名前は、私が想像していたものと違っていないはずだった。

「七里冬江さん、という生徒です」

「七里冬江――」

「お会いしたことは一度もありませんが、冬江さんのお父さんは、警部さんだそうです」

私が黙っているのを見ると、照美は話を続けて、

「冬江さんは未熟児だったとかで、いじめられた三人の中でも一番かよわくて稚(おさな)い感じの娘さんでしたわ。一時期、和子さんは集中的に冬江さんをいじめ、耐えられなくなった冬江さんは自殺しようとして遺書まで書いていたそうです。その遺書を偶然に読んだのはお父さんですが、それまで冬江さんが学校でいじめられていたことなどまったく知らなかった、とお父さんは私に電話で話していました」

七里正輝の娘を、私は大湯ホテルのロビーで見たことがある。

小学生と見まごうほどに、貧弱な体つきの気弱そうな娘だった。

その娘が学校でいじめられ、自殺しようとまで思いつめていたのだ。

その事実を知った父親の七里の怒りを、私は容易に想像することができた。

「城之内さんと七里さんも、あの夜、奈良さんの家を訪ねていたんですね」

「城之内さんの奥さんは、和子さんの事件が起こってまもなくしてから姿を見せましたけど」

「七里さんは？」

照美は首を振った。

「七里さんの奥さんは、その二、三日前から風邪をこじらせて寝ていたんです。その日の朝、出席できないという電話をもらっていました。ところが、午後になって七里さんのご主人から電話がはいったんです。奥さんの代わりに、自分が顔を出すと言われたんですが……」

「ご主人は来られたんですか？」

「いいえ。ああいう職業ですから、時間の都合がつかなかったんだと思います」

と、照美は言った。

七里正輝はあの夜、奈良の部屋を訪ねていたはずである。

それも、母親の節子が家にもどる以前に。

そして七里は、あの部屋で奈良和子と二人だけで話を交わしていたはずなのだ。

あの日、桑井照美が目撃した、公園近くの路上に停めてあった乗用車に慌てて乗り込んだ年配の男とは、七里正輝ではなかったのか。

「奥さんといえば、今日、午前中にひょっこり訪ねてみえましたわ」

と、桑井照美が言った。

「七里警部の奥さんが？」

「ええ」

「なにか、特別な用事でもあったんですか？」

「たいした用事とも思えませんでしたけど。奈良和子さんの亡くなった日のことなんかを、ちょっと話しただけですぐに帰られましたわ。あの日、私が公園で見かけた男の人のことも訊ねていましたけど、なんだか要領を得ませんでした」

と言って、照美は小首をかしげていたが、

「そういえば、七里さんの奥さんは、大湯温泉で野月さんに偶然会われたとか、そのとき言ってましたけど」

「野月さんと？　七里さんの奥さんは、野月さんと知合いだったんですか？」

「知合いというわけじゃありません。大湯温泉で会ったときも、先方は顔を見憶えていなかったようだということでしたから」

「しかし、七里さんの奥さんは、どこで野月さんと……」

「さっきもお話しした、奈良さんの家でです。和子さんの初七日に、七里さん、城之内さんと私の三人で、奈良さんの家にお焼香に行ったときです。野月さんが、そのあとすぐに訪ねてきて……」

野月亜紀が奈良節子と桑井照美に、二人組の暴行犯人について訊ねている場所に、七里の妻は同席していたのだ。

七里の妻はそのとき、奈良和子を殺したのは自分の夫ではなかったのか、とかすかな疑惑を抱いていたのではないだろうか。

七里の妻も、仙石えり子と同様に、二人組の婦女暴行犯人の罪状があばかれるのを恐れおののいていた一人ではなかったろうか。

第十二章　良人は殺人者

三月二十二日

牛久保初男――。

大湯ホテルの同じ宿泊客だったこの男のことを、私はぼんやりとしか記憶していなかった。

たしか中肉中背の、どこといって特徴のない容貌の男だったと思う。

しかし、この男の名前は家でしばしば耳に入れていた。家を訪ねてきた小出署の警部たちの話の中に、この男の名前がたびたび出てきたし、夫からも聞かされていた。

夫あての分厚い封書が届き、裏に書かれた差出人の名前が、牛久保初男だったのだ。

事件のことがなにか書かれてあると直感した私は、その手紙をためらわずに開封していた。

七里正輝さん――と、冒頭に私の夫の名前が記されてあった。くせのある読みにくい筆跡だったが、私は息もつかずに一気に読んだ。

読み終わったとき、体から全身の力が抜けて行くような気がした。

すべては終わったのだ。

牛久保初男の手紙によって、私の決意は固まった。

……………………

……………………

……………………

七里正輝さん。

私はいま、千葉県の東武線野田市駅近くの旅館の室でこの手紙を認(したた)めています。直接会って話したいと思ったのですが、うまく話せるかどうか自信がなかったので手紙に代えたしだいです。

あなたに話したいという内容は、言うまでもなく、今回の一連の事件のことです。私なりに事件を解明したつもりですので、そのことをあなたにお知らせしたいと思ったのです。

早いもので、千明多美子が殺されてから、もう九日の日にちが経過しています。その九日の間に、沼田秀堂、野月亜紀、石川立雄の三人が殺されています。

四人もの人間を死に至らしめたのは、いったい誰だったのでしょうか。

私はいま、その犯人の名前をはっきりと指摘することができます。それは、私が疑ってもみなかった意外な人物だったのです。

最初から順を追って、事件のことを書き綴ってみます。

私は最初、この一連の事件のプロローグは、三月九日、大湯ホテルのスキーバスがホテルに到着したときだったと考えていました。

そのとき、ホテルのロビーには何人かの泊り客が顔を見せていました。

そしてスキーバスの乗客とロビーの泊り客との間に、幾組かの邂逅があったのです。

私と千明多美子。佐倉夫妻と沼田秀堂。鯰江彦夫と柏原一江。

残るもう一組は、小笠原孝一、石川立雄の二人組と野月亜紀でした。

私は、野月亜紀さんが偶然に小笠原孝一と石川立雄の二人に出会っていたことが、一連の事件の発端だと思っていたのです。野月亜紀さんは小笠原と石川に暴行されそうになった被害者です。野月さんは二人を眼にとめ、自分と同じ被害に遭った仙石えり子に電話を入れ、その二人の男の顔を確認させるために、ホテルに呼び寄せていたのです。

ところが、仙石えり子は小笠原と石川の顔を見るのは、そのときがはじめてだったのです。仙石が二人組に襲われた未遂事件は、警察でも調査に乗り出しましたが、仙石は二人組の男の顔など見たことがなかったのです。二人組に暴行されたのは、仙石の妹の民子だったからです。仙石は妹の民子をスキャンダルから守ってやるために、襲われたのは自分だと虚偽の証言をしていたのです。

つまり、仙石えり子は野月さんとは正反対に、暴行犯人の罪状をいつまでも隠蔽しておきたかった立場の人間だったのです。

野月亜紀さんは、二人組と対決する用意を固めていたと思います。野月さんの口から過去の罪状が明るみに出るのを恐れた二人組が、予定を変更してホテルを発とうとするのを、野月さんが慌てて追いかけたのもそのためだったのです。

仙石えり子は、そんな事態を回避したかったがために、野月さんを旧館の中庭から突き落として殺そうとしたのです。

その場面を偶然に目撃していたのが、旧館の遊戯室のソファに坐っていた千明多美子でした。千明多美子は翌日、ロビーで仙石をつかまえると、昨夜見た光景をそれとなくほのめかしていたのです。

千明多美子が殺される羽目になったのは、この不用意な言葉が原因だったと私は思っていたのです。千明多美子に秘密を握られてしまった仙石えり子が、バス転落事故という格好の機会を把えて、千明多美子を扼殺したものと思っていたのです。

そうなれば、事件を目撃していた沼田秀堂も仙石えり子の手にかかって殺されたと考えても不思議ではありません。

野月亜紀さんを毒殺したのも仙石えり子だった、と私は信じて疑いませんでした。仙石にとって、野月さんは早晩、その口を封じてしまわねばならない相手だったからです。加えて、野月亜紀さんは、暴行事件に関する仙石の秘密を嗅ぎ出していたのです。小笠原孝一の持っていた裸の女の写真の一枚に写されているのが、仙石えり子の妹の民子だという事実を知ってしまったからです。野月さんは、仙石が千明多美子を殺したのではないか、と疑い始めたのです。

私は仙石えり子が犯人だと、昨日まで信じきり、その自分の推理を疑おうともしなかったのです。

七里さん。

前にも書きましたが、私は野月亜紀さんと二人の暴行犯人との偶然の出会いが、事件の発端だと思っていました。

ところが、私がまったく知らなかったもう一組の偶然の出会いが、あのホテルのスナック「やまびこ」の中であったのです。

三月九日、午後九時ごろのことです。あのスナックで私が千明多美子と話しているところへ、あなたと沼田秀堂が前後してはいってきました。あなたが飲み始めてしばらくすると、酔った小笠原孝一と石川立雄がスナックに押し入るように姿を見せたのです。

七里さん。

もう一組の偶然の出会いとは、小笠原孝一、石川立雄の二人とあなたのことだったのです。

あなたは酔った二人の闖入者(ちんにゅうしゃ)の顔を見て、思わず胆(きも)を冷やすほどに驚いていたと思います。会うことを極力避けたいと願っていた二人の男の顔が、あなたのすぐ眼の前にあったからです。

あなたはすぐその場から逃げ出したい衝動を必死に耐えていたと思います。幸い、二人の男の酔眼には、あなたが誰なのか見きわめがつかなかったので、あなたは気を取りなおして席に坐っていたのです。

小笠原と石川の二人は、過去に一度だけ、思いもかけぬ場所であなたと鉢合わせをしたことがあったのです。

去年の十月十一日の午後六時前のことです。強い雨の降る中を、あなたは埼玉県大宮市にある谷津団地の奈良節子の部屋を訪ねて行きました。約束の時刻より早かったために、母親はまだもどっていず、娘の和子があなたに応対していました。

あなたの訪問の目的は、その和子の悪質ないじめを訓戒することだったのです。あなたの娘は、同じクラスの女番長の和子のいじめに遭い、自殺しようと遺書まで書いていました。

和子は、あなたにとっては許しがたい相手だったのです。

あなたに、最初から殺意があったとは思えません。あなたは和子を諭し、反省をうながしていたと思うのです。和子はしかし、それには耳を貸さずに、言い争いに発展して行ったことが想像されます。

あなたは我知らず興奮し、和子ともみ合いになり、思わず相手の体を激しく突き倒していたのです。和子は柱の角かどこかに後頭部を強く打ちつけて、まもなく絶命しました。

七里さん。

娘さんの同級生である奈良和子を殺したのは、あなたです。

その部屋を慌てて逃げ出そうとして玄関のドアを開けたとき、二人組とばったり顔を合わせてしまったのだと思います。

二人組は以前から奈良和子に眼をつけ、暴行の機会を狙っていたのです。母親の留守を見定めて、部屋に押し入ろうとした矢先、あなたが部屋から飛び出してこようとは、彼らも予想していなかったことでしょう。

小笠原と石川は部屋にはいり、和子が死んでいるのを知りました。その理由はさだかには理解できませんが、二人は和子の死体をカメラにおさめていました。そして部屋を出たところを、勤めから帰ってきた和子の母親が眼にとめたのです。

和子の死は他殺と断定され、母親らの証言から、二人組の男の犯行と見なされるに至ったのです。二人組の突然の闖入は、あなたにとっては幸運でした。母親の証言がなければ、いずれはあなたにも容疑が向けられていたと思うからです。二人組が逮捕され、その口から罪状の数々が吐露されないかぎり、あなたを奈良和子殺しの犯人と指摘できる者は誰もいなかったからです。

七里さん。

あなたはホテルのスナックで、その二人組と五カ月ぶりに再会していたのです。

相手の二人があなたのことを気づかなかったのは幸いでしたが、そのすぐあとで、あなたはさらに大きなショックを受けていたのです。

スナックを出ると、左手の廊下の内線電話で一人の女性が興奮した声で話をしていました。「相変らずね、あんたたちは……やったことは許せない……もうすぐ天罰がくだる」

――その女性はそんな意味のことを相手に言っていました。電話の声だけで、女性の姿は物かげに隠れて見えませんでした。

しかし、あなたは――いいえ、あなただけでなく、その場にいた佐倉恒之助さんも含めて、その電話をかけている女性が千明多美子だと思ったのです。二人組の部屋にかけている抗議電話だと思ったのです。二人組がしつこくからんでいたのは、千明多美子だったので、そうとっさに思い込んでしまったのです。

二人の声がよく似ていたこともありますが、あなたと佐倉さんは錯覚していたのです。

七里さん。

あなたはその電話を聞き、その内容がなにを意味するのかを理解したとき、大きな不安に襲われていたはずです。千明多美子が暴行犯人に襲われた一人で、その罪状を暴露しようとしている、と思ったからです。

からです。

七里さん。

千明多美子を殺したのは、あなたでした。でも、千明多美子は暴行事件とはなんのかかわりも持っていなかったのです。暴行犯人を告訴しようとしていたのは、野月さんだったからです。

あなたは、二人組に抗議電話をかけていたのが野月亜紀さんだったことに気づかなかったのです。冷静なあなたが早のみこみしてしまったのは、スナックで二人組と出くわしたショックがまだ尾を引いていたからだと思います。

でもあなたは、最初から千明多美子を殺そうと思いつめていたわけではありません。なぜなら、帰りのスキーバスに乗り込んだ千明多美子をロビーで黙って見送っていたからです。そのときのあなたの胸中は複雑だったと想像します。奈良和子殺しの罪が暴かれるのは、時間の問題だったからです。

ホテルのロビーの窓から、対岸の丘陵に見えかくれするスキーバスを見送っていた、あのときのあなたの暗く沈んだ横顔が、いまでも眼に浮かびます。

スキーバスが佐梨川に転落したのは、その直後でした。私はあなたの後を追って現場に駆けつけ、救助作業に当たりました。

あなたの胸にはっきりとした殺意が生じたのは、その救助作業に当たっている最中のことでした。下流に流された人たちを救おうと流れを下って行ったとき、川岸を必死に這い上がろうとしている千明多美子の姿を眼に止めたのです。

あなたはためらうことなく、千明多美子の首を絞めあげ、背後の雑木林の繁みを通り抜けて、誰の目に止まることもなく、スキーバスの沈んでいる地点にもどっていたのです。

七里さん。

沼田秀堂を部屋の窓から突き落として殺したのも、もちろんあなたでした。あなたは沼田秀堂が部屋の窓から事件を目撃していたのではないか、と危惧を抱いていたはずです。だから、坂見刑事のあとについて、沼田の部屋を訪ねていたのです。

坂見刑事はそのとき、沼田秀堂の風景画をちらっとしか見ていませんでした。しかも、あなたの背後からのぞき見たのですから、画面の細かい絵柄についてはさだかに記憶していなかったのです。

でも、あなたは、沼田の風景画をはっきりと眼の中に入れていたはずです。川岸にうつぶせに倒れている女性の姿が描かれてあるのを見て、あなたは沼田が思ったとおり事件をつぶさに見ていたことを知ったのです。

あなたが沼田秀堂殺しを決意したのは、その瞬間からだと思います。川岸にうつぶせに倒れている女性の姿を風景画の中に眼にとめていながら、そのことに口をつぐんでいたのも、そのためでした。その事実を告げてしまったら、沼田はさっそくに事情聴取を受け、事件の真相が明るみに出てしまうと思ったからに他（ほか）なりません。

あなたが二度目に沼田の部屋を訪ねたのは、三時十五分ごろ。佐倉恒之助さんが訪ねた十分ほどあとのことだったと思います。

あなたは沼田秀堂の風景画に再び眼をやり、その絵が前に見たのとまったく同じ描（か）きかけのままだったのを知りました。そしてあなたは、そんな沼田の描きかけの絵を利用して、自分のアリバイをつくることを、その場でとっさに思いついたのです。

沼田秀堂を窓から突き落として殺したあなたは、その風景画の左の部分——つまりなにも描いていない空白の部分を破り取ったのです。

その風景画の右下隅には、日付とサインが記されていました。左の部分が破り取られたその絵を見たら、左の部分に犯人像が描かれていた完成された絵を、犯人が破り取っていたと誰もが思うはずです。

沼田が殺されたのは、その絵を完成させていた午後四時以降という推測が生まれ、その時間帯にグランドホールの自分の席を一度も離れたことのなかったあなたには、確固としたアリバイがあったことになります。

その風景画をそっくり処分せずに、破り取った残りの部分をわざわざ部屋に残しておいたのも、そんなアリバイ工作のためだったのです。

七里さん。

沼田秀堂が一種の視覚障害に冒されていた事実を、あなたが知らなかったのは無理もないことでした。

沼田はスキーで転倒したさい、後頭部に損傷を受け、側方無視という視覚障害にかかっていたのです。側方無視患者の共通した特徴は、自分の体の左半分、および空間の左半分をまったく無視する傾向が見られることだったのです。

沼田秀堂はよく右脚の片一方だけのスリッパで歩き、左頰（ほお）のヒゲを剃（そ）り忘れ、道を歩くときには左側の道を無視していました。

その左半分を無視する習性は、絵についても例外ではなかったのです。

つまり、沼田のあの風景画は左側の部分がまったく無視され、空白だったということなのです。左三分の一の部分になにも描かれていなかった事実は、あなた自身が一番よく知っていたはずです。

七里さん。

あなたは沼田秀堂の絵が描きかけだと思い込み、そのことを巧みに利用してアリバイをつくろうとしました。

しかし、沼田の絵は、すでに完成されていたものだったのです。坂見刑事とあなたが沼田の部屋を訪ねた午後二時五十分の時刻には、沼田はあの絵をすでに完成させ、その鉛筆を置いていたときだったのです。

七里さん。

私があなたに疑惑の眼を向けた端緒は、あの風景画の絵柄に関してのあなたの言葉でした。

「駒ヶ岳でしょうか、尖(とが)った山も描かれていました」――あなたは、そんな不用意な言葉を洩(も)らしていたのです。それも、再三にわたってです。

あなたがそんな言葉を口から滑らせていたのは、一つには、ホテルのフロントの従業員の言葉に、思わず誘導されていたからだったと思います。そのフロント係は、沼田秀堂が駒ヶ岳をいつも好んで描いていた、と言っていたからです。

そしてもう一つは、左側の部分がまったくの空白だった事実を周囲にさとられまいとして――つまり、左側には犯人像も描かれてあったということを強く印象づけるためだったと推測されます。

駒ヶ岳は、沼田秀堂の部屋窓から見ると、左端にそびえ立っている山です。側方無視患者だった沼田が、画用紙の左端にその駒ヶ岳の急峻(きゅうしゅん)な山容を描きつけていたとは、到底考えられないことです。

七里さん。

ここまで考えを進めてきた私は、次にちょっと理解に苦しむ事態にぶつかったのです。沼田秀堂はその風景画を描いた前々日に、もう一枚、人物画も描き残しています。旧館の遊戯室のソファに坐っている千明多美子の上半身を描いたもので、その左三分の一もやはり破り取られていました。

それを破り取ったのは誰だったのか。理解に苦しんだのは、そのことだったのです。あなたの仕わざ、と考えるには、その理由づけが希薄なのです。沼田秀堂の描いたあの人物画は、部屋の人目につく所に置かれてあったものではありません。和室の片隅に積み上げられてあった何冊かのスケッチブックのページの間にはさまっていたものだったそうです。

側方無視患者の沼田秀堂が描いたその人物画は、風景画と同じように、やはり左三分の一が空白だったはずです。その空白の部分を破り取り、その部分に犯人像が描かれてあったと周囲に思わせるために、あなたがその人物画を手間ひまかけて捜し出していたとは考えられないのです。消されている犯人像を示唆するためなら、風景画だけで充分にその目的は達せられていたからです。

七里さん。

私はこの矛盾を追及し、人物画をわざわざ捜し出し、その左三分の一を破り取ったのは、仙石えり子だ、という結論に達したのです。

仙石えり子は、あの日の午後三時半ごろ、沼田秀堂の部屋を訪ねていたのです。

仙石は千明多美子殺しの動機を持っていました。スキーバス転落事故のさい、仙石は千明多美子たちと一緒に下流に流されて行きました。川岸にたどりついたとき、千明多美子が川岸にうつぶせになっているのを見つけ、その場に駆け寄って行ったと思うのです。仙石は千明多美子を抱き起こし、死んでいるのを知りましたが、扼殺されていたとは考えていなかったと思います。あとになって他殺体だったと知り、仙石は自分に疑いがかかるのではないか、と不安になったのです。沼田の部屋を訪ねて行ったのも、そのためだったのです。

仙石えり子が沼田秀堂の部屋を往復していた事実を知ったのは、片一方のスリッパからでした。側方無視患者の沼田は、よく右脚だけのスリッパで歩き、あの日も部屋の入口には片一方のスリッパしかなかったのです。しかし、フロントの従業員が六時近くに部屋を訪ねたときには、一足分のスリッパが置いてあったのです。

この矛盾は、私の娘が解決してくれました。娘は三時半ごろ、片一方のスリッパだけで旧館の方から駆けてくる仙石えり子を眼にとめていたのです。仙石は沼田の部屋を出るとき、慌てていたために片一方のスリッパを置き忘れてきたのだ、と私はそのとき単純に考えていたのです。

繰り返しますが、仙石えり子はあなたが訪ねていた十五分ほどあとに、沼田秀堂の部屋にはいり込んでいたのです。そして仙石は、窓の下をのぞき、沼田の死体を発見していたのです。仙石は驚き、その場をすぐに立ち去ろうとしたとき、カーテンの下の床に落ちていた風景画を見たのです。あなたの手によって、左三分の一が破り取られた風景画をです。つまり、仙石えり子は、グランドホールでの坂見刑事とあなたの話を小耳はさんでいたはずです。沼田秀堂が風景画を描いていて、その絵はまだ描きかけだということを仙石は知っていたのです。

七里さん。

しかし、仙石えり子は左側を破り取られた風景画が、ちゃんと完成されたものであることを知っていたのです。それと同時に、破り取られた部分がまったくの空白であったことも知っていたのです。

なぜなら、仙石えり子は沼田秀堂が側方無視患者であることを、その以前から知っていたからなのです。

仙石えり子は、リハビリ関係の病院に勤務する研修医だったからです。右脚のスリッパだけで歩いたり、左にある道を無視したり、顔の左のヒゲを剃り忘れている沼田秀堂を、仙石は眼にとめていました。仙石の専門の知識をもってすれば、沼田が側方無視患者であると診断するのは、いとも容易だったはずです。

したがって、沼田の描いた風景画が、その左側をまったく無視したものであることも、わかっていたはずなのです。

仙石えり子は、沼田秀堂の死体を発見し、破り取られた風景画を見たとき、犯人のアリバイ工作を見抜いていたと思います。仙石は、沼田殺しの疑いが自分の身にふりかかるのを避けるために、犯人の使ったアリバイトリックを更に自分にも利用しようと考えついたのです。

そのために、仙石えり子は沼田秀堂がホテルにきて描いた絵をスケッチブックの中から捜し出していたのです。その人物画は、仙石が想像していたとおり、左側の部分が欠如していました。仙石は、その空白の部分を破り取ったのです。

その人物画をそのままにしておいたら、その左側の空白の部分から、沼田秀堂が側方無視患者だった事実がいずれは判明してしまう危惧があったからです。その事実が知れてしまったら、風景画がすでに完成されたものであり、左側の部分にはなにも描かれていなかったことが明白にされ、アリバイトリックがなんの意味も持たないものになるからです。

仙石えり子が沼田の部屋を出るとき、片一方のスリッパしかはかなかったのは、もちろん慌てていたからではありません。

側方無視患者が示す顕著な特徴の一つを、周囲の眼から消し去る目的のためだったのです。沼田秀堂はちゃんと両方のスリッパをはいて歩いていた、と思わせるために、仙石はわざと自分の片一方のスリッパを沼田の部屋に置いてきたのです。

仙石えり子が破り取った人物画の左三分の一には、繰り返しますが、なんにも描写されていませんでした。小出署の坂見刑事は、その左三分の一の部分に、千明多美子と話を交わしていたこの私の人物像が描かれていたと強調していましたが、千明多美子はあのとき、一人きりであの遊戯室のソファに坐っていたのだと思います。

もし誰かを相手に話していたのだとしたら、その現場に居合わせていた佐倉恒之助さんと野月亜紀さんが相手の話し声を耳に入れていてしかるべきだったからです。

七里さん。

あなたは相手を錯誤し、あなたとはなんの利害関係のない千明多美子を殺害してしまいました。暴行犯人を告訴しようとしていた野月亜紀さんは、スキーバス転落事故で重傷を負い、手術のために東京のT大病院に搬送されてきました。

野月さんにとって不運だったのは、暴行犯人の片われである石川立雄が意識を取りもどし、一気に快方に向かっていたことでした。石川が意識を取りもどせないまま病院生活を送り続けていれば、野月さんはあなたの手にかかって命を落とすことにはならなかったと思うからです。

前にも触れましたが、野月亜紀さんは仙石民子の暴行事件を知るに至って、仙石えり子に疑いの眼を向けていました。そして、野月さんなりに事件を解明すると、そのことを私に話そうとしたのです。あの日、野月さんが私と一緒にもう一人病室に呼び入れようとしていた人物は、あなただったのです。

野月さんは警察官であるあなたにも、事件の真相を聞いてもらおうと急に思いたち、付添婦の手は借りずに、自分であなたに電話をかけていたのです。

野月亜紀さんが仙石えり子を犯人と指摘した場合、あなたはいやおうなしに暴行犯人の石川立雄と接触しなければなりません。そんな事態を招かないようにするには、暴行犯人を消し去るか、野月さんの口をふさぐか二つに一つの方法しかなかったのです。

あなたは後者を選び、野月さんを毒殺しました。

石川立雄が自ら進んで五カ月前の奈良和子殺しの犯人を告発しようなどとは、到底考えられません。自ら婦女暴行の罪を認めるような真似を、石川があえてするとは思えなかったからです。だから、あなたは石川を野放しにし、野月亜紀さんを早急に始末していたのです。

七里さん。

しかし、石川立雄は、仙石えり子に疑惑を持ちはじめていたのです。石川は、大湯ホテルで一緒だった仙石えり子が、凌辱（りょうじょく）した仙石民子の姉だった事実に気づいたのです。

石川がどの程度に事件を推理していたかは忖度（そんたく）できませんが、仙石が妹の民子の秘密を隠蔽しようとしていたことは知っていたと思います。だからこそ、石川は小笠原孝一の部屋から写真とフィルムを勝手に持ち出し、民子の裸の写真をネタに仙石を恐喝していたのです。

石川は、いわば異常性欲者でした。仙石の魅力的な肢体が、そんな石川の情欲を刺激しなかったはずがありません。こちらの言うことを聞かなければ、民子の裸の写真をしかるべき所へ送りつける、とかおどしていたことが想像されます。

七里さん。

仙石えり子は、あなたがあの一連の事件にかかわりを持っているのではないかと疑っていたと思うのです。沼田秀堂事件のさい、あの風景画の左端に駒ヶ岳が描かれてあったというあなたの不用意な言辞を、仙石が聞き逃していたとは思えないからです。仙石はそのあと、私の推理を聞くに及び、あなたへの疑いをさらに深めていたことが想像されます。

七里さん。

仙石えり子は、石川立雄に追いつめられていました。そんな窮状を打開するには、石川の息の根を止める以外に方法はなかったのです。しかし、仙石は自ら手を下そうとはせず、あなたに相談を持ちかけたのです。

石川立雄殺しをあなたに教唆煽動したのは、仙石えり子です。仙石に一連の事件の真相を見抜かれていることを知ったあなたは、仙石の意向を受け入れざるを得なかったのです。

仙石に殺人を教唆されはしたものの、石川立雄は、あなたと仙石の二人にとって共通の障害物でした。石川が婦女暴行の事実を吐露すれば、その累はあなたと仙石の二人に及ぶからです。

あなたと仙石えり子は、短い時間の間に石川立雄殺しの計画を練ったのです。その殺人計画の骨子は、私に罠をかけ、その殺しの罪を私の身におおいかぶせるというものだったのです。

三月十九日——つまり、石川立雄が殺された日の午後四時ごろ、あなたは会社にいる私に電話をかけてきました。それが、あなたがたの計画の幕開けだったのです。

仙石えり子のマンションで、私が石川立雄からの電話を耳にしていたことは、あなたも仙石から当然聞かされていたはずです。

そして、あなたはその日の午後六時に私が仙石のマンションを訪ねて行くであろうことも察知していたのです。私の会社に電話をかけてきた目的は、仙石を一人で訪ねるという私の意志をさらに強固なものにさせる以外のなにものでもなかったのです。

あなたは、私の焦る気持ちとはうらはらに、暴行された被害者を捜し出すなどという手ぬるく気長な捜査方針を打ち出し、私の気持ちをあおったのです。事実、私はあなたに反撥し、前日仙石のマンションを訪ねていたと告げる気持ちを失っていました。あなたの手は借りず、一人で石川立雄と対峙しようと気負い込み、あなたの術中にはまっていたのです。

あなたは計画どおりに、仙石えり子のマンションの前に車を止め、私が仙石を追ってマンションから出てくるのを待っていました。そして、私に声をかけ、途中まで私の車を追って走行していました。私は仙石のコロナを追尾し、モーテルの入口近くで石川立雄の死を知りました。

仙石がちゃんとしたアリバイを用意していたのに反し、私には死亡時間帯のアリバイは立証できなかったのです。仙石の車の先まわりをし、パリジェンヌの四〇二号室にいる石川を殴り殺したと疑われても、私には反論する余地がなかったのです。

七里さん。

パリジェンヌの四〇二号室に先まわりをし、石川立雄を殺していたのは、もちろんあなたでした。

しかし、あなたは石川立雄がパリジェンヌの四〇二号室にいることを、あらかじめ知ることはできなかったはずです。石川を早い時間から尾けまわしていれば、パリジェンヌにはいるところを見とどけることも可能だったかも知れません。

しかし、石川はその前々日から家にはもどらず、その所在は摑めていなかったのです。あなたがパリジェンヌに直行できる一つの方法は、私と同じように仙石えり子の車を尾けることですが、しかしそれでは仙石の先回りをするのは不可能です。

残された方法は、仙石えり子の口からじかに石川の所在を聞くことだけです。

でも、仙石は、石川立雄からの電話を切ったあとすぐに、部屋を飛び出し、マンションの階段を駆けおり、駐車場の車に乗り込むまで、あなたに連絡を取れるような時間の空白はなかったのです。

駐車場から車を発進させるのを見とどけてから、私は仙石のコロナを追尾したのですが、仙石はパリジェンヌの建物の前に着くまでずっと、運転席に坐っていたのです。ガソリンスタンドで一度停車しましたが、そのときも車の外へは一歩も出ていなかったのです。

そんな仙石が、どうやって石川の居場所をあなたに告げていたのか、私は理解できませんでした。

七里さん。

実に簡単なトリックだったのです。

仙石えり子は、石川立雄からかかってきた電話の中で、彼の居場所をあなたに告げていたのです。

私が最初に仙石えり子を訪ねたとき、駅前から彼女のマンションに電話を入れたことがありました。そのとき仙石は、通話の途中で「あ、ちょっと待ってください」と言って話を中断していたのです。私は来客でもあったのかと思い、部屋を訪ねたとき、仙石に確認しましたが、仙石は来客などなかったと答えていたのです。

そして、つい最近、佐倉恒之助さんの家に電話をかけていたとき、それとまったく同じことを体験したのです。

そのときは別段気になりませんでしたが、あとになって思い当たることがあり、佐倉さんに電話で確認してみたのです。

佐倉さんの電話は、キャッチホンと呼ばれ、通話回数の多い家に特別に取りつけられているものだったのです。

相手と通話中に他の電話がかかってきたような場合、相手を一時そのまま待たせておき、フックボタンを押すと、かかってきた他の電話と会話ができるという仕組みのものだったのです。

仙石えり子が使用していた電話も、このキャッチホンだったのです。

あのとき、六時二、三分過ぎに石川立雄から約束の電話がはいりました。仙石えり子は石川と応対している途中で、「ちょっと待ってください」と少し声高に告げていました。

そのとき、あなたからの電話がはいっていたのです。

あなたは計画どおり、石川立雄から電話がはいる頃あいを狙い、仙石のマンションのすぐ近くの公衆電話から、仙石に電話を入れていたのです。外線からのコール音を聞いた仙石は、「ちょっと待ってください」と石川に断わり、フックボタンを押して通話を切り替え、あなたと話をしたのです。

「16号線の、パリジェンヌ、パリジェンヌの四〇二……」と、そのとき仙石えり子は言っていました。私は石川立雄の指定している場所をメモでもしているのかと思ったのですが、それはあなたに石川との落ち合う場所を教えていた言葉だったのです。

あなたとの短い通話を終えた仙石えり子は、再びフックボタンを押して石川との通話にもどっていたのです。

洋間のステレオでやかましくジャズ音楽を流していたのは、通話を私に盗み聞きされないためではなく、フックボタンを押す短い金属音を私の耳に洩らさないためだったのです。

七里さん。

以上が事件のすべてですが、最後にあなたの奥さんのことに触れておきます。

娘さんの同級生であり、いじめっ子の奈良和子の事件を知ったとき、奥さんは、犯人は二人組の男ではなく、自分の夫ではなかったかと不安な気持ちを抱いていたと思います。

奥さんは、あなたがあの日、病気の自分に代わって奈良和子を訪ねていたのではないかと思い、桑井照美さんの家を訪れて、その事実を確認しています。

そして奥さんは桑井さんがあの日、団地の公園わきに停めてあった乗用車に慌てて飛び乗るのを目撃したという年配の男の人相風体が、夫であるあなたのものとよく一致していたのを知ったはずです。

奥さんは過去に一度、野月亜紀さんと顔をつき合わせたことがあったのです。

奈良和子の初七日の日、奥さんが二人の母親と一緒に奈良さん宅を訪れたさい、暴行事件の事情を聴きに野月さんがその場に姿を見せていたのです。

そして奥さんは、その五カ月後に、思いがけず大湯ホテルのロビーで、野月亜紀さんと再会したのです。

奥さんが奈良和子の事件で、当初からあなたに疑いの思いを持っていたとしたら、野月亜紀さんとのそんな偶然の出会いは決して心楽しいものではなかったろうと推察します。

牛久保初男

七里正輝様

エピローグ

三月二十四日
あなた。一人先立つ身をどうかお許しください。

いま、冬江を学校に送り出したところです。

冬江は私の胸の中のことにはなにも気づかず、珍しく陽気に鼻唄(はなうた)を歌いながら、玄関を出て行きました。

冬江の顔を見るのも、これが最後です。

弱虫だったけど、気だてのやさしい親思いの子でした。

ほんとに悲しいけど、あなたともお別れです。

牛久保初男さんの手紙は、あなたの部屋の机の上に置いてあります。

それを読んだら、いさぎよく罪を認め、自首してくださいね。

十和子

…………

…………

…………


日はすっかり西に傾いていた。

私は七里十和子の日記帳を静かに閉じ、暗くかげった仏壇の部屋を出た。

廊下に出ると、狭い庭先で小犬を相手に遊んでいる娘の七里冬江の姿が眼(め)に映った。

冬江は私に気づくと、暗いやせた顔にかすかな笑みを浮かべた。

父親の七里正輝を彷彿(ほうふつ)させる、どこか憂いを含んださびしそうな笑顔だった。


〈作中の列車の発着時刻は昭和六十年三月の時刻表によるものです〉

本書は1991年6月徳間文庫として刊行された『奥只見温泉郷殺人事件』を改題しました。

なお、本作品はフィクションであり実在の個人・団体などとは一切関係がありません。

徳間文庫

悲痛(ひつう)の殺意(さつい)

2020年10月15日 初刷

著者 中町(なかまち)信(しん)
発行者 小宮英行
発行所 株式会社徳間書店
東京都品川区上大崎三−一−一 〒141−8202
目黒セントラルスクエア
電話 編集〇三(五四〇三)四三四九
販売〇四九(二九三)五五二一
振替 〇〇一四〇−〇−四四三九二
印刷 大日本印刷株式会社
製本 大日本印刷株式会社

ISBN978-4-19-894597-8 (乱丁、落丁本はお取りかえいたします)